精美译本 经典常读
# 远方的邀请:泰戈尔游记选

[印度]泰戈尔 著
冯道如 译

江苏凤凰文艺出版社

图书在版编目（CIP）数据

远方的邀请：泰戈尔游记选 /（印）泰戈尔（Rabindranath Tagore）著；冯道如译. — 南京：江苏凤凰文艺出版社，2017.1
（人文旅游丛书）
ISBN 978-7-5399-9328-7

Ⅰ.①远… Ⅱ.①泰… ②冯… Ⅲ.①游记－作品集－印度－现代 Ⅳ.①I351.65

中国版本图书馆CIP数据核字(2016)第120559号

| | |
|---|---|
| 书　　名 | 远方的邀请：泰戈尔游记选 |
| 著　　者 | （印）泰戈尔 |
| 译　　者 | 冯道如 |
| 责任编辑 | 聂　斌　黄孝阳 |
| 出版发行 | 凤凰出版传媒股份有限公司 |
| | 江苏凤凰文艺出版社 |
| 出版社地址 | 南京市中央路165号，邮编：210009 |
| 出版社网址 | http://www.jswenyi.com |
| 经　　销 | 凤凰出版传媒股份有限公司 |
| 印　　刷 | 南京新华泰实业有限责任公司印刷厂 |
| 开　　本 | 880×1230 毫米 1/32 |
| 印　　张 | 11.375 |
| 字　　数 | 225千字 |
| 版　　次 | 2017年1月第1版　2017年1月第1次印刷 |
| 标准书号 | ISBN 978-7-5399-9328-7 |
| 定　　价 | 38.00元 |

（江苏文艺版图书凡印刷、装订错误可随时向承印厂调换）

# 目 录

### 第一辑　旅欧书札

002　开启欧洲之旅

015　初到英国

018　英式舞会

022　伦敦的雨

024　在下议院旁听

028　旅英孟加拉人

039　英国女人

046　坦布里奇韦尔斯

052　海滨小镇

054　K先生一家

## 第二辑　俄国书简

062　踏上俄国的土地

066　莫斯科

069　在异国想起我的祖国

077　农民之家

085　孩子们

095　博物馆与对美的训练

102　教育的力量

106　拥抱艺术

110　旅行的意义

116　土库曼斯坦

122　大众公园

127　告别

129　过去与未来之间

## 第三辑　日本纪行

152　等待

156　起航

160　海上风暴

169　仰光

176　小船

179　大海与天空

184　向着远方前进

189　土佐丸号上的日本船员

194　日本女人

198　闲暇时光

203　港口见闻

212　神户

217　俳句、插花和茶道

227　走进日本人的家庭

240　好学的日本民族

**第四辑　中国讲谈**

250　我从哪里来

272　春天的邀请

286　扬起心灵的风帆——致中国学生

299　拒绝异化——致中国教师

306　文明的含义

320　真理与反叛

329　道别


339　附录一:印度与中国文化之亲属关系——
　　　梁启超欢迎泰戈尔辞

351　附录二:泰戈尔——徐志摩送别泰戈尔辞

# 第一辑　旅欧书札

# 开启欧洲之旅①

9月20日，我们登上了浦那号蒸汽游轮。清晨五点整，游轮拔锚起航，大家聚在甲板上，望着印度的海岸线渐行渐远，最终消失不见。周围的人在不停地说话，我受不了人声嘈杂，回到了自己的船舱。对你我无需隐瞒，我的心中满是郁结之气，但我无意也不想浪费时间向你倾吐。即使我说了，恐怕也无法赢得你的同情，反倒是更有可能让你感到不耐烦。

广阔的海洋，我永远拜服于你的足下！之后的六天，我烦躁不安，因我独自一人，而这种情绪只有大海知晓。你一定知道什么是晕船，但我想你未曾体会过那是怎样一种感觉。我病倒了，再铁石心肠的人，得

---

① 本文篇名及本书除"中国讲谈"一辑外，其他各辑所收文章篇名均为译者所加。作者写这些游记文章时，主要采用了书信体或日记体的形式，当初并没有为其命名。

知我的病情，也会泪如雨下。是的，先生，整整六天，我没有下过床。我的船舱很小，灯光昏暗，为了避免海水进入，舱中的窗户终年紧锁。整整六天，我奄奄一息，不见天日，甚至不曾感受过微风的轻抚。只有在头一天晚上，一位乘客逼着我下了床，把我拖到了餐桌边。我刚站起来，头骨下的零件就互相扯着嗓子，暴动起来。我的眼睛看不清，脚也寸步难移，接着一阵头晕目眩。勉强走了几步，我就一屁股坐在了长椅上。但是热心肠的乘客最终将我带上甲板，让我倚在栏杆上。当时天色已晚，天空中乌云密布。船逆风而行，前进时船体两侧涌出水花，船体划开这片不见港湾、无边无际的昏暗天地。夜色下，海水一次一次翻涌起浪花，展现出一副阴郁景象。

　　我没在甲板上待太长时间。我晕得厉害，只能在他人的帮助下返回船舱，而且一进门就倒在了床上。接下来的六天，我连抬头的力气都没有。乘务员很照顾我，他每天都会送各种各样的食物到我的船舱，并叮嘱我吃东西。他觉得如果我再不吃，就会虚弱得像一只老鼠。他愿意竭尽全力照顾我，只要我能好起来。对此我多次向他致以深切的谢意，在下船之前，我给了他更多物质的回报。

　　六天后，船临近亚丁湾，海面平静了许多。乘务员一直劝我下床走走，终于我听从了他的建议。但我马上发现自己四肢发软，真如小老鼠般无力。我的脑袋和肩膀似乎不太匹配，衣服像是偷来的，完全不合身。我离开了船舱，走上甲板，靠在一张椅子上。终于重见天日了！下午，我们在大海的怀抱中发现了一艘小船，却不见陆地的踪影，这让大家都有些惊讶。小船上的人朝我们挥动双臂,蒸汽游轮停了下来。小船上的人乘坐一艘更小的舟驶来,登上了蒸汽游轮。小船上的都是阿拉伯人,他们从亚丁出发前往马斯喀特①,可是迷了路。偏偏装水的木桶开裂,淡水也没了。他们的船上还有一些旅客,我们的船员给了他们淡水,并在地图上为他们指出了马斯喀特的方位和距离。不过我们都担心,靠他们自己能否到达马斯喀特。

9月28日,星期六。我在晨光熹微时醒来,迎接我的是一片延绵的山丘。那是一个清爽而美好的早晨,太阳刚升起不久,海上风平浪静。远处群山的风景在这样一个清晨显得分外迷人。五彩的云朵似是垂挂在山头,沉醉在无尽的阳光中,逐渐淡去。明镜般的海面上如画般散落着片片帆影。

船停靠亚丁,我开始写家书,但很快我就意识到,前几天的折腾让我的脑子一片混乱,毫无头绪。刚打起精神想要完成这个任务,但很快又退缩了。我的思维仿佛是一碰即毁的蛛网,理不清该先写什么后写什么。我都那副样子了,你也就别叹息那些未完成的书信了。

你瞧,我对大海已有了些许敬意。它与我想象中的样子不尽相同。在岸边看海,海洋已是令人害怕,身处其中,海洋更是令人胆寒。我这么说是有原因的。我曾在孟买的岸边观海,纯蓝的海水与蔚蓝的天空在地平线融为一体。我曾想象,掀起地平线的帘幕,能看见无边无尽的

---

① 马斯喀特:阿曼首都,据守印度洋通往波斯湾的门户。

海水翻涌着浪花。我曾幻想,地平线后会是怎样的景象,却不曾想,地平线后只是另一条地平线。在大洋中,船像是被困在地平线环成的圈中,不曾移动。和人类的想象力相比,地平线是有限的,不足为奇,不过你要帮我守住这个秘密。从蚁垤①到拜伦,那些伟大的人都对大海着迷,如果我不跟随他们的脚步,岂不是会沦为笑柄?实际上,若我出生在伽利略的时代,就我这套地平线有限论可能会为自己招来牢狱之灾。有那么多人对海洋不吝溢美之词,我的不敬无伤大雅,至少大海一定不在意。浪花翻涌,大海显得更为动人,但不幸的是,也正因为这些涌动的波涛,让我晕头转向,只能看见扭曲的景象。

我在船舱中过了六天可怕的日子之后,终于走出船舱。我打量着同行的乘客,他们也在看我。女性让我感到害怕,似乎天生如此。离她们太近总会遇到许多麻烦,智者考底利耶②如果还在世,绝对会建议我离她们一腕尺③远。一方面,太靠近她们会在心灵王国引发可怕的灾难;另一方面,在她们面前说错任何话,都会让她们耐心尽失。若是稍有失礼,更是会让她们恼羞成怒。她们精致的礼服让我眼花缭乱,若要一起进餐,就要帮她们切肉,我会尽力尝试,但最终仍会切到手指。这

---

① 蚁垤:又译"瓦尔米基"、"跋弥",约前5或前2世纪印度诗人,著名史诗《罗摩衍那》的作者。
② 考底利耶:古印度政治家、哲学家,摩揭陀国孔雀王朝的顾问和大臣,擅长权术,著有《政事论》一书。
③ 腕尺:长度单位,用于古印度、埃及、希腊、罗马等国,一腕尺相当于从肘到中指端的距离。

些思虑让我尽可能地远离船上的女性。尽管船上有许多女士，但绅士们仍一直抱怨说，没一个是年轻漂亮的姑娘。

我在船上结识了多位男士，其中有一位和我特别好的B先生。他很健谈，爱笑，而且有一副好胃口。他似乎认识所有人，无论与谁相伴，都能开怀大笑。他说话用词从未刻意雕琢，自己说的笑话无论好笑与否，他都会笑得很起劲，我认为这些都是他的优点。我越发地喜欢他。我发现他不在乎年龄和地位的差别，不控制自己的笑声，也不曾小心翼翼地避开社交中需要谨慎的中间地带。这让他保有年迈智者的睿智以及孩子般天真烂漫和无忧无虑的个性，这很轻易就感染了我。他叫我"天使"，称格雷戈里先生为"格勾里"（Gorgori和孟加拉语中"水烟袋"的发音很像）。他还给另外一名乘客取名叫"鲈鱼"，这位乘客唯一的缺点就是脖子太短。实际上，这位先生的脑袋和身体似乎亲密无间，所以才会摊上这么一个外号。但是，我为何被唤作"天使"，却找不到解释。

T先生也与我们同船，是一个很奇怪的人。他是一位认真的哲人，从不说大白话。事实上，他基本不说话，都是在演讲。一天晚上，我们在甲板上愉快地谈天。不幸的是，B先生在T先生面前说了一句话——"那星星真漂亮。"这句话引发了一场严肃的哲学演说，一场关于星体和人生关系的演说，周围的我们则成了可有可无的听众。

船上还有一个英国人，他的体型会让人想起棕榈树，小胡子的形状像扫帚，头发如豪猪的毛刺般炸开。他的脸似一口锅，脸上嵌着一双呆滞无光的死鱼眼。看到他我心生恐惧，总是和他保持一段安全距离。

好吧,有些人的面容总会让周围的人心虚,觉得自己是不是做了什么坏事。

每个早晨,这位英国人都会用上他所知道的所有语言,包括英语、法语、印度斯坦语,轮番咒骂船员,引起一阵骚乱。他从来不笑,也没有朋友,总是独自一人坐在自己的船舱里,一副闷闷不乐的表情。有时,他会到甲板上走走,无论遇到谁,他都会投以鄙夷憎恶的眼神,像是看到了一块擦鞋垫。

用餐时,B先生总是坐在我旁边。他是一个亚欧混血儿,他会像英国人那样吹口哨,双腿分开站立,手插在裤袋里。他对我很好,有一天他严肃地对我说:"年轻人,你是要去牛津大学吗?牛津大学是一所一流的学府。"还有一次,我在读特伦奇的《谚语与训诫》,B先生吹着口哨走过来,拿走我的书,快速地翻了几页,然后说:"没错,是本好书!"

船从亚丁到苏伊士港航行了五天。要取道布林迪西①去英国,就得在苏伊士港下船,然后坐火车到亚历山大港②,从那里再乘船前往意大利。我们要走这条陆路,所以在苏伊士港下了船。我和另外两个孟加拉人外加一个英国人,一起租了一艘阿拉伯船。若你能看到船主的眼睛,就会明白,有时候人的面容上会找不到任何天神赐福的痕迹。他有一双老虎般的眼睛,肤色黝黑,额头下垂,还有一双厚厚的嘴唇。我们租他的船,因为他开价比较低。不过一开始B先生十分不愿意登船,

---

① 布林迪西:意大利城市,位于其东南部。
② 亚历山大港:埃及港口城市。

他说:"阿拉伯人不可信,他们时刻准备着,想要刺穿你的脖子!"他甚至说了一两个在苏伊士发生的可怕的犯罪实例。尽管如此,最终我们还是登了船。船主只会一点点英文。我们航行了一段距离,没有遇到危险和麻烦。船上的英国人想去苏伊士邮局,我们的路线不经过邮局,因为相距有一段路程,船主不愿意去。经过一番劝说,他最终还是答应了,至少表面上是如此。过了一会,他又问英国人:"一定得去邮局吗?几个小时可到不了!"英国人被惹急了,冲船主大喊"你他妈的"。船主强烈抗议以示不快:"什么?妈?什么妈妈?别拿妈妈说事儿!"

在那个节骨眼上,我们都担心英国人会被丢下船。随后阿拉伯人又问了一次:"你刚才说什么?""你他妈的!"英国人又回了一句,激得船主差点要挥拳揍他。英国人似乎感到不妙,终于放低姿态说:"你似乎没听懂我在说什么!"然后开始巧舌如簧地解释"你他妈的"不是一个骂人的词汇。但船主用自己的母语吼了一句,大意应该是"别太过分了,马上闭嘴"。白人被这句话吓到了,很长时间没再开口说话。

后来英国人又问:"还有多远?"船主吼道:"给了两先令,还想问多远!"我们才发现,在苏伊士,只给了两先令还想打听这种事,估计是违法的。船主冲我们大吼大叫的时候,周边船上的划桨人,互相交换着眼神,咧嘴笑着。面对船主的暴怒,强忍笑意显然不是很好的应对之策。船主还在继续发火,周围的划桨手更是放声大笑。因为无法报复他们的嘲笑,我们三个只好赔笑以纾怨气。人生在世,某些时候不得不审时度势。

我们就这样一路到了苏伊士城,名誉也并未受损。我无权评价苏伊士城,在城里我走的路不超过半英里。我原想绕城逛逛,但听之前来过苏伊士的人说,这座城市,只会让人感到疲惫和厌恶。不过,即使这样,也没有完全打消我的念头。但又有人说,想要绕城参观,唯一的办法就是租一头驴,这让我犹豫了。后来又得知,苏伊士的驴不太听话,它们有自己的想法,而驴子的自我意愿往往能够战胜骑手。在苏伊士城,严重的眼疾随处可见,街上有成百上千的眼疾患者,苍蝇是疾病的传播者。苍蝇从患病的眼睛上收集病菌,然后停在健康的眼睛上传染疾病。

我们在苏伊士上了火车,这些在铁轨上行进的列车也有问题。首先,没有地方可以躺下休息,座椅都是分开摆放。其二,这样的移动速度,真是很难称之为火车。我们枕着火车的咔咔声睡了一夜。第二天醒来,大家身上满是尘土。我挠了挠头发,发现头皮上也积了一层灰,都可以种稻米了。到亚历山大港时,我们个个都像满身泥垢的隐士。铁路两边都是青翠的玉米地,田边立着枣椰树,树上挂着一簇一簇的枣椰子。有些地方能看到井,时不时还能看到一些砖房。砖房大多四四方方,没有柱子也没有门廊,墙上基本都嵌着窗户,外观古板。非洲风光和我从前想的不一样。在我的幻想中,非洲一直是一片未开化的荒地。而我眼前所见,是阳光耀眼的清晨、翠绿的田野和大片的枣椰树。

蒙古号在亚历山大港等候我们登船。登上船,我们即将横渡地中海。天气有点冷,一上船我立马彻底洗了一个澡,把深入骨髓的灰都冲洗干净。洗完澡后,我打算去亚历山大城走走。我们租了一艘小船回陆地。船夫就像现世版的威廉·琼斯爵士①,会说好几国的语言——希腊语、意大利语、法语和英语,不过每种语言都是略通皮毛。听说这个港口居民的母语是法语,街道的名字和商铺的标牌大多是用法语写的。亚历山大港是一座富裕的城市,城里人头攒动,商店一直都有生意上门,一定进账颇丰。石板铺就的道路十分干净,但马车经过时会发出很大的声响。房屋和店铺都很宽敞,城市看上去也华丽灿烂。亚历山大港面积广阔,港口中停泊着各式各样的船只。有的船是欧洲人的,有的船则来自穆斯林国家,但就是没有一艘属于印度人的船。

四五天后,我们抵达意大利,到达时已是凌晨一两点。我们离开温暖的被窝,打包收拾,提着随身物品来到船顶。天上挂着一轮满月,洒下清冷的月光。我没穿够衣服,冻得够呛。在我们面前的这座城市寂静安详,门窗紧闭,整座城都在沉睡。现在,身处蒙古号上的我们遇到了一个问题:我们是否能换乘火车?我们的行李怎么办?是留在船上,还是一起带下船?我们在寻求这些问题的答案。一位意大利官员上船清点人数,至于原因我们毫无头绪。之后谣言渐起,说清点人数一定和安排换乘火车有关。结果,当晚我们根本没火车可坐,更有甚者,我们听说要到下午三点才会有火车。对这一结果大家都很不满。最终,我们被安排在布林迪西的一家酒店里过夜。

---

① 威廉·琼斯爵士(Sir William Jones, 1746—1794):英国语言学家、法学家、翻译家、外语天才;曾在印度当法官,精通包括东方语言在内的多国语言。

那一夜，是我生平第一次踏上欧洲大陆。在到达一个新地点之前，我总会在脑海中精心编织那里的样子，对我来说那一定会是一个新奇的地方，充满新鲜感。我说欧洲没有给予我任何新奇的体验，大家对此都很惊讶。

凌晨三点，我们抵达布林迪西的酒店就径直上床睡觉去了。早上醒来后，我们租了一辆破旧的马车在城里转悠。拉车的是一匹半死不活的马，车夫与他的马车和马一点都不般配。车夫大概只有十四岁，马估计年过半百，马车更是行将就木。布林迪西和其他的小城市并无二致，沿街有砖房有店铺，乞丐在路边讨要钱物，有人在小酒馆中畅谈，有人在街角自娱自乐。没有行色匆匆的行人，似乎所有人都悠闲自在，没有烦恼与牵挂。好像整座城市都在度假，城中没看到几辆车，人也不多。我们走了一小段路，一个年轻人招手拦停了我们的马车，手中抱着一个西瓜爬上车，坐在车夫身边。

"他想赚点小钱。"B先生说。

我们的马车继续前行，陌生人指点我们看"教堂"、"花园"、"运动场"。但这些指点并未让我们增长见识，少了他的比比画画，我们也毫无损失。没人邀请他上车，也没人问他问题，然而我们仍要为他不请自来的服务付款。他和车夫将我们带到了一个巨大的果园，园中种满了各种水果。我们身边是一串一串的葡萄，葡萄颜色有深有浅，我发现深色的葡萄比较甜。园中还有苹果、桃子等各种果树。有一位老妇人（可能是果园的主人）拿着水果和鲜花来卖。我们都没什么兴趣，可老妇人深悉销售之道。很快,一个迷人的少女抱着水果、捧着鲜花向我们走来,这次我们没有拒绝。意大利女孩非常漂亮,有些像印度姑娘。她们黛眉青目,有乌黑的秀发,皮肤细腻,有精致的面庞。

我们乘坐下午三点的火车离开布林迪西。铁路两边尽是迷人的葡萄园。我们途经的风景,仿佛一个诗人的梦境,山峦、河流、湖泊、村舍、田园和村庄……远处的城镇在树与树的缝隙间隐约显现,宫殿的尖顶、教堂的塔楼和如画般的房子,由远及近,美不胜收。时至黄昏,在一座小丘脚下,我看见泛着金波的湖泊,那景象叫人一见难忘。湖畔草木环绕,湖中倒映着夜的暗影。我无法用自己贫乏的文字描写出这惊人的美丽。

火车通过著名的塞尼峰隧道。当年建造这隧道的时候,法国人和意大利人在山的两边同时开挖,几年后,两队挖掘人马在隧道中部碰头。火车在隧道中开了将近半个小时,黑暗让我们有些焦躁不安。火车上的灯一直都开着,这段路线,几乎每隔五分钟,火车就会钻进一条隧道,见到阳光的时间不多。从意大利到法国,我们一路看着瀑布、河流、山丘、村落和湖泊,渐渐淡忘了旅途的严酷条件。

火车在上午到达巴黎。巴黎是一座宏伟的城市,在高楼林立的市区中很容易迷路。巴黎似乎没有穷人,就为了身长不过 3.5 腕尺的芸芸众生,何必盖这么高的房子呢?我们入住的酒店就像一个宫殿,待在里面,我像是身上穿着过于宽大的衣服,有些无所适从。巴黎的一切都让人惊叹不已,到处都是古迹、喷泉、花园,随处可见宫殿和通天的高塔,铺着石板的林荫大道上车水马龙。我们去一家土耳其澡堂洗澡。最开始我们坐在一间温暖的房间,有些人开始冒汗了,但我没有,所以我又换了一间更热的房间。整间屋子像是被放在烈火上炙烤一样,睁开眼睛都会感觉刺痛。几分钟后,我汗流浃背,抗不住那种难耐的热度,逃了出来。之后一位高大的侍者让我躺下,赤膊上阵,为我按摩。我从未见过如此健壮的肌肉。这个男人身宽如千里马,还有一副水牛一样壮硕的肩膀,张开的手臂像巨大的娑罗双树①。我想,对付我这个小身板,无需动用这样的人物。他说我很高,身侧若是多些肌肉,一定会是人们眼中的美男子。按摩了半个小时,我觉得自己的皮肤上,有生以来沉积的所有污垢,都已被洗净。我去了另一个房间,用温水、肥皂和海绵彻底地冲洗了一遍。洗完后,我又进了下一个房间,让热水直接喷洒在身上。之后热水停了,换成了冷水。就这样冷热交替几次后,我进入一个水房,冰水从六个不同的方向洒向我的身体。接受了一会儿冰水的洗礼,我觉得胸腔内的血液都凝固了。我气喘吁吁地走了出来,侍者将我带到游泳池边,问我是否要游泳。我拒绝了,不过我的朋友下了水,旁边的人看到他的泳姿,聚在一起窃窃私语:"看啊,他们的姿势真奇怪,狗刨似的。"洗澡的所有环节都已经完成。总的来说,在土耳其澡堂洗澡,就像把自己的身体交到了洗衣工人的手中。洗过澡后,我们以一天一英镑的价格租了一辆车,第一个目的地是巴黎世博会。我想

---

① 娑罗双树:即娑罗树,为常绿乔木,原产于印度;古庙里娑罗树常常成双成对地存在,故常称"娑罗双树"。

你一定迫不及待地想要听我描述世博会,但很遗憾,就和我在加尔各答读大学时的经历一样,走遍了整个会场,我都没空仔细看。我们只能在巴黎待一天,巴黎世博会可不是一天就能看完的。我们一整天都在看展览,越看越想继续看,被勾起无法熄灭的渴望。世博园本身就像一座城市,如果我能在巴黎待上半个月,也许会考虑对展会进行细致的描写。世博会给我留下的印象就是一片混乱,我已理不清记忆的脉络。我记得看到了许多奇异的草图和画作,在雕塑区,我看到了许多石雕。世博园中有来自世界各地的展览品,但我无法想起太多的细节。离开巴黎后我们去了伦敦,我从未见过像伦敦这样阴暗沉闷的城市,浓烟弥漫,乌云密布,雾气很重,时常下雨,到处都泥泞不堪,每个人都神色匆忙。我只在伦敦停留了几个小时,离开时感到一阵轻松。朋友说,伦敦无法让人一见钟情,一定要居住在此,假以时日,才能领略伦敦的美好。

# 初到英国

初到英国，我还天真地以为，在这个不大的岛上，格莱斯顿①的演讲、麦克斯·穆勒②对《吠陀》③的阐述、廷德尔④的科学主张、卡莱尔⑤的伟大思想和边沁⑥的哲学论述，一定随处可闻。所幸的是，事实并非

---

① 格莱斯顿(William Ewart Gladstone,1809—1898)：英国政治家，曾四次出任英国首相。
② 麦克斯·穆勒(Friedrich Max Müller,1823—1900)：语言学家、东方学家，出生于德国，后移民至英国。他是知名的印度研究专家、比较宗教学的创始人之一，译有《般若波罗蜜多心经》等书。
③《吠陀》：即吠陀经，用古梵文写成，是婆罗门教和现代印度教最重要的经典，也是印度哲学和文学的基础。
④ 廷德尔(John Tyndall,1820—1893)：爱尔兰著名物理学家。
⑤ 托马斯·卡莱尔(Thomas Carlyle,1795—1881)：英国作家、历史学家、讽刺评论家，著有《法国革命》《论英雄、英雄崇拜和历史上的英雄事迹》等书。
⑥ 边沁(Jeremy Bentham,1748—1832)：英国哲学家、经济学家和法理学家，他最为人称道的哲学成就便是提出了"功利主义思想"的主张，认为"凡是能将效用最大化的事，就是正确的、公正的"。

如此。这里的女士们大都忙于梳妆打扮,男士们则专注于工作。英国人的日子一天天自然地过着,有关政治的喧闹却是不绝于耳。我发现女士们喜欢说些诸如你有没有去那次舞会,你觉得那场音乐会怎么样,剧院里来了个新演员,明天有乐队表演之类的话;而男人之间讨论的则是你怎么看阿富汗战争,洛恩侯爵在伦敦很受拥戴,今天天气很好,昨天太糟糕了之类的事情。这里的女士弹钢琴,唱歌,围在壁炉边烤火,靠在沙发上看小说,跟来访的客人交朋友,和青年男子调情,不论她们觉得有没有这个必要。那些老姑娘特别活跃,到处都有她们的欢声笑语:禁酒聚会上,工人联谊会中以及各种聚会场合。她们不用像男人一样去上班,也不用带小孩。年纪又不小了,不能整天把时间浪费在舞会或者跟年轻男子调情上,因此她们有时间做许多有用的事。

在这里,每走几步就有一家酒馆。我一出门就能看到裁缝铺、肉铺、鞋店和玩具店,却很少看到有书店。我们要买一本诗集,但附近没有书店,只好让玩具店老板去替我们买。过去我曾认为,在英国,书店会同肉铺一样受人重视。

在英国,最引人注意的要数他们匆忙的脚步了。光看街上的行人就很有意思:他们胳膊下夹着雨伞,行色匆匆,无暇他顾,仿佛怕输了与时间的赛跑一样。伦敦到处都是铁路,每过五分钟就有一趟火车往返于各地。我们从伦敦乘火车去布赖顿①时,看到其他火车从我们上下

---

① 布赖顿:英国南部的一个海滨城市。

左右、四面八方疾驰而过。这些火车似乎也和伦敦人一样,总是一路小跑,气喘吁吁。这个巴掌大的国家总让游客担心步子迈得太大,会掉进海里溺水身亡,但天晓得他们为什么会有这么多的火车。有一次我们意外地错过了去伦敦的火车,但我们没回家,而是上了下一趟火车,只等了半个小时。

英国人不是大自然的宠儿,他们物产不丰,懒惰不起。不像在咱们国家,随便拿根木棒在地里面刨两下就能种庄稼,这里的农民种粮食得跟寒冬斗争。首先,他们要穿得很厚来取暖;其次,他们得吃大量的食物来保持身体的热量。他们对衣服、煤炭、食物还有酒有着无限的需求。相反,我们在孟加拉吃的东西不多,衣服也穿得很薄。在这里,只有最强壮的人才能昂首挺胸,虚弱的人则毫无防备。一方面,他们要和各种不利因素做斗争,另一方面,他们还得想方设法在数不尽的艰难困苦中生存下来。

我渐渐认识了几个当地人,注意到一件很有意思的事情:当地人一致认为我什么也不懂。有一天,我跟医生的一位兄弟出门,路过一家商店,那商店的橱窗里贴了些照片。他便叫住我,告诉我这些照片是用一种机器弄出来的,不是手画的。很快,我们周围就聚集了一群围观者。后来经过一个表店,他又试图让我明白,钟表这玩意儿有多神奇。一次晚会上,某女士问我是否听过钢琴弹奏的声音。有的英国人也许能画出天体图,但他们对印度的了解却是极其有限的。他们很难想象别的国家与英国有什么不同。这里的百姓缺乏许多常识,更不要说对印度的了解了。

# 英式舞会

前几天我们参加了一场盛大的舞会，去的有男有女，都戴着面具，穿着各种服装。宽大的舞厅里点着煤气灯，乐队为六七百人奏着舞曲。屋子里到处都是漂亮的面孔，一对对男女手牵着手旋转，仿佛一对对疯子。每个房间里都有七八十对，挤得水泄不通。其中一个挤满人的房间里，一场香槟大战正在上演，桌上摆满了肉食。有的姑娘连跳了两三个小时，双脚不停地踏着地板，不知疲倦。有个女孩打扮成冰姑娘，戴着闪亮的白珠子。另外一个扮成穆斯林妇女，穿着红色的花长裤和宽松的丝质马裤。她还缠了头巾，看起来挺漂亮。还有一个装扮成印度人，紧身衣外穿着一件沙丽①，沙丽外面罩了件披纱。我觉得她这身穿着应该比她的英式装扮好看。还有个女孩打扮成英国侍女。而我则打

---

① 沙丽：印度等国的一种传统服装。

扮成孟加拉的封建领主：天鹅绒的衣服和头巾，上面织着闪闪发光的金丝银线。我们中有人扮成塔卢克达尔——一个来自阿约提亚地区的有统治权的地主。他穿的是织着金银线的白色长绸裤，一件长袍，外罩宽松的白色丝绸长外套，头上的头巾和腰间的宽腰带都绣着金线。阿约提亚地区的塔卢克达尔可能的确是穿成他那样，也可能不是，但就算不是，也没有人说穿。还有人打扮成阿富汗酋长。

上周二我们应邀去了一位男士家跳舞。天黑外出有必要穿暖和点，但晚会例外。按规矩要穿绒面呢的衣服，衬衣必须洁白无尘，外面套件黑呢子马甲，马甲前面几乎全敞开，露出里面的白衬衣来。脖子上打个白领结，最外面穿一件燕尾服。燕尾服的前面只到腰部，不像我们的宽松长袍一直遮到膝盖处。因为燕尾服前面只到腰部，穿上它总让人觉得像是后面垂着一条尾巴之类的东西。我就这样学英国人穿着一件尾巴衣服赴会。参加舞会时，男士还要戴一双白手套，免得跳舞时弄脏女士们的手或者手套。要是在别的地方，必须脱下手套才能跟女士握手，但在舞厅里，却必须戴上手套。

我们到他家时是晚上九点半，舞会还没开始。女主人站在门口，跟熟识的客人握手，对别的客人点头微笑，迎接着每一个来宾。在这个白人国家里，男主人在接待宴会嘉宾方面无足轻重，或许一直睡到舞会结束也没关系。我们走进他家，煤气灯把屋子照得透亮，但跟在场朝气蓬勃的数百佳人比起来，这些灯也不禁黯然失色。场面如此盛大，使我眼花缭乱。屋子一侧，有乐师在弹钢琴、拉小提琴、吹长笛。四周墙边摆放着沙发和凳子。镜子里映出灯光和面孔交错的影子。舞厅的木地板上没铺地毯,打的蜡让人踩上去几乎要滑倒,不过跳起舞来可就轻松了。舞厅外的阳台上种满了植物,摆放着沙发凳子,称为凉亭,供年轻男女舞蹈喧闹之余花前月下之用。客人一进门就收到一张纸,上面用镀金字列出今晚的舞曲。英国的舞蹈分两种:一种是两个人结成对旋转着跳,叫作圆形舞;另一种是四对或者八对舞伴呈方形面对面站立,互相牵着手跳出各种舞蹈造型,称为方形舞。在舞会开始前,女主人会将男宾介绍给女宾。只见她带着一位男士走到一位女士跟前,介绍道:"某某小姐,这位是某某先生。"于是两人都礼貌性地点点头。如果某位男士想请某位女士跳舞,他会拿出节目单问她:"您打算跟谁跳这首曲子吗?"如果她回答说"还没人",他就会接着说,"那我能有幸请您跳这支吗?"她要是说谢谢,就说明她首肯了,她的名字就会记在邀请人的节目单上,同样,对方的名字也会记在她节目单上的镀金字旁。

　　舞会开始了。人们跳啊,跳啊,跳啊。一个房间里就有四五十对舞伴。摩踵擦肩,你推我挤,甚至东碰西撞,可他们依然跳啊,跳啊,跳啊。音乐随着韵律奏响,脚步随着音乐移动,房间里气氛越来越热烈。一曲终,一舞毕,大家各自带着舞伴回到摆满水果、甜点和葡萄酒的餐厅,喝点饮料,吃点东西,或者去凉亭来点幽静的浪漫。我总是一见到陌生人就害羞。要是让我跟一位刚认识的女士跳舞,哪怕那曲子再熟悉,我也没办法挪动脚步。说实话,我一点儿也不喜欢这种舞会,我喜欢跟熟悉的人跳舞。就像玩扑克时,人们会对笨头笨脑的对手发怒一样,女人也会对笨拙的舞伴怒不可遏。我猜我的舞伴一定暗暗地祈祷干脆让我死掉。曲子一结束，我俩都如释重负。

刚进舞厅时我发现，在几百个白人里竟然有一位肤色黝黑的印度姑娘，这让我又惊又喜。我的心怦怦直跳，很想去认识她。我已经好久没见过她这模样的女子了！她的脸上散发着孟加拉女孩的温柔和淳朴。我也曾遇到过长得温柔淳朴的英国女孩，但那不一样，而至于怎么不一样我也说不清楚。她的发型跟咱们国内的一样。我意识到自己已经有点看腻了白皙的面孔和张扬的美貌。英国女人和印度女人完全不同，我还没有被他们同化到可以无所顾忌地与她们交谈。要知道，一个人要闯进未知领域，是需要勇气的。

## 伦敦的雨

今天,英国人的祈祷终于应验了,太阳露出了它的笑脸。在英国,没有人会大晴天里待在室内。街上、海滩边,都是人群。虽然英国没有闺房,可英国女人见的阳光却比印度女人少多了。

早上,我们八点半以后才起床。要是我们六点就起来的话,这里的人一定会很惊讶。一起来我就用清水冲了个澡,而不是像当地人那样可笑地沐浴。我直接把水淋到头上——冰水,不是温水。早餐会在九点钟送到。这里的九点钟就像印度的六点。最重要的午餐一点半开始。晚上八点是一顿很丰盛的晚餐。在午餐和晚餐之间还会喝点茶,吃点面包。这几顿饭便将一天分成了几个主要部分。

下午四点左右,天色渐暗。四点以后不点灯就无法看书了。因为早上一般不到八点不起床,所以一天实际上是从九点开始的。加之下午四点以后天就黑了,这日子朝来夕去,像"朝十晚四"的上班族一样。

还没来得及打开怀表的盖儿,白昼便已转瞬即逝了。相反的,夜晚却是策马而来,徒步而去。

风吹雨寒,常年相伴。印度的雨总是大而嘈杂,伴着浓密的乌云和雷鸣电闪,来去匆匆。这里的雨却不同,连绵的细雨让人烦闷,无声无息地下个不停。路上泥泞满地,光秃秃的树木在这无声的细雨里渐渐浸透。你能听到雨滴噼里啪啦地打在窗户玻璃上的声音。在咱们国家,云朵有几层都能清清楚楚看见,可是在这里,看上去仿佛就没有云,只是天空的颜色变得昏暗了,所有能动的、不能动的都蒙上了一层灰暗。有时候听见别人说"昨天我们听到了雷声"。显然,连雷公的声音也太温柔了,都没法在第一时间听清楚。这里的阳光只存在于传言之中。假若哪天早晨非常幸运地看到了太阳的笑脸,我都会提醒自己:

今昔终将成往昔,问君知与否?

天气一天比一天冷了,他们说这两天可能会下雪。温度计上显示只有 30 华氏度——接近于冰点。地上已经打了点薄霜,街上的露水冻成坚硬的玻璃状,像是有人在草丛里撒了点石灰,那是初雪的痕迹!现在天气很冷,手脚冻得发疼。有时早上一想到要出被窝就很发愁。走在街上,有人看着我们身上的印度服装发笑,有人惊讶得一时笑不出来了,还有好些路人因为只顾着看我们的着装而差点儿撞上汽车。在巴黎时,一群小学生跟在我们后面边跑边喊。我们向他们致意,其中一个大声笑了起来,另外一个嚷着:"杰克,快看那些老黑!"

# 在下议院旁听

一天,我们去下议院旁听。议会高耸的塔楼、庞大的建筑,还有像张着大嘴的敞开的房间,令我惊叹不已。宽敞的下议院大厅里,四周是旁听席,一边坐着观众,一边坐着新闻记者。旁听席在某种程度上就像剧院的花楼。议员坐在旁听席下方的大厅里。他们共有十条长凳,分坐两边。一边的五排长凳上坐的是执政党议员,另一边的五排长凳上坐的是反对党议员。前面的讲台上有一张椅子,坐着头戴假发、神情肃穆的议长(类似会议主持人)。要是有人不守规矩或是违反法律,议长会立即起身加以制止。女士专席前垂着软百叶帘,以防外面的人看到。我们进入大厅时,有位叫奥唐纳的爱尔兰议员正在发表有关印度的演说,抗议《新闻法案》和一些其他事情。他的观点没有获得认可。下议院的讨论氛围让我煞是惊讶。一位议员发表演讲时,其他许多人一边"啊,啊,啊"地叫嚷一边嬉笑。在这种集会场合,连印度小学生也比他们表现得规矩些。有的议员用帽子遮住额头呼呼大睡。有一回,有人发表关于印度的演讲时,只有八九位议员在听,其他的都出去散步吃东西了。但一到投票的时候,大家又都蜂拥而回,好像投票的人做决定之前既不用听有关的演讲也不用听任何陈述的理由似的。

上周四,下议院就印度问题进行了一番激烈的争论。那天,布赖特先生提交了一份印度人关于文职机构、格莱斯顿棉花税和阿富汗战争税的请愿书。议院到下午四点才开门。快到四点的时候,我和几个孟加拉人来到下议院。因为还没开门,去的人都在外面的大厅里等着。大厅里立着巴克、福克斯、查塔姆和沃波尔等政界伟人的半身像。门口的警卫戴着灰白的假发。身着长袍的议会工作人员手里拿着个笔记本进进出出。四点整,议院开门了。我们的票是发言人旁听席。下议院的旁听席分五种:公众旁听席、发言人旁听席、外交旁听席、记者旁听席和女士专席。每个议员都可以发放公众旁听席票,发言人可以发放发言人旁听席票。至于外交旁听席,我不太清楚,因为我去下议院的次数不多,只见过一两个人坐在外交旁听席上。在公众旁听席上很难听清楚发言人的讲话,因为前面依次还有发言人旁听席和外交旁听席。

我们入座后,议长也落了座。他戴着假发,看上去很像神话故事里的伽楼罗①。议员也都各自就座,会议正式开始。首先是问答环节。如果有议员在上一次会议上声明,要在这次会议上就某一问题提问,那

---

① 伽楼罗:印度神话中的大鹏金翅鸟,贵为鸟族之王,具有鸟的头、翅膀和人的身体。

么现在他便可以发问了。一位名叫奥唐纳的爱尔兰议员问道:"《回声报》等报纸上刊登了有关英国士兵迫害祖鲁人①的暴行,政府对此是否了解?难道这种暴行是基督教教徒能做的事吗?"代表政府的麦克尔·希克斯·比奇立刻站起来,说了些尖锐的话反驳奥唐纳,惹得爱尔兰议员纷纷站起来,同样不客气地回敬他。争吵了好一阵,最后双方一言不发地坐下来。问答结束后,演讲开始,大多数议员竟纷纷起身,离席而去。我们听过几篇演讲后,只见布赖特站了起来,他提出了许多改进文职机构的请求。老布赖特受人敬重,他的面孔简直就是慷慨和友善的化身。不巧的是,那天布赖特先生没有发表演讲。在场为数不多的几个议员大多也准备睡觉了,这时格莱斯顿站了起来。他一起身,整个大厅顿时鸦雀无声。一听到格莱斯顿的声音,外面的议员也陆续回来了,很快长凳上又坐满了人。格莱斯顿的话,像一股汹涌的暗流。他没有大声疾呼,也没有高声咆哮,但他说的每个字在场的每个人都能听清楚。格莱斯顿说起话来语气坚决,每个字都深入听者的内心,并注入坚定的信念。他强调某个字时,会手握拳头,身子微倾,似乎要用力迸出那个字来。他这种加强的语气,使他的话仿佛能推开心扉,直达听众内心深处。他说话滔滔不绝,字字斟酌,句句完整。他也并非每个字都说得很重,不然听众会反感。只有觉得有必要时,他才会加强语气。他的演讲很有气势,但他并不高呼呐喊,他说的每句话仿佛都是他坚

---

① 祖鲁人:又叫"阿马祖鲁人",南部非洲的一个民族。此处所讲的战争,发生于1879年,是大英帝国对祖鲁进行殖民统治的标志性事件。

定的信念。

格莱斯顿的演讲一结束,大厅里又几乎空空如也,只剩六七人还坐在两边的长凳上。等到司马雷演讲时,连长凳上也几乎空无一人了。但司马雷并没有气馁,他对着空荡荡的大厅做了一番长篇演讲。趁此机会,我沉沉地睡了一觉。留下来的一两名议员,不是聊天就是用帽子遮住眼睛做着等迪斯雷利①下台后接任首相的美梦。爱尔兰议员在议会中处境艰难。无论他们谁起身演讲,其他非爱尔兰议员都会像鸭子一样怪叫"啊呀,啊呀……",将讲话人的声音湮没在嘲弄声里。演讲人受了挫折就会失去控制,变得怒不可遏。可他们越是生气,别人就嘲笑得越凶。不过如今,爱尔兰议员也学会了以牙还牙。议院一讨论问题,他们就会竭力阻挠,别人一提出议案,他们就一个接一个地站起来,长篇大论,肆意搅乱其他人的演讲。

---

① 本杰明·迪斯雷利(Benjamin Disraeli,1804—1881):英国保守党领袖,两度出任英国首相(1868 年以及 1874 至 1880 年)。

# 旅英孟加拉人

此刻,我并不想基于自己的体验来详述孟加拉人到了英国之后会被何物吸引,或是他们对英国的第一印象如何。这是因为陪我来英国还给我安排住宿的朋友们都在英国居住日久,熟稔此地风物,让我觉得没有资格对上述问题发表观点。我早已久仰英国大名,因而踏上这片土地之后几无新奇之感,没太费劲便融入了当地社会。所以我想就不给你讲我自己的经历了,还是给你讲讲住在英国的其他孟加拉人的故事吧。

有这么一群孟加拉人,他们从印度登船起航。他们遇到的第一个难题便是如何与英国侍者相处。有的人会叫侍者"先生",犹豫良久,不敢向他们发号施令。整个旅程当中他们不仅害怕,还害羞,干什么都十分拘束,害怕不合规矩。在印度,贵族和殿下们对本地人嗤之以鼻,甚至看都不看他们。现在,这些孟加拉人刚刚离开印度,便也学着贵族的样子,和船上的英国人保持距离。有时,会有非常礼貌的英国人注意到你独处一隅,无人陪伴,便来尝试和你交个朋友。这样的人通常家世显赫,温文尔雅。不管他叫约翰、琼斯还是哈利,这类富家子弟就像印度的害虫一样从天而降,在英国大街小巷四处招摇,如此一来,他在当地便会家喻户晓。若是他策马扬鞭在手(鞭子倒不一定只用于抽马),人们便纷纷为他躲避开道。他随便发布个什么指示,印度国王都难以安生。难怪他总是趾高气扬。然而,即便是把马鞭交给不会骑马的人,他们也都懂得使劲挥鞭,试图让马挪动,殊不知轻拉缰绳就可以达此目的。但偶尔还是可以遇到性情温和的白人。他们在一群崇拜英国的印度人中间仍能保持仁慈怜悯之心。他们虽坐拥严苛权力,却并不洋洋得意。对于善良的英国人而言,远离当地社会,对仆人呼来唤去,是对他们良心的严酷考验。

现在,再来讲讲这群旅行者吧。此时他们已经抵达南安普敦港口,也就是说已经到达了英国。他们踏上开往伦敦的列车,在下车时遇到了英国警卫。警卫彬彬有礼,问他们有何需要,还叫来了搬运工和出租车。看到这一幕,旅行者们心想:这简直好得很哪!我们还不知道英国人这么有礼貌呢!他们倒是给了警卫一先令小费,但其实刚刚离开印度的孟加拉年轻人最希望的是这钱能让白人给他敬个礼,哪怕一次都成。给我讲这些故事的人已在英国居住多年,记不清他们起初来到英国的感受,只能回忆起一些印象最深刻的事情。

旅行者们还没到,英国朋友就已经给他们安排好了住处。刚踏进住所,旅行者们便吓傻了:地板上铺着地毯,墙上挂着画作,另一处挂着大镜子,屋子里还有一张长沙发、几张床、一两个花瓶,甚至还有一架小钢琴。旅行者们首先想到的是:"你以为我们是来享福的吗,我们可没多少钱,怎么能住这么贵的地方啊!"安排这些房间的朋友乐了,他们早就忘了多年前自己来英国时反应也一模一样。现在看看面前这群人,不过是刚从孟加拉来的整天吃米饭的傻瓜,他们重又得意起来,声明道:"我们这边屋子里都是这样的陈设。"旅行者们默默地回想起自己的家:潮湿的房间里搭一张硬板床,上面铺着廉价床垫,人们三三两两地在屋子各处吸水烟,还有几个人脱了鞋在下棋,每个人都系一块缠腰布;院子里拴着一头奶牛,牛粪堆粘在砖墙上晒着,洗完的衣服挂在柱廊里晾着。和这儿一比,真是天上地下。最初的几天,他们会迟疑,不敢轻易躺在床上,不敢坐沙发,也不敢用桌子或是踩地毯。即便是坐在沙发上,他们也会歪向一边,生怕把沙发弄脏弄坏。在他们看来,沙发似乎就是摆设,要是弄坏了,房东会讨厌他们的。这就是他们走进英国房间后的第一反应。不过我还要讲另外一个重要的话题。

　　虽然英国各楼都有房东,但其实房客见的最多的则是女房东。交房租、协商、安排饮食,所有这一切都需要与女房东打交道。我的朋友们刚到时,有位英国女士走到他们面前,对他们谦和地说"早上好"。朋友们都兴奋起来,却不知该如何回应,只是简单地问候一声便僵直地站在那里了。之后他们便看见其他旅英孟加拉朋友与女房东交谈自如,讶异之情溢于言表。这可是穿着鞋和长服、戴着帽子的白人女士啊!

从那时起，这些新来客就崇拜起他们的朋友来，却从没想过有一天他们也能勇气十足，完成这样的"壮举"。将新来客领回房间后，阅历更丰富的旅英孟加拉人就会回到自己的公寓，一个星期都在嘲笑这帮毛头小伙子的无知愚昧。而女房东始终谦逊有礼，每天都来询问房客有何需要。朋友们告诉我这让他们乐在其中。还有个朋友说，他第一次有机会给女房东点脸色瞧的时候一整天都特别高兴。不过即便是在那天，太阳也没打西边出来，高山未能挪移，燃火也未无由地熄灭。

他们自此便住在了铺有地毯的奢华房间。他们说："在我们本国，根本就不存在自己的房间这种概念。我们在房间里做事的时候，家里其他人进进出出，天天如此。我可能在写作，我的哥哥就在旁边拿着课本打瞌睡，而家庭教师则在房间另一边铺的垫子上大声教授数学乘法表。但在这边，我有了自己的房间，可以按自己的习惯摆放书籍，不用担心哪天一群孩子冲进来把书架弄得一团糟，也不用担心某天两点从学校回来，有三本书找不到，找了一圈才发现是小侄女拿走给小伙伴们看图片去了。在英国我能自己待在房间里不受打扰。即便房门虚掩，也没人会直接闯进来，大家都会先敲门。男孩子也不会大喊大叫。环境特别安静，也没有什么纷扰。"打这以后，他们就开始鄙视自己的国家。

一般来说，孟加拉人很难和英国男士进行融洽的交流，这是因为，在英国要想和男性交朋友，交谈时应当兴致勃勃，而不是声音低沉，毫无底气。不过，此处的孟加拉侨民和女性相处得倒是很融洽。你瞧，餐桌旁的那二位正喁喁私语，温柔又甜蜜。跟女士促膝交谈让他感到十分快乐，浑身都散发出喜悦的气息。在印度，美丽遮遮掩掩，只可在内室展现。而离开印度，来到这片美丽大方的土地，我们都想象沐浴月光的鹧鸪鸟一样大声歌唱。

一天，我们的一个孟加拉朋友前去参加英国晚宴。这是他第一次参加这样的宴会，在这样的聚会中，外国人通常会受到热情款待。主人的女儿挽着他的胳膊，邀他坐在餐桌旁。以前我们没有机会和印度的女性自由交流，而现在刚到英国，更是难以弄清这边女性的意图。她们和我们谈笑风生，只是出于社交礼仪的需要，我们却可能以为她们开始喜欢我们了呢。我们的这位朋友给这位年轻的 K 小姐讲了许多印度的故事。他说他非常喜欢英国，不想回到印度，那边人人都迷信得很。最后，他甚至还给 K 小姐编起了故事，说自己在苏达班①猎杀老虎时差点儿送了命。听了这些，那位英国小姐一眼便看出这小伙子定是爱上她了。她满足地看着面前的仰慕者，对他又说了许多甜言蜜语的话。这是怎样甜蜜的对话啊！

究竟是什么香料才让孟加拉人逐步转变为像米豆粥一样杂烩的旅英孟加拉人，我想现在你大概了解了吧。我无法告诉你所有的细节，因为人的思维总是受到许多琐碎事物的干扰，深究任何一方面，我的文章都会大大加长。

---

① 苏达班：印度西孟加拉邦的红树林地区，是孟加拉虎的主要栖息地之一。

要想充分理解旅英孟加拉人,就需要观察他们在三种人——英国人、孟加拉人、其他旅英孟加拉人——面前的表现。在英国人面前,旅英孟加拉人完全就是一副谦虚矜持的样子,他们举止文雅有礼,不会伸脖子,也不会瞪眼。即便在争辩时,他们也会尽量表现得温顺谦恭;很快,他们就会后悔竟然和他人进行了争辩,随后便不停地向那人道歉。即便他们嘴上不说,他们的肢体语言也会将他们出卖。举手投足间、扬眉弄眼处,均流露出他们对英国人的服顺与尊重。可是这同一个人,到了他的那些旅英孟加拉同胞面前,又是另一番表现。你最先注意到的便是他的粗鲁。如果一个孟加拉人在英国已经待了三年,他便会觉得自己要比那个在英国仅待了一年的孟加拉同胞优越得多。要是这两个人吵起架来,前者也会极为鄙视后者。他说出的每个字都是那么铿锵有力,给人的感觉就好像是在这场没有听众的辩论中他的论断是多么正当合理似的。若是对方提出抗议,他就会以"就是你不对"或是"你缺乏修养"来作答。

有一次,我们几个人在一起聊一个有关丧葬习俗的话题。我们一致认为,按照印度的习俗,一个人的父亲或母亲去世之后,在守丧期间,他只能吃自己做的简单的米饭,只能穿简单、朴素的衣裳。有个旅英孟加拉小伙子,听闻我们的观点之后,不耐烦地对我说:"你肯定不喜欢这些习俗!"我反问说:"为什么不喜欢呢?我觉得,要是英国人在其亲属去世之后吃哀悼米饭而我们不吃,你肯定又恨透了我们的这种习俗,最后又会把我们糟糕的运气全都归咎于不吃哀悼米饭上去。"在英国人的眼中,"13"是个不吉利的数字;在他们看来,如果一桌有十三个人一起吃饭,那么一年内其中一人必将死去。旅英孟加拉人不假思索地接受了这种观念,他们在请客的时候,必定不让十三个人同时落座,还会说:"我自己并不信邪,但我还是别破坏传统为好,免得客人害怕。"还有一天,我看到一个旅英孟加拉人责备自己的孩子,不让他在周日的时间里在街上玩耍。我问他原因,他说:"别人看到了会怎么想啊?"

有的孟加拉人想在印度按照英国的方式出租公寓,在这些人看来,英国的那种商业模式才是时髦的。还有个孟加拉人,对英国男男女女一起跳舞的做法顶礼膜拜,于是便想在印度如法炮制,以此来改革印度社会。当他发现印度的妇女在某些方面做的跟英国妇女不一样时,便大发雷霆、怨气冲天,好像这些无关紧要的行为差异会要了他的命似的。另一个旅英孟加拉人也很有意思,他对大多数印度妇女颇有微词,抱怨她们不会弹钢琴,不会接物待客,也不懂得像英国女人那样回访友朋。他们本来就脾气暴躁,哪知道他们偏又发现了英印两国间如此微小的差异,如此一来,他们浑身发热发烫,热血沸腾,几欲呜呼哀哉了。最近我还听说,有个旅英孟加拉人常向他的朋友们诉苦,说是一想到要回印度,身边被一群哭哭啼啼的女人包围,他就伤心绝望,痛不欲生。其实他心里所想的,就是希望他的妻子能一看见他就称呼他"亲爱的",并跑过来,拥抱他、亲吻他,头依偎在他的肩膀上。看到这些年轻人探索餐桌上正确的刀叉用法时,你不得不佩服他们那惊人的严谨性和周密性。在谈到贵族服饰的设计、裤子的松紧程度;是华尔兹好还是波尔卡-马祖卡好;是先吃肉再吃鱼还是先吃鱼再吃肉,到底哪种正流行哪种已过时时,他们的判断似乎总是正确无误。住在英国的孟加拉人总是比英国人更注意这些细枝末节。如果你用刀吃鱼,英国人知道你是外国人,便不会在意;而旅英孟加拉人则会马上跳起来,指责你这样做不对。如果你用喝雪莉酒的杯子喝香槟,旅英孟加拉人就会盯着你看,好像你这种无知就要毁了整个世界的祥和欢乐似的。如果他是地方法官而你正好在晚上穿了晨衣,那你一定会被抓起来坐牢。如果看到印度同胞羊肉和芥菜籽一同吃,在英国待过又回到印度的人便会问:"你怎么不倒立走路啊?"

我还注意到另一种奇怪的现象:孟加拉人在英国人面前批评起自己的祖国来,远比任何抵触印度的旅英印度人厉害。他会自己挑起这个话题,纵情嘲笑印度国内流行的各种迷信,声称印度的毗湿奴派里有一个"巴拉瓦恰亚"教派,还把这一派的各种仪式描画出来给人看。他还会讽刺印度的舞女,要是有人对他的这番讽刺发笑,他就会颇感满足。他做这一切就是极力希望别人别把他当作印度人,他还老怕有人认出他是孟加拉人。有一次,一个孟加拉人走在路上,另一个孟加拉人走过来直接就用印度斯坦语向他问话。这可激怒了他,他一声不吭地就走开了,因为他最讨厌有人从外表就能看出他讲印度斯坦语了。还有个旅英孟加拉人,曾写过一首吟游诗人风格的"圣歌"。之前我曾引用过其中的几句,不过,既然现在我还记得剩下的几句,那我索性就将之写在下边。但这位作者不像"吟游诗人"那样崇拜深肤色的夏玛,而

是迷恋美丽的高利,在这首歌中他也提到了此人:

母亲,
当我离开此生,
我愿来世生为白人。
红发上戴一顶帽子,
再也不要那受人鄙视的棕黑皮肤。
我会拉着白人姑娘的手,
同她在草坪上漫步;
看到了黑人,
我会轻蔑地大喊一声——你这个黑鬼。

之前我曾提到过英国的女房东,讲了她们如何照顾房客的情况。如果房客很多,她们就会专门雇个看门人,或是叫来亲戚帮忙。有的房客是在确定了女房东很漂亮以后才来租房的。搬进公寓之后,这些房客会先同房东的女儿交朋友。不消三两天,他们就会给她起个爱称;一个星期之后,就会给她写情诗。有一次,女房东的女儿给一个房客送了一杯茶,问他是否需要加糖。这个房客微笑着回答说:"不用了,奈丽,既然你碰了这个杯子,我觉得就不用再加糖了呢。"我听说,有个旅英孟加拉人曾称呼他家里的佣人为姐姐,还有一个喜欢上了佣人。如果有个女佣人正在他自己或隔壁的房间,而他的一位旅英孟加拉朋友则在大声唱歌或大笑,他就会厉声斥责这位朋友道:"别喊啦,别唱啦!这会让艾米丽小姐怎么想啊?"还记得有一次,我们招待了一个从英国回来的客人。席间他叹气道:"这是第一次没有女士和我一起进餐。"有个旅英孟加拉人曾经邀请他的朋友到他租住的地方做客,当时,女房东和几个女佣也在餐桌旁就座。主人注意到有个女佣衣着不洁,便要求她去换,女佣却答:"若是爱一个人,即使她穿着脏衣服你也爱。"

不瞒你说,旅英孟加拉人还有一个怪癖。许多来英国的孟加拉人都不会承认自己已婚这个事实,因为他们知道,对女仆来说一个已婚男人是没有多大吸引力的。你要是假装未婚,便能和英国女仆们融洽地相处;可要是她们知道你都结了婚了,便不会再让你和她们一起打闹玩耍。由此可见,假装是单身汉具有多么大的好处!

当然,你会遇到许多不符合我上述描述的旅英孟加拉人,但我所说的都是在旅英孟加拉人身上看到的普遍特征。

我并不知道旅英孟加拉人在回到印度之后究竟经历了哪些遭遇,但我发现,他们在印度待了一阵然后再回到英国之后,他们的身上发生了许多变化。他们开始讨厌起英国来,但他们自己也不清楚究竟是什么原因,不清楚是他们自己变了还是英国变了。过去,他们迷恋英国的所有东西;而如今,他们讨厌英国的夏天,讨厌英国的雨。对他们来说,要是不得不回印度了,他们也不觉得遗憾。过去,他们极其喜爱英国的草莓,觉得那是世间最甜最好吃的水果;但现在,英国草莓也不再像以前那样那么好吃了,而很多印度水果则要比草莓好吃得多。过去,他们非常迷恋德文郡出产的奶油;但现在,他们更爱吃印度的稠牛奶。他们开始在印度安定下来,在那里娶妻生子,挣钱养家。他们也变得更加随和了,即使整日扇扇子乘凉,也能自得其乐。相反,在英国,若是想活得开心,或是过奢华的生活,就得绷紧神经,热情高涨。这里的物价很高,每个月花三个半卢比根本养不起仆人。你不能指望有十个仆人伺候你去这儿去那儿,没有钱,想去别处也没有车子载你。要是你想去剧院,晚上偏又下着雨,那你得自个儿举着伞,在泥泞的道路里走上一英里前去观看。至于能否准时而安全地到达,还要看你是不是体格健壮、年轻气盛。

# 英国女人

我给你讲讲这里时髦又有钱的女士的故事吧。她们要是在我们从前的婆婆们和守寡的小姑子们手下过些时日,准会变得服服帖帖。她们都是豪门大亨的妻女们,有佣人服侍,不用工作。管家负责监督各种家务活,护士负责照顾小孩,家庭女教师负责监督小孩的学习,从旁辅助。所以,这些女士其实是真没什么工作要做。她们就只有一件事要做,那就是忙着打扮。然而,她们都有女侍,因此就算是打扮这事,也不必自己亲力亲为。她们整天闲得发慌。打发时日的第一件事就是整个早上躺在床上,而且卧室得锁好门窗,防止日光照进来打扰她们。她们连早餐都是在床上享用的。要是哪天十一点不到就走出了卧室,她们会觉得自己这天起得真早。接下来就要梳洗打扮了,这事儿我可没法跟你交代任何细节。据我所知,最近英国的潮流是洗澡,不过洗澡这一习惯尚未流传开来。英国的女士们每天会清洗很多次脸蛋、脖子以及暴露在外的一段玉臂，却从不费神清洗身体的其他部位。她们认为脸蛋是女性最吸引人的部位，单单清洗脸蛋就够了。她们还认为，每个月只要用湿毛巾擦两遍身子就很讲卫生了。之前，我和一家英国人住了一段时日。得知我有洗澡的习惯后，这家人很惊慌，他们没有沐浴设施，于是赶紧为我借了一个浅浴缸。

家里来了客人，女主人的职责就是陪客人聊天。万一哪天来了很多客人，女主人就得巧妙地陪每位客人聊天，展示她的甜美笑容，决不能偏心任何一位。这可是一桩难事，大量练习之后才能做好。经过留心观察，我发现，她们和别人聊天时会和对方进行目光交流，一旦谈话结束，她们就会立刻转向所有人，并嫣然一笑。有时候，她们先和一位听众目光交接，自然而然地开始和他聊天。然而，同这位客人聊天的同时，她们又会迅速地扫视在场的每位客人。有时候，她们会蜻蜓点水式地和每位客人攀谈几句，就像职业发牌者在手中快速拨弄每张纸牌那样。她们表现得洒脱自如，明显是提前背好了不少可以信手拈来的社交辞令，就像发牌者提前准备好了一副牌。譬如，女主人会对一位客人说，"今早天气多好啊，不是吗？"然后又迅速转向另一客人说，"昨天晚上尼尔森太太在音乐厅演唱，唱得可好了！"在场的女宾们于是纷纷补充赞美之词，这位说"她的歌声真有魅力"，那位说"唱得太棒了"，第三位接着说"简直是天籁之音"，最后一位则说"你们说的都没错"。在我看来，这些是她们每日早上都要操练的谈话技巧，难怪这家女主人要经常接待客人。她从慕迪图书馆订阅图书，经常借些昙花一现的小说，带回家中赶快看完，归还后再借别的。除了看小说，她还忙着调情，忙着和男士们嬉笑怒骂，甜言蜜语。绅士们讲讲笑话，说些有的没的，她听完后就佯装受到了伤害，娇羞地挥起纤纤粉拳，嗔骂道："噢，你这捣蛋鬼，缺德的，令人讨厌。"如此一来，反而让那位被骂的调皮绅士感到心满意足。就这样，她们每天招待宾客，互相回访，一起看新潮小说，引领潮流，追逐时尚。忙活这些的同时，她们还调情嬉戏，甚至还要"谈情说爱"。我们国家的女孩从小就是为婚姻而准备的，她们接受的教育不多，因为不会出去工作。同样的，这里的女孩也是从小就悉心打扮，待价而沽。她们只会学习能把自己嫁出去的知识与技能。为了能在婚嫁市场的橱窗上一鸣惊人，她们学唱几段歌曲，学弹几支乐曲，练习优雅的舞步，学上几句法文（哪怕发音不准），另外还学点针线活。我们国家的女孩和这个国家的女孩几乎毫无差别，正如我们国家生产的娃娃和英国的娃娃没甚区别。唯一不同的是，我们的女孩不用学弹钢琴，更不用学杂七杂八的技能，英国女孩则要接受一点教育，不过两个国家的女孩最终都只是为了把自己嫁出去。这里也是男性主导，女性服从；丈夫命令妻子做事，代表妻子拿主意，这是公认的天赋人权。除了时髦女士，英国当然还有很多不同类型的女性，否则就太不合情理了。中产阶级女性必须努力工作，但还无法享受奢侈的生活。每天早上，她们都要照料厨房，检查卫生，看看存货够不够，不同物资是否都在合适的位置放好，诸如此类。之后，她们要吩咐下人去市场采购食物和烹饪调料，还要尽一位中产阶级主妇的本分，精打细算，想不同法子省钱。假如昨天有剩菜,不妨用来熬一锅汤,或是把前天吃剩的早已不新鲜的肉碎重新加工,搬上今天的餐桌。她们每日都要处理大量的家庭工作。此外,她们还要扮演裁缝的角色,为孩子编织袜子和其他衣物,也为自己缝制衣物。她们不一定看小说,可能会读读报纸。有的连报纸也不看,只看看信,写写信,对对购物账单,算算日常开支。她们会说:"就让男人们处理政务和其他重大事情好了,我们女人有自己的职责。"柔弱是女性炫耀的资本,所以,很多女性即便一点都不疲累,却还要做出一副累得站不稳的姿态。同样的,在学习上她们总是吹嘘"我们不懂这些"。原来,缺乏教育,悟性不高,也是可以公开吹嘘的资本。这里的中产阶级妇女对教育没有激情,她们的丈夫倒也不会为此而不高兴。她们的生活只有家庭主妇应尽的职责。每天晚上,丈夫下班回到家就会得到一个"甜蜜的吻"。(当然,不用明说,也不是家家户户都这样。)丈夫回到家,就有温暖的火炉和做好的晚餐等着他。晚上,妻子继续没做完的针线活,丈夫则为妻子读起小说来。外面,雨淅淅沥沥地下着。家中,门窗紧闭,火炉烧得正盛,多么温馨,多么甜蜜。妻子或许还会为丈夫弹上一段钢琴曲。这里的中产阶级主妇都很简单。尽管她们受教育的程度不高,却也懂得不少,而且她们的悟性也很高。在这个国家,谈话聊天就能学到不少东西,更何况她们并不局限于在家中聊天,还会出外会朋友。如果亲朋好友在讨论严肃话题,她们会聆听他人意见,并发表自己的见解。她们能理解有识之士如何从不同角度、不同立场解读同一件事情。如果一个话题开始了,她们不会问愚蠢的问题,更不会一脸茫然地盯着别人看。她们也能和朋友轻松闲聊,聚会中从不会露出沮丧或羞愧的神态。她们君子之交淡如水,却也不会疏于联系乃至失礼。她们在社交中轻松雀跃,心满意足。她们或许没有过人的才智,却有丰富的幽默感,听完一段有声有色的笑话后,总会肆无忌惮地开怀大笑。她们要是喜欢某样事物,就会不吝言辞地夸奖一番。

我在我的老师C先生家里住了一段日子,他们家与众不同。C先生是中产阶级知识分子,精通拉丁文和希腊语,没有儿女。他家住着四个人:他自己、他太太、女仆,还有我。C先生正当盛年,却终日满怀心事,容易暴躁。大部分时间C先生都待在一楼厨房旁的房间里,那里的窗户本来就小,他还一直关着门。房间本可以透过窗户照进一点宝贵的阳光,C先生却给窗户都挂上了窗帘。房间里、四面墙上,都塞满了沾满尘埃、又残又旧、大小不一的希腊文和拉丁文书籍,看着挺吓人的。踏进房间,你会觉得有点喘不过气来。这就是C先生读书和教书的书房。他老是露出厌恶的神情。靴子过紧,半天穿不上的时候,他会大发雷霆。口袋不小心勾住墙上的钉子,他也会气不过来,眉头深锁,双唇扭曲。他本来就神经过敏,墨菲定律①还老让他碰上让人神经紧绷的事情。他走路老是绊脚,想打开箱子时总也打不开,等打开箱子了,却找不到想要的东西。有时候,我早上去他书房,会看到他一个人在那里毫无由来地悲叹呻吟,痛苦不堪。不过,C先生其实只是一名无辜的绅

---

① 墨菲定律:揭示了一种独特的社会及自然现象。它的极端表述是:如果坏事有可能发生,不管这种可能性有多小,它总会发生,并造成最大可能的破坏。

士。他神经过敏,却并非脾气火爆。他会抱怨,却从不跟人争吵。他从不向他人撒气,只对家中名为"小不点儿"的小狗发泄怒气。"小不点儿"没日没夜地到处乱跑,还老撞到他的时候,C先生就会大声训斥它。我从没见过C先生面带笑容。此外,他穿得总是破破烂烂、脏兮兮的,这就是C先生。他以前是牧师,我敢说,他每个礼拜日都会向信众描述地狱有多恐怖。他总是很忙,还要教很多学生,有时连吃晚饭的空都没有。有的时候,他更会从早上醒来一直忙到晚上十一点。难怪他会神经过敏,这都是环境逼的。C太太为人正直,性情平和,从不冒冒失失。C太太或许也有过年轻貌美的时候,不过如今看着却比实际年龄还要老,整天戴着一副眼镜,衣着朴素。她负责烧菜做饭,处理繁琐的家务。由于没有子嗣,事情倒也不太多。她对我照顾有加。明眼人都看得出,他们夫妇俩并无感情,却也从不争吵,这么多年就安安静静地过去了。C太太从不踏足丈夫的书房,一整天下来,夫妻二人唯一的见面时间就是用餐时间。用餐的时候,他们从不聊天,倒是会和我说说话。C先生想吃马铃薯了,就会低声对太太说:"来点马铃薯。"(他不说"请"字,也可能说了,可是声音低得听不见)。C太太会说:"我希望你能客气点儿。"C先生这时会说:"我刚刚可是说了'请'了的。"C太太则回说:"我可没听见。"于是,C先生就驳斥道:"这不是我的问题。"然后,二人就都陷入了沉默。这些时候总是让我感到无比尴尬和窘迫。有一天晚餐时间,我迟到了,刚走到餐桌前,就听到C太太在训斥C先生,责怪他在吃肉的时候吃了太多的马铃薯。看到我出现,C太太立刻停了下来。C

先生却抓住这个机会实施报复，开始吃更多的马铃薯，C太太只能在一旁干瞪眼。他们从不称对方"亲爱的"，甚至连不小心这样叫错都没发生过。他们也从来不叫对方的教名，只彼此称呼"C先生"和"C太太"。有时候，C太太本来正和我聊天，忽然看到C先生，我们之间的对话就会戛然而止。C先生也一样。有一天，C太太正为我演奏钢琴曲，这时C先生进来了，问道："你打算什么时候才停呢？"C太太说："我以为你出去了。"然后，她就停下不弹了。我想听她弹钢琴的时候，她会说："等那位可怕的先生不在家了，我就给你弹钢琴。"她这样说也让我非常难堪。就这样，他们互不相让，但日子也就这么过下来了。C太太烧菜做饭、打理家务，C先生则努力工作、挣钱养家。尽管他们常常意见不合，却从未真正地吵上一架。就算太太有所抱怨，声音也往往很低，隔壁房间的先生压根儿就听不到。尽管如此，我还是在他们家待了好些时日。他们夫妇俩常常不和，我可没少尴尬。离开他们家，我总算松了一口气。

# 坦布里奇韦尔斯

我们搬出伦敦了。你肯定不知道,伦敦是一片人海,有潮涨和潮落的不同时候。每年初春到仲夏,就是伦敦的涨潮期。这个时候,伦敦到处都是戏剧表演、歌舞演出、公众舞会和家庭舞会,一片歌舞升平的景象。寻欢作乐的富家少女夜夜笙歌。她们每晚收到邀请,今天要欣赏舞蹈演出,明天要出席舞会,后天要看戏剧上演,大后天还要听帕蒂夫人唱歌,夜晚过得比白天还热闹。成百上千的追求者迫不及待地向美丽的少女们大献殷勤:挪椅、递盘、开门、切肉排、捡扇子。煤气点燃的火焰和人们呼出的气体让整个舞厅变得暖和。她们在大厅里彻夜跳舞,从晚上九点到凌晨四点,无休无止。她们可不像我们的印度舞娘那样懒洋洋地舞动四肢,而是不断地旋转起舞,我很想知道这些柔弱的少女是哪来的这么多力气。舞会上,人们除了寻欢作乐,也会关心国会集会。乐队演奏的和谐乐声、回响的舞步、桌上的笑声,无不弥漫着狂热的政治气息。每天晚上,保守党和自由党的两派拥护者都会激烈地讨论国会里发生的斗争。这就是社交季里伦敦的热闹景象。接下来,伦敦人潮渐退,满月开始亏缺,嬉戏欢愉不再有。留守伦敦的大部分人或是由于体弱多病不得不留下,或是因为有重要事务需要处理,抑或纯粹就是懒得出远门。离开伦敦成为一种潮流。我在萨克雷①的《伦敦旅途速写》上曾读到,这段时期有些留在伦敦的人会关紧家中的前门和窗户,在远离大街的房间里静静待着,让人以为他们都不在伦敦。去南肯斯顿公园看看吧,在那里你绝不会找到鞋带、帽子、羽毛、丝绸、羊毛这些东西。令公园蓬荜生辉,像一群彩蝶般让你眼花缭乱的粉嫩脸蛋,也都通通不见了。公园里还是树木葱郁,百花盛放,却缺了点什么。车辆、人群以及整个花花世界,都从伦敦退场了。

伦敦的社交季刚结束,我们就搬到了一个名为坦布里奇韦尔斯的半乡村地区。在这里,我心情愉悦,因为太久没呼吸到这么清新的空气了。煤炭烧焦的烟雾灰尘,夹杂着千家万户的烟囱里飘出来的煤灰渣滓,无边无际地渗透伦敦的每个角落。要是在大街上用水龙头冲洗手上沾到的灰尘,洗过手的水说不定都成墨汁了。每天不停吸入混有煤灰的空气,我们的大脑肯定会变得暴躁不安。坦布里奇韦尔斯有口天然喷泉,流出来的矿泉水富含铁质,驰名天下,游客都来这里饮用矿泉水。听到"喷泉"这个词,我们肯定都期待着看到壮丽的景观:群山环

---

① 萨克雷(William Makepeace Thackeray, 1811—1863):英国作家,著有《名利场》等名作。

绕,树木葱郁,灌丛茂盛,白鹭啼鸣,天鹅对歌;湖泊里荷叶田田,莲花盛放,微风拂过,布谷鸟啼,群蜂嗡嗡。最后,我们在如斯美景中身中爱神五支箭①,然后喝上一口清冽纯粹的山泉水,重回家中。然而,等真的到了那里后,我们才发现自己被"欺骗"了。我们只在乡村集市的中心地带看到了一口小小的泉眼,那泉眼用石头围起来,往外徐徐渗出淅淅沥沥的泉水。一名老妇人手持一口玻璃杯,站在泉眼旁等着给游人装水,一杯泉水售价一便士。没事做的时候,老妇人就翻开报纸,阅读前一天的国会新闻。集市里到处都是卖家,一棵树都没有,倒是有一家屠宰店,里面挂满了各种四肢动物的尸体,还有剥了皮的鸭和天鹅。眼前的一切让我非常恼火,无法相信这里的山泉水能富含任何强身健体的营养成分。

坦布里奇韦尔斯是个小镇,走几步就到了郊外丛林。镇上的房子都像伦敦里的一样,没有梁柱,没有门廊,倾斜的屋顶直线排列,单调乏味。这里的住房缺乏典雅的气质。相反,店铺却都装潢精致、整洁大方,透过玻璃橱窗还可以清楚看到店内的商品。屠宰店可没有玻璃橱窗,各种四肢动物的大腿、小腿,还有牛、羊、猪的不同部位,都以不同的方式挂在你眼前。店里还倒挂着鸭以及其他禽鸟的长脖子。店门口站着一位健壮的年轻男子,他挺着大肚腩,穿着褶皱不平的衣服,手持一柄亮闪闪的大刀。

---

① 印度教神话中,爱神手执弓箭,其箭用五种鲜花点缀装饰。中爱神之箭,意为堕入爱河。

英国的牛羊以肉质扎实、味道鲜美而驰名。假如这世上有食人部落,我相信英国屠夫们在乡村集市里肯定能卖到好价钱。一位女士曾对我说,一看到屠宰店她就会感到高兴和满足,因为这表明这个国家粮食充裕,有足够的食物填饱人们的肚子,不可能出现饥荒。可是,我不喜欢英国人往餐桌上堆砌肉块的做法。烹饪前先把肉切成小块,这样你很容易就忘记自己其实是在吃别的动物;但是,倘若桌上堆满大块大块的,还可辨出哪里是头哪里是四肢的肉,这就会让人感到恶心,仿佛你要生吞活剥一具尸体似的。

理发店的橱窗里陈列着木制的人头模型(头上戴着各式假卷发、假胡髭和假络腮胡子),还摆有各种号称可以治秃头的药膏。留长发的女士可以光顾这些理发店,让男理发师为她们洗头、设计发型。不过酒铺才是最壮观的。到了晚上,酒铺全都灯火通明。这些酒铺往往不小,里面更是非常宽阔,装潢也很精致,里里外外都挤满了客人。裁缝店也很吸引人,闪闪发亮的橱窗里也陈列着人体模型,挂着时髦的服装。店里设有女装区,每天都有大量闲逛却不买东西的客人如饥似渴地盯着这里的服装看。买不起昂贵衣服的时髦女士会仔细观察橱窗里的款式,然后回到家中缝制出与之差不多的款式,这比请裁缝做衣服省钱多了。

我们的住所附近,有一片空旷的山地,称作"公共地带"。"公共地带"四面开阔,上面长有几棵大树,还长满了灌木和杂草。这里的植被品种单一,虽绿意盎然却显得单调乏味,给人的感觉就好比是一名寡妇穿着寡妇常穿的老土服饰。这里地势平坦,布满了多刺的灌丛,我很喜欢。带刺的灌丛和平坦的泥土中点缀着一簇簇盛放的风铃草,别处,白雏菊、黄毛茛正开得灿烂。这就是人们散步的地方。这里人很少,很多地方从不会人潮拥挤。伦敦的大型公园总是挤满了戴着帽、提着伞的人潮。这里可不一样,相隔甚远的长板凳上,稀稀落落的几对游人共撑一把伞,久坐不去;有的则手牵着手在远离尘嚣的小道上散步。这里的一切都令人舒服。夏日尚未结束,清晨和夜晚煞是迷人。盛夏之时,凌晨两到三点,晨曦初露;下午四点,太阳正当猛烈;而直到晚上九点甚至十点,太阳才落下山去。一天早上,我五点醒来,然后去"公共地带"散步。我在位于山顶的一棵树下坐下。极目远眺,熟睡的小镇宛如一幅画。当时没有一丝晨雾,空荡荡的街道、高耸入云的教堂塔楼、千家万户的房子,所有这一切都在晨曦下抹上了一道微红,衬着蔚蓝的天空,仿佛一幅木版画。现实中,这座小镇却毫无美感。这里的每座房子都围着四面干巴巴的墙,墙上挖开几扇窗户,屋顶上矗立着难看的烟囱。天色渐明,成百上千的烟囱开始炊烟袅袅,整座小镇于是变得朦胧模糊起来。街上开始人来人往,车水马龙。店主从手推车或马车里取出面包、肉食和咖喱,送到每家每户(这里的店主都是送货上门)。人们开始走向"公共地带",而我则开始回家。

我还喜欢去一个地方散步,那是丘陵环绕的道路。来往车辆倾轧留下的车辙使得路面凹凸不平,道路四周环绕着高大葱郁的乔木、丛草和雏菊等各式野花,沿途两旁还长满了黑莓以及其他各式攀缘植物和灌木丛,郁郁葱葱,宛如拉起两道天然的栅栏。穿大衣长裤的工人和满脸沾满泥土灰尘的人们每天在这条路上来来回回奔走。脸蛋胖乎乎的小孩子，在家外面或是在这条路上嬉戏玩耍——我在其他国家从未见过如此活蹦乱跳、健康圆胖的小孩。房子旁还有小池塘，家养的鸭子在池塘里嬉戏。虽然这里的野外凹凸不平，但这里的庄稼地却平坦而整齐。这里日光不算猛烈，小草翠绿鲜嫩，可不像我们国家那样像烧焦了似的。野外风光如画，柔和的绿色看着很舒服。高大的树木和白色的建筑从远方看起来很"迷你"。绿野的远处是一片树林，在那里，巨大的松树长得密密麻麻，挡住了大部分的阳光。松树林里幽暗肃穆，祥和宁静。

# 海滨小镇

正值夏日,阳光好极了。时钟刚刚敲过两下。舒适的微风就像印度冬日下午的那样。下午的阳光里,身边的一切都暖融融的。我精神很好,却又有一点分心。

我们现在住在德文郡①的海滨小镇托基②,这是一个丘陵地区。天空总是很晴朗,没有云,没有雾,也没有阴霾,放眼望去皆是绿色。小鸟叽叽喳喳地欢唱着,花儿开得正好。当我们待在坦布里奇韦尔斯的时候,我常常想,要是丘比特到了这儿,他将没法制作他的爱神之箭,他只能勉强从树上和多刺的灌木丛中采集一些野花。然而在托基,哪怕制作一支能在一分钟内射出一千朵花的箭,哪怕昼夜不停地发射,也永

---

① 德文郡:英国第四大郡,位于英格兰西南部。德文郡有很多海岸度假区与历史遗迹,加上其温和的天气,旅游业很兴盛。
② 托基:英国德文郡第一大镇,以海滩闻名。

远不用担心花朵短缺。我们走到哪里,都好像是踩在花毯上。每天我们都去山上漫游。牛羊在山上吃草,山势陡峭,走起来很费劲。登山的石阶有不少已经破碎。有些地方道路很窄,两边的树木枝叶繁茂,挡住了阳光。有些地方,道路会突然被茂盛的藤蔓和灌木拦住。阳光一直很好,天气很暖和,这让我想起了印度。和伦敦比起来,这里这种温暖的气候使动物昏昏欲睡。马匹慢吞吞地踱着步,人也一样懒洋洋地过着日子。

我很喜欢这里的海滩。涨潮的时候,巨大的礁石只露出顶部,看上去就像是海里的小岛。海边是高高低低的山崖,海浪在山崖的底部凿出一个个小山洞。有时候,当海浪退去,我们会探进这些洞穴里去。清澈的海水聚在洞底的小坑里,海藻星星点点地散布着。空气里有一种清新的海的气息。到处都是大圆石和小石子。偶尔,我们会用力把石头挪开,收集海贝和蜗牛。有些岩石看上去就像是从山崖插出,倾斜在海面之上。有时我们冒险爬上这样的岩石,观看下方汹涌的波浪。海风呜咽着,小帆船慢慢驶远。天气很晴朗,我们撑起伞,在岩石上的这一方阴凉里静静躺着。在哪还能享受到这样的闲适呢?有时我会去山里,找一个灌木环绕的僻静地方,读上一本书。

# K 先生一家

圣诞节过去了,转眼就到了新年。不过这里一点都不热闹,没有一点过年的气氛,而据他们说,在法国迎接新年,则要喧闹得多。新年前夜,我们的邻居整夜都开着窗,似乎是在担心旧年不肯离开屋子,新年就只好在外边等着了。

我们从托基回到伦敦已经很久了。在这里,我和 K 先生一家人住在一起。家里有 K 先生、K 太太、四个女儿、两个儿子、三个女仆、我,还有他们的爱犬特比。K 先生是一名医生,他的头发和胡子几乎全白了,但看上去依然健壮而英俊。K 太太亲切又和善,她悉心照料着我。她总责备我天冷的时候不多穿一件羊毛衣。如果她认为我没有吃饱,就不肯让我离开餐桌,直到我吃得让她满意为止。记得有一天,我咳嗽了几次,她就不许我洗澡,让我吃下一堆药;在我上床睡觉之前,又照料我用热水洗了脚。

每天早晨，K家大小姐总是第一个起床。她下楼去确认早餐是否已经准备好，然后又往火炉里添了几铲煤，好让屋子里更暖和。过了一会儿，就能听到楼上老K先生沉沉的脚步声，他摇摇晃晃地走下楼，来到餐厅。他先是暖一暖手脚和身体，然后在餐桌前坐下，抓起报纸，再亲一亲他的大女儿，并对我道声早安。他是一个快活的人，我们常常在一起开开玩笑。他把报纸上的内容读给我们听。当他的二女儿和三女儿下楼来亲吻他的时候，K先生刚好喝完第一杯咖啡。K先生和二女儿、三女儿约定，如果她们比他起得早，他就欠她们每人5克朗①；如果他比她们起得早，她们每人就要被罚1克朗。尽管单次处罚的数额很小，但她们却已经欠他好几镑了。债主每天早上都要催债，欠债人却总是嬉笑着耍赖。K先生说："这不公平。"有时候他会转向我："T先生，您来告诉我们，难道赖账是合理的吗？"这时，我俨然成为一位仲裁人。

早餐通常在九点半结束。K先生的大儿子已经上班去了，小儿子和小女儿也已吃完他们的早餐。噢，我差点忘了特比，它在火炉边已经坐了一会儿了。特比体形小巧，长长的毛发几乎把它的脸全遮住了，只能隐约看到它的眼睛。它年事已高，一只眼睛已经看不见东西了。K先生一家人很宠爱特比，而特比也几乎把自己当成了一位王子。它不爱去客厅以外的地方休息，总是跳上客厅里最好的椅子，舒服地坐在那

---

① 克朗：货币单位。

里。不过如果有谁也想坐那张椅子,它也会很乐意地挪到旁边的沙发上去。特比每天的早餐是三块小饼干,它喜欢坐在它的小饼干前,等着我和它玩一会儿。我常从它的嘴里抢出小饼干,然后让小饼干滚动起来。早些时候,如果我起得晚,特比会带着它的小饼干到我的卧室门外,冲着屋里叫唤。如果此时我正在睡觉,我就会变得很恼火。特比发现了这一点后,便不再冲着我的房间叫唤,而是尝试着用爪子轻轻推推门,然后坐在门外等我。当我从屋里出来时,它总是摇着尾巴,兴高采烈地跳来跳去,然后看看小饼干,又看看我。

不管怎样,早餐都会在九点半结束。早餐过后,K太太就戴上手套,和女仆上到三楼,然后一层一层地往下打扫卫生,打理家务。K太太还要去厨房查看蔬菜、面包和黄油账单,安排好所有必要的付款。她要检查厨房用品和调料是否干净,是否放在了合适的位置;她要查看肉是否新鲜,够不够秤;有时候,她还要帮厨娘做饭。有时候她也上楼去与丈夫商量家务事。就这样,从早餐时间一直到下午一点半,她都在忙个不停。大女儿有时候会帮K太太一把,二女儿每天会打扫客厅,三女儿则负责缝补枕套、袜子和其他衣服。有时候K太太一时兴起会高歌一曲,宛若一个音乐家。到了假期,K先生的小儿子和小女儿不用去上学,所以总待在一起玩。

一点半,吃完了午饭,我们都去忙自己的事情。这也是客人来访的时间。此时,K太太或许正戴着老花镜,在客厅里缝补K先生的一双袜子;二女儿正为侄子织着毛衣;三女儿坐在炉边,读着格林①的《英国人简史》;大女儿则出去拜访友人去了。三点左右或许会有客人来访。客人们走进起居室的时候,女仆会通报道:"A 先生和 A 太太来了……"于是,K 太太和女儿们放下手里的袜子、毛衣和书,准备迎接客人。谈话总是从天气开始。然后 A 太太提到:"X 先生竟然在 43 岁这年患了麻疹,不得不请了四天假。昨天他回到办公室,被同事们取笑了一番。"闻此,其他人纷纷表示对 X 先生的同情。渐渐的,他们聊起关于麻疹的每一件事。K 小姐告诉大家,G 先生的三儿子也得了麻疹。随后,话题自然又转向了 G 先生的堂妹 E 小姐。E 小姐现居澳大利亚,刚刚嫁给了 B 上尉……如此下去,又聊了一些别的事,A 夫妇这才告辞。晚些时候我们出去散步,然后回家,在六点半吃了晚饭。晚饭过后,也即在七点钟左右,我们一起聚在客厅里。炉火烧得很旺,屋子里很是暖和,我们围坐在火炉边唱歌。我学会了很多英文歌,都是 K 小姐教的。我唱着歌,K 小姐则弹着琴为我伴奏。另外一些夜晚,我们会聚在一起读书。一周里的六天,我们能读上六种不同的书,有时会一直读到夜里十二点。

我和孩子们成了好朋友,他们叫我阿瑟叔叔。K 先生家的小女儿埃赛尔坚持我是她一个人的叔叔,如果她的哥哥汤姆说我也是他的叔叔,埃赛尔就会大声抗议。有一天,汤姆故意逗她,对着我大喊"我的阿

---

① 格林(John Richard Green,1837—1883):英国历史学家。

瑟叔叔",埃赛尔立刻撅起小嘴,搂着我的脖子大哭起来。汤姆像大多数男孩那样,有点儿顽皮好动。他是个好孩子,胖乎乎的,脑袋很大,脸上总现出一副沉思的表情。有时候他会问一些不寻常的问题。有一天他问我:"阿瑟叔叔,老鼠们都做些什么?"我说:"它们从厨房里偷吃的。"汤姆认真想了一会儿,又问:"偷?它们为什么要偷?"我说:"因为它们饿。"汤姆走出了屋子,很显然,他对这个答案并不满意,因为一直以来他都被教导,不经允许就拿走他人的东西是不对的。每每埃赛尔哭泣的时候,汤姆总是试着安慰她:"埃赛尔,乖,不哭!埃赛尔,乖,不哭!"埃赛尔清楚地知道,自己是一位淑女,所以她总是规矩地坐在椅子上,有时候还责备汤姆说:"不要打搅我。"有一天,汤姆摔了一跤,哭了起来。我对汤姆说:"男子汉不哭。"埃赛尔马上跑向我,说道:"阿瑟叔叔,小的时候我在厨房里摔跤了,但是我没有哭。"天,她小的时候!

N先生是K先生的大儿子。虽然他也住在家里,却很少能见到他。他整天都待在办公室里,不在办公室的时候,也很少见到他,因为他正在追求E小姐。他们已经订了婚。星期天,他和未婚妻要去两次教堂。下午有空的时候,他常去E小姐家拜访,喝上一杯下午茶。星期五晚上,他总是去E小姐家吃晚餐,这样他几乎再没有什么空闲时间了。这对爱侣在一起很幸福很满足,不再需要任何其他人的陪伴。星期五晚上,即使下着暴雨,N先生也要抹上润发油,仔细地把头梳了又梳,将外套刷干净,然后带着伞出门。有一天天很冷,N先生又得了重感冒,我以为这个可怜人在这种情况下不会冒险出去。然而不到七点,他就已经穿戴整齐走下楼，准备出门了。

我和这家人相处得很好。一天，K家二女儿告诉我，当初她和埃赛尔听说一个印度人要和他们一起住的时候，她们感到很害怕。在我到的那天，她们跑去一个亲戚家，在那里住了将近一个星期。直到听说我的脸和身体并没有布满文身，我的嘴唇也没有穿孔，她们才又返回家中。然而最初的两天，她们和我说话的时候，都不看我的脸。或许她们害怕我会变成某种奇怪的生物。后来，终于，她们看到我了，然后呢？

我和这家人快乐地住在一起，我们相处得很融洽。每当夜晚来临，我们总是彼此陪伴着，唱歌读书，而埃赛尔一刻也不想离开她的阿瑟叔叔。

# 第二辑 俄国书简

# 踏上俄国的土地

终于到了俄国！真是怎么看都让人惊奇的国家，它跟别的国家毫不相同，完全就是另外一番景象。它使所有人觉醒，无一例外。

自古及今，文明社会一直就存在着许许多多无名之士。他们是社会中的大多数，是负载重担的牲畜，没有时间去过人的生活。他们靠社会财富的渣滓长大，吃最少的食物，穿最破的衣服，接受最低等的教育，却还要为别人做牛做马。他们最辛苦，却受到最多的屈辱。几乎不需什么理由就可以让他们食不果腹，还要忍受主子的羞辱。他们被剥夺了一切生活中有价值的东西。他们就像一盏烛台，头顶人类文明的火烛，使高高在上的人沐浴烛光，而他们却浸染成流下的烛泪。

过去我常常去想他们的处境，最后却得出结论：没人能帮得了他们。如果没有下层人群，何来上层人士；而如果没有上层人士，就不可能有高瞻远瞩的先见。动物似的存在绝不是人类的命运，人类的文明在于生存之外的东西。最受珍视的文明成果在悠闲的原野上，因此人类文明需要留存一处悠闲的角落。我常想，那些被迫艰苦劳作在社会底层的人，不仅是由于处境恶劣，更是因为精神和肉体受到压迫，因而应当尽最大努力去提升他们的教育，改善他们的健康，给予他们舒适的生活。

问题是，善心之下建立的一切都不能永恒，从外部行善只能步履维艰。只有处于平等的地位，才能给予其真正的帮助。虽然我还不能给出令人满意的解释，但如果有人认为文明只有通过压制多数人并剥夺其权利才能前进，那么我要说，这种想法简直就是对人类智慧的羞辱。这个真理同样适用于那些独立的社会结构。

想想缺少食物的印度是如何喂肥英国的吧。许多英国人认为，印度的成就自然应该来自于恒久喂养英国。为使英国成为强大的国家并为人类做出伟大的贡献而奴役另一个民族，这并没有错，这个民族吃不饱穿不暖又有什么关系呢！那些英国人有时会出于纯粹的怜悯而帮助我们，略微改善处境。然而，几百年过去了，我们依然享受不到教育，健康状况依然很糟糕，更谈不上什么富有了。

人们不会向自己不尊重的人行善。任何情况下，一旦人自身的利益受到威胁，冲突就会产生。俄国正寻求彻底解决这个问题的办法。虽然现在还不是去考虑最终成果的时候，但目前映入眼帘的一切都让我惊叹不已。通往所有问题得到解决的光辉之路就是教育，而直到现在，人类社会中的大多数人依然享受不到良好的教育，印度更是如此。

令人惊讶的是,教育却在俄国如火如荼地普及开来。在这里,教育普及的程度不仅体现在范围上,还体现在彻底性上和强度上。为了不使人们感到空虚和无助,他们得做多少准备工作,付出多么巨大的努力啊!不只是俄国核心地区,中亚半开化的民族也打开了教育洪流的闸门。为了使自己的人民能够享受最新的科技成果,这些民族不懈地努力着。俄国的剧院里总是座无虚席,来者都是农民和工人。任何地方都不会有人羞辱他们。从我拜访过的几个组织来看,我发现人们的意识正在觉醒,并享受着自尊心得到了保护所带来的欢愉。且不论我们的大众,单是与英国工人阶级相比,这些人就显得截然不同。我们在斯里尼克坦①所做的事情,他们早已在全国广泛开展。如果我们的工人来这里接受培训,那该是很有益处的。我每天都将这儿的情形同印度作对比,现在的印度如何,本又该如何。我的一位美国朋友哈利·蒂姆斯正在研究俄国的卫生保健制度,在他看来,这种制度十分优越,值得称赞。而我们充满疾病、饥饿、不幸和无助的印度又发展到哪里了呢?几年前,俄国大众的情况还和印度相差无几;短短的时间里,俄国就有了巨大的转变,而印度却深陷泥潭,几乎停滞不前。

我并不是说这里的一切都很完美,实际上俄国也存在缺陷,而且这些缺陷很严重,迟早会让他们陷入困境。什么缺陷呢?简而言之就是,他们把教育变成了模子,而模式化的东西是不能持续的。如果教育不

---

① 斯里尼克坦:泰戈尔在印度所创办的合作社的所在地。

能遵从时下人的思维规律,那么将来,要么这个模子会破裂,要么人的头脑会瘫痪直至死亡,或者干脆,人就变成了机械和玩偶。

我注意到这里的男孩子被分成了不同的小组,负责与宿舍有关的不同事务:有人负责卫生清洁,有人负责看管储物,掌控全在他们手里,而他们上头只有一个监管人。我也曾不断尝试在斯里尼克坦做同样的事情,但除了制定规章外,几乎什么也做不了。失败的原因之一就是,这些学校的最终目标是让孩子们通过考试,至于其余的一切均属次要。换句话说,如果其余的事情可以顺利完成,自然极好;如果不能完成,也不要紧。我们的大脑非常懒惰,除非是必要的责任,否则它便不愿去做。自孩童时代起,我们就适应了填鸭式的教育。可是制定规章又有什么用呢,除非制订者本人真心对待,否则这些规定必然会遭到忽视。然而在俄国,情况就不一样了。俄国农村的那种劳动和教育,是我所一直追求的,他们的民众更有力量和热情,他们的官员更有执行力。在我看来,许多事情要顺利完成,没有一个强壮的身体不行。很难想象一个患有疟疾、营养不良的人能全力以赴地参加劳动,把工作做好。在俄国,寒冷的天气造就了俄国人强健的体格,这为他们高效地工作提供了保障。

# 莫斯科

透过窗子往外看,成片的树林一直延伸到地平线。绿色的波浪从四面八方涌来,深深浅浅的颜色,绿得发紫,黄得发绿。远处,在树林那边,村舍排成一列。现在已快十点钟,天空中飘浮着朵朵白云,清爽的空气蠢蠢欲动,笔直的树冠在风中摇摆。

我在莫斯科所住的酒店名叫豪华大酒店。庞大的建筑,条件却差得很,仿佛富家子弟家道中落的光景。里面的旧式家具陈设,沾满灰尘,脏兮兮的,似乎从未有人打扫,而有些损坏的地方也不曾修补。整座城市都是同样的面貌,但透过这脏乱不堪的外表,依然能够领略它昔日的辉煌,如同破烂裙衫上的金纽扣,又像是达卡细平布上打了补丁。欧洲没有这种缺乏物质享受的现象,主要是因为那里贫富差距巨大,只有财富分外显眼。在欧洲,贫穷主要藏于幕后,而幕后的一切都混乱、肮脏、不健康,充满着悲伤、痛苦和邪恶等黑暗。然而在莫斯科,透过我们住所的窗子，一切看起来都自得其所、恬淡尔雅，每个人都有吃有喝。不过，还是可以看出，这些财富还不足以满足所有人的需要。然而正是因为不存在贫富差距，财富的含义在此也发生了改变。这里没有不体面的贫穷，只有亟待满足的需要。也正是因为别处见不到如此普遍的贫乏，所以初次见到着实让人吃惊。被他国称之为平民百姓的劳苦大众，在这里只是单纯的人。

莫斯科的大街上行走着各式各样的人，每个人都穿着朴素，给人的感觉仿佛是有闲阶级早已全部消失，所有人必须靠自己的双手吃饭。这里找不到任何奢华的物品。来到莫斯科后，我曾拜访过彼得罗夫博士，他是政府的一名高官。他的办公室设在一座旧时官僚的官邸里，室内没有什么家具，到处脏兮兮的，活像我们举行悼念仪式、暂停社交活动时的住所。我住的地方，设施简陋，饮食简单，根本对不起"豪华大酒店"这个称号。然而，没有人在乎这些，因为大家都一样。

我还记得自己的童年，那个时候我们的生活很简单，家里的用具简陋而陈旧，无法同现在相比。然而，没有人为之感到羞愧和不适，因为家家户户都是如此。那时候，人们的差别主要体现在家族传统、礼仪习俗、言谈举止、文化素养、艺术造诣这些方面上。

反观当今，拜金主义的歪风邪气已从西方传入到我们国家，那些有钱的商人和有势的官宦开始在家中堆起金山银山，而是否拥有国外的奢华物品渐渐成了衡量尊卑的标准。如今在我们国家，财富比任何东西都重要。相比于优良的家族传统、得体的行为举止、深厚的文化素养和高深的知识水平，人们更看重金钱。然而在我看来，如果一个人为拥有金钱而洋洋自得，那简直是对他最大的侮辱。我们必须保持警惕，不能让这种鄙俗之风侵入我们的内心，侵蚀我们的灵魂。

在俄国就全然没有拜金主义的现象，这让我无比欣慰。正因为如此，俄国人民生活得单纯又轻松，每个人都不会觉得低人一等。无论是农民还是工人，都昂首挺胸，不再遭受屈辱的桎梏。在这里，人与人之间的关系是那么单纯，那么融洽。

# 在异国想起我的祖国

一到柏林,我就一并收到了你的两封来信。信上说的都是连绵大雨,想必桑蒂尼克坦的天空乌云密布,娑罗森林笼罩在一片阴影之中,光线越来越暗,紧接着一场斯拉万月①的暴雨倾泻而下。一想到这情景,我的心就无比激动,这种心情即使不说想必你也明白。

然而,从俄国回来后,上述那美丽的画面便从我的脑海里消逝了。我只会想到我们农民那普遍的贫困。我很小的时候就非常熟悉孟加拉的那些村庄。每天我都会碰见那儿的农民,听他们诉说自己的痛苦与不幸。我几乎想不出还有比他们更无助的生物了:知识的光芒从未照进他们生活的这个世界,生命的气息在那里几乎不再流动。

那段时间,在主导我们国家政治生活的那一类人中,没有哪个会认

---

① 斯拉万月:印历4月,公历7月至8月。

为这些村庄的居民是属于我们这个国家的。我记得在巴布纳会议时，我曾和当时一位重要的政客说过，我们的政治要想真正地有所进步，就必须先帮助社会的底层人士成为真正的人。这位政客带着十足的蔑视，对我的话不予理睬。这让我清楚地认识到，那些爱国者所谓的爱国主义，一定是从对外国历史的片面研究中学来的，他们对属于社会底层的同胞毫无怜悯之心。持此种心态的一个优势就是，他们可以毫无负担地去悲叹外国人对我国的统治，可以对此感到激愤，由此而作诗办报。对他们来说，一旦将这千千万万的贫苦大众当作自己的同胞，他们就必须承担起责任，必须真正地开始做点什么。

自那天起，对农村话题的关注多了起来，我也时常听到人们对我在巴布纳会议上发表的那些言论所做的回应，他们甚至还为村民的福利募集钱款。但结果却是，那些资金只在政客们塑造自己公共形象时出现了一下，然后就消失了，那些处在社会最底层的村庄依旧什么也没有获得。

一次，我把我的船停泊在巴德玛河①边的沙洲上，想全身心地投入到文学创作中。我曾计划用笔去挖掘思想的矿石——这是我唯一的使命，别的我也不会。可是，我无法说服别人我们能够自治的领域就是农村，并且自治工作必须即刻开始。所以我不得不将笔搁置一旁，然后说："那么好吧，就让我自己来做这个事情吧。"当时，唯一一个前来支持

---

① 巴德玛河：恒河的一条主要支流，流经孟加拉国，最后注入孟加拉湾。

我这个决定的人就是卡里默罕。他的身体由于患病而变得非常衰弱，每天都要发两次烧，而且名字还列在警察署的册子里。

我们要做的这个事情几乎无处可以依靠，一路崎岖坎坷。我的目标是使我们的农民强大起来，能够自力更生。在这一点上，有两个想法一直在我的脑海中回旋：第一，土地所有权不应为地主所有，而是归属于农民；第二，如果土地不能进行合作式的集体耕作，农业就永远不会进步。用年代悠久的犁耙在狭窄的山脊地上耕种并希望能获得丰收，这种做法就相当于在试图填满一个无底大洞。

坦白而言，以上两点都很难实现。首先，土地权一旦交给了农民，它马上就会转到放债者的手中。如此一来，农民的痛苦和负担不但不会减少，反而还会加重。以前我曾召集过农民，一起讨论过合并农耕地的事宜。那时我还住在莱西达哈的房子里，从这个房子的阳台往外望去，只见土地一片接着一片，一直延伸到天边。清晨起来，农民们一个接一个地扛着犁耙，赶着耕牛，在自己的小地上一遍遍来回耕耘，然后回家。这种分开劳作是多么低效啊！而我每天都要亲眼目睹！我向农民们解释了把各自的土地合并在一起然后用机器耕作的优势，他们都表示同意。但是他们同时又说："我们都是文盲，怎么可能做得了这么大的一个事情呢？"要是我当时能说"我会来担负这个责任"，那么这个问题也就就此解决了。可是我怎么有这个能力呢？让我来承担这项任务是不可能的，因为我既没受过这方面的教育，也没有这个力量。

然而，这个事情一直存留在我的脑海里。在维斯瓦·巴拉蒂大学①的运作下，我们终于有了在鲍尔普尔的合作社，那时我以为机会来了。合作社的那些负责人很年轻，他们的感受力比我更锐利，知识比我更丰富。但是他们还都是在校的学生，脑子里的那些知识还仅限于课本。哎，也难怪，我们国家的教育只鼓励学生一味地背诵教科书，这样便扼杀了他们的创造力和实际才能。

除了观念上的落后，我们的教育体制还存在另外一个弊端。在学校里，背会了书本的和没有背会书本的被分成了两大阵营——识字的和不识字的。那些只会背书本的人，他们的悲悯之心跳不出书本的框框。课本就像一席窗帘，遮住了我们的视线，使我们看不到那些没有受过教育的阶层。这就是为什么他们会经常被排除在我们的各种关照之外，这也就是为什么在别的国家，社会的底层阶级已参与到了建设中来，而我们的底层阶级只会放点债，除此之外再没有其他作为。放债、计算利息、收回贷款，这些事并不难做，甚至对那些胆小的人来说也是简单的，所以大家都想去做，而且只要乘法不算错，就不会有风险。既然如此，对他们来说，何乐而不为呢？

正是因为缺少创造的智慧与胆识、缺少对人民大众的同情，消除我们国家受苦群体的苦难才这么困难。我也是在这样的氛围中长大的，所以也不敢拍着胸脯说，搬走那压迫在千百万人民胸膛的愚昧和软弱

---

① 维斯瓦·巴拉蒂大学：即印度国际大学，由泰戈尔创立。

两块大石是可能的。我常常在想：有没有什么事情是我们做不到的？我相信，在这个世界上肯定有这样一个阶层，他们一直都被围墙包围着，阳光永远也无法照射进去。既然如此，我们就有必要激励自己，至少在那里点亮一盏油灯，去摇醒困顿于那里同时又安于现状的人们。当然，要做到这一点也并非易事，我们必须要有很强的责任感才行，而且我们必须坚信，为那些处在黑暗中的人做点事是可能的，他们被拯救也是可能的。

是的，我就是带着这一丝勇气来到了俄国。我曾听说，由于教育的普及，这里的农民和工人有了很大的进步。我提这个只是想说明，这里的进步比我们在村庄学校里教他们识得一两册儿童识字课本要大得多。

要知道，结束沙皇统治的那场革命发生在1917年，也就是说，它距离现在仅仅十三年。与此同时，他们还不得不对抗来自国内外的反对势力。他们是孤立无援的，只能自己扛起重建一个摇摇欲坠的国家的重担。以往的暴政留下了垃圾，这些垃圾不断累积，成了他们前进道路上的阻碍。为了抵达新世纪的海岸，他们不得不进行内战，但是英美国家或公开或隐蔽的帮助却将这场内战煽动成了一场暴风雨。他们的资源很少，又得不到国外商人的资金帮助。工厂的数量不多，他们也创造不了多少财富。因此，他们只能靠卖掉自己的口粮来度过这个艰难的时期。同时，他们又不得不腾出资源来，充分保障军队这个最不具生产力的政治机器的运作。要知道，当下所有的资本主义力量都是他们的敌人,而这些敌人的军械库储备都十分的充足。

我记得当苏联提出裁军计划时,那些声称爱好和平的国家是多么的震惊。苏联的目标并不是增强国家的武装力量,而是要筑建一个理想之地:最有效、最广泛地推广教育,提高人民的健康水平,丰富人民的物质生活。此时,他们最大的需要就是不受和平的打扰。但是你也知道,国际联盟的那些主导国口头上要和平,背地里却依然在干掠夺的勾当。所以,在帝国主义国家,对军用的蓟①的需要远远多于对粮食的需要。俄国有段时期爆发了一场毁灭性的饥荒,没有人知道到底死了多少人。渡过这场饥荒后,他们只用了八年的时间就开启了一个新纪元,而且这是在物资匮乏的情况下实现的。

俄国的政治主权跨越了欧亚两洲,种族的数量超过印度,地理上的多样性和民族性格上的差异也远超印度。情况如此复杂、形势如此多变,由此可以想见,他们要进行的建设工作是多么繁重而艰巨。

我曾经向你讲过,与其他欧洲首都相比,莫斯科要肮脏许多。在街上来去匆匆的人,没有一个看上去是整洁的,而整个城市就像是穿着一身工作了一天的旧衣服。在这样的衣着下看不出任何阶级之分,因为阶级的区别只体现在盛装之时。在这里,到处都是工人,而每个人的穿着也都是相似的。在这里,要了解工人和农民所发生的变化,你不必去图书馆翻阅资料,也不用带着纸和笔去村庄或工人聚居区进行采访。

---

① 蓟:多年生草本植物,可入药。

问题是,被我们称之为绅士的那些人去哪儿了?

这里的劳苦大众并不比那些所谓的绅士矮三分,他们在幕后生活了几个世纪,今天则走到了台前来。我原以为他们只是通过读一些婴儿读物学会了识字,但很快我就发现,在这些年里他们变成了真正的人。

我想起了自己国家的农民和工人。这看起来多像是《一千零一夜》里描述的奇迹!仅在十年前他们还同我们的人民一样,不识字,没有文化,吃不饱穿不暖,愚昧无知,盲目地笃信宗教;在遇到痛苦和困难时,他们会对上帝磕头跪拜;由于害怕地狱,他们任由自己的思想被牧师控制;由于害怕这个世界,他们又甘受国王、商人和地主的摆布;那个时候的他们,在被靴子踢了之后,马上又会去把靴子擦干净;他们守着千年未变的习俗,使用的马车、纺车和榨油机还是其祖父那个年代的;那时候,他们拒绝一切变革。时间之灵坐在我们这三万万同胞的身后,从后面遮住了他们的双眼。就在十年前,俄国人还处在同我们一样的状态中。然而短短几年的时间,他们就推翻了压在他们身上的愚昧和无助这两座大山。面对如此大的改变,谁能不感到震惊,尤其是如我般不幸的印度人!更何况,这个变化发生的时候,他们还没有我们国家所大肆吹嘘的法律和制度。

我曾和你说过,要了解他们受教育的情况,不需要行远路,也不需要像我们的学校督查那样去检查他们的拼写。一天晚上,我去参观了莫斯科的"农民之家"。这个"农民之家"是俄国农民的真正之家,倘若哪个农民来镇上了,他就可以在那里便宜地住上几天。我到那里之后,和那儿的农民进行了交流。我常常想,如果哪天我能和我们的农民进行这样的交流,那该有多好!

# 农民之家

在莫斯科时,我给你寄了一封长信,在信中我谈到了自己对俄国的印象。如果你收到那封信,就会对那个国家的情况有所了解。

在信中,我记录了俄国政府帮助农民改善生活状况的一些工作。在我们国家,农民阶级既没有发言权又愚昧,而且还被剥夺了所有人身权利,他们的思想因为内外交加的贫困,早已不堪重负。当我同这里的农民阶级熟悉后,我意识到,由于社会的冷漠,人的精神财富被极大程度地毁灭,这是多么可怕的浪费,也是多么残忍和不公啊!

我参观了莫斯科的"农民之家",发现它就像是一个俱乐部。这样的组织在俄国到处都是,从城镇到大大小小的村庄。在这些地方,改革工作包括设置农业和社会问题的咨询处;教不识字的农民读书写字,成立专门的学习班;指导农民用科学的方法耕种。这些"农民之家"还附有自然、社会学博物馆,展出各种有教育意义的展品。在这里,农民的各种需求都可以得到有效地回应。

如果农民需要进城办事,他们可以在"农民之家"住上三周的时间,所需的花费很合理。通过这些广泛存在的组织,苏维埃政府唤醒了那些昔日未曾接受过教育的农民,为农民阶级融入整个社会中来奠定了坚实的基础。

一走进"农民之家",我就看到有些人正在餐厅里吃饭,还有一些人在专心读报。接着,有人领我来到楼上的一间大房间,这是大家集合的地方。这些人来自全国各地,其中不乏遥远的地区。他们举止自在,没有丝毫拘束的感觉。

"农民之家"的负责人接待了我,把我介绍给那里的人们。然后他们开始向我提问题,其中有一个问我:"在印度,为什么印度教徒和穆斯林相互敌视呢?"

我回答说:"在我小的时候,还没看见过这样的暴行。在那时,无论是在城镇还是在村庄,这两个教派都友好往来。他们参加彼此的节日,分享生活中的欢喜与苦涩。自从政治运动开始以后,这种丑恶的现象才开始在我们国家出现。导致这种现象的根本原因是大众教育的缺失。通过一定规模的人民教育,这种情况是可以得到改善的。然而迄今为止,我国还没有普及这种教育。所以,我在你们这儿看到的一切使我感到惊奇。"

问:"听说您是一位作家。您写过有关你们的农民的作品吗?他们的未来会是怎样的呢?"

答:"我不但写这样的作品,我还为农民工作。我竭尽所能地教他们读书写字,帮他们改善自己的生活条件。不过和你们比,我的努力实在不值一提。你们国家在这么短的时间内,就像雨后春笋一样涌现出了如此多有规模的教育组织。"

问:"您是如何看待我们国家的农业集体化的?"

答:"我了解得不多,因而没有发言权。我倒想听听在座每一个人的看法。我想知道的是,你们是出于自愿,还是被施加了压力?"

问:"难道印度人民一点也不知道集体化和我们这儿其他的一些创举吗?"

答:"只有很少的人知道,因为受过教育的人不多。此外,许多有关你们国家的消息因为各种各样的原因而阻滞了,即便零星地听到一点消息,也不见得都是真的。"

问:"您也不知道有'农民之家'吗?"

答:"不知道,到了莫斯科之后,我才知道有这么多为你们的权益着想的创举。好啦,现在该你们回答我的问题了。你们认为集体化对农民的影响是什么?你们想要的是什么?"

一个来自乌克兰的青年农民说:"我在一个集体制的农场工作,它已经成立两年了。我们有菜地,我们把生产出来的蔬菜送到工厂制成罐头。此外,农场里还有广阔的小麦田。我们一天工作八个小时,每隔五天有一个休息日。我们农场的产量至少是附近农场的两倍,那些农场仍然由单干的农户自己耕作。"

"一开始,农场的土地分别由 150 个农户所有,他们的土地被集中起来创立了农场。1929 年,有一半的人拿回了自己的土地。原因是,我们的工作人员没有正确地执行共产党领袖斯大林的指示。斯大林认为,集体化的关键在于它必须是一个有组织的自愿的联盟。然而在实践中,许多地方官员都似乎忘了这一点,所以不少农民在一开始就离开了集体化农场。不过,慢慢地,有四分之一的人又回来了。现在我们感觉比以前更有底气了。供我们使用的新住房、食堂还有学校都正在建设之中。"

一个来自西伯利亚的农妇接着说:"我加入集体化农场已经快 10 年了。千万不要轻视改善妇女境遇在农业集体化中的作用。在过去的 10 年里,我们这里女人的变化天翻地覆。她们现在对自己更有信心了,她们甚至给那些观念陈旧或者阻碍农业集体化进程的妇女做思想工作。我们参加集体化的妇女们还成立了一个小组,在各个地区走动,在妇女中间做工作,向她们宣讲加入集体化后所带来的精神和物质上的好处。托儿所大大减轻了妇女们要干的家务,并且每个集体化农场都有一个幼儿学校和公共食堂。"

吉冈国营农场是一个闻名遐迩的农场。一个来自那里的农妇告诉了我俄国的集体化进程。"我们那个农场的土地有 10 万公顷。去年有三千个农民在那片土地上耕种,现在这个数量减少了一些,但是由于采用了科学施肥和使用拖拉机耕种,收成却比前几年都要好。我们现在有三百多台拖拉机。我们每天工作 8 个小时,多劳多得。冬天的时候,地里的农活要少些，大家就去城里找些建房、修路的活干。即便他们不在农场，也可以拿到三分之二的工资，他们的家人可以住在分配给他们的房子里。"

我问道："请坦率地告诉我，你们对于集体化农场把私有财产集合到一起的做法是否真的赞同。"

"农民之家"的负责人提议让大家通过举手来表决，结果有很多人举手表示不赞同。我让他们谈谈不赞同的原因，可惜没人能给出准确的回答。其中一个人说："我也说不清。"看来不赞同是人之常情，人们对于自己的财产总是无法舍弃的，对此我们无须过多苛责。这只是一种需要我们改善的心理现象，我们需要表达自己的想法，而财产就是一种自我表达的方式。

那些有更高级表达方式的人是伟大的，他们不在乎财产，他们不会因一无所有而遗憾。可是对于一个普通人来说，私有财产就是他们表达自己的语言，要是他没了它，就变成了哑巴。如果它仅仅是一种谋生的手段，而不是一种自我表达的方式，那么人们就容易理解，只有舍弃财产，生活才能得到改善。最高级别的自我表达方式，比如说智慧和才能，是不会被武力剥夺的。而一个人的财产则可能会被剥夺，也可能会被骗走。这就是在关于财产的分配和享受上会有那么多的暴行、那么多的欺骗和那么多的社会冲突的原因。

我认为，解决这个问题的措施都是不彻底的，换句话来说，私有财产还是要保留的，不过要对过分的享受加以限制。超出这些限制之外的部分,必须归全民所有。只有如此限制对财产的私人占有欲,才能减少贪婪、不诚实和残忍的行为发生。

苏维埃政府已经解决这个问题,所以他们想否定对财产的这种私人占有欲。因此,执行力度十分强硬。可以这么推测,一个人可以不自由,可是他不能自私。简而言之,个人可以拥有一些属于自己的东西,但其余财产应当归他人所有。只有承认了自我和别人这两个方面,才有可能找到真正的解决方法。当两者中的任何一个被遗忘,都是与人的本性相违背的。西方人过于相信武力,然而只有在确实需要武力的地方,它才会起到良好的作用,否则就会酿成灾祸。我们在调和真理的力量同蛮横的力量时费的劲越大,它俩之间的鸿沟就会变得越深。

一个来自巴什基尔共和国的农民说:"就算是在现在,我仍然保留了自己的私有地,但是我会很快加入附近的一个集体化农场。我知道集体化农场比单干更先进,收成也更好。要想把地种好,就需要机器。可是拥有小块土地的农户是买不起这些机器的,而且在我们的小块土地上是用不了机器的。"

我说:"昨天,我跟你们的一个高级政府官员谈过话。他告诉我,苏维埃政府为了妇女和儿童的利益,制定了许多条款,这在其他任何地方都是没有的。我问他,'既然政府承担了家庭的责任,是想要消灭家庭吗?'他告诉我说,'这并不是我们的近期目的,不过如果政府担负的对孩子的教养责任越来越大,家庭最终就会消失。这就证明了,家庭因其狭隘性和局限性,在社会中的角色会逐渐消失。'不过如果是这样的话,我倒想知道你们对此的看法。你们认为在集体制的背景下还需要家庭吗?"

那个来自乌克兰的年轻人回答说:"不如让我来说说我的例子,让你明白我们的新型社会制度是如何影响家庭的。当我父亲还在世的时候,冬季里的六个月他都在城里工作。天气稍暖的那半年,我就为那些地主干活,跟我的兄弟姐妹一起为他们照顾牲畜。我几乎见不到我父亲,不过现在,像这样的分别已经不会再发生了。我的儿子每天都会从幼儿学校放学回家,我每天都能看到他。"

一个农妇接着说:"自从孩子有政府照看和教育之后,夫妻间的争吵也变少了,家长们都开始懂得他们对孩子的责任有多么重大了。"

一个年轻的高加索妇女对女翻译说:"请你转告这位诗人,十月革命之后,我们高加索人感到自己获得了真正的自由和快乐。我们正在开创一个新的时代,我们知道责任重大,并做好了为之牺牲的准备。请告诉诗人,苏维埃社会主义共和国下的各个民族都想通过他把真挚的祝福传递给印度人民。我要告诉他,如果可能的话,我愿意抛下自己的家园还有孩子,去帮助他国家的人民。"

在这群人中,有一张和蒙古人很近似的面孔。我问过他之后,才知道他是一个吉尔吉斯农民的儿子,是来莫斯科学习纺织技术的。三年后,他将以工程师的身份回到自己的共和国。十月革命后,那里建了一个巨大的工厂,他今后会在那里工作。

不要忘了,这些不同民族的人们受到了多大的鼓舞,为了掌握工业生产技能付出了多少努力。他们不是为了个人的利益才去学习使用机器的。人民接受的教育越多,对每个人的好处就越多。

我亲眼看到俄国农民是怎样在不到十年的时间里,把印度农民甩开一大截的。他们不但学会了读书认字,精神上也发生了改变,变成了真正的人。教育并非改革的全部,在农业上做出的巨大努力也同样振奋人心。和印度一样,俄国也是一个以农业为主的国家,因此,除非农业科学不断发展,否则就无法养活这个国家的农民,这一点他们没有忘记。他们完成了一项相当困难的任务。

他们并不依靠那些高薪的政府工作人员,而是让一切有本事的人和有才能的科学家都参与到这项任务中来。过去十年,俄国在农业研究上取得了显著的进步,在世界科学领域声名鹊起。战前,俄国在选种上尚无建树;如今,政府已经有一百万吨经过筛选的种子可供使用。并且,新作物不再仅仅只在农业大学的试验田上才能看得到,它们被迅速地在全国推广开来。就连诸如阿塞拜疆、乌兹别克斯坦、格鲁吉亚、乌克兰等边远共和国也建立了大型试验站。

我上次在英国的时候,第一次从英国人那里听说了苏维埃政府正在为他们的人民谋的这些福祉。现在我亲眼看到了,我还看到,在这个国家,任何民族和肤色的人都不会受到差别对待。在苏维埃政府的领导下,苏联人民用高效的手段,在近乎半开化的人民中推行教育事业,这是印度人民做梦都想不到的。

# 孩子们

哑巴会说话了,无知者变得有智慧了,无能的人意识到了自身的力量。那些处于社会耻辱深渊的人从社会的"黑洞"中走了出来,宣告他们同其他人一样是平等的。这就是苏维埃政府在八年时间内取得的成绩。

他们忙着干三件大事——发展教育、发展农业和发展工业。除此之外,整个国家都在为充实人民的思想、强壮人民的身体、增强人民的创造力而努力。同我国一样,俄国人民也依靠农业生活。然而我们国家的农业因为缺乏知识和力量,既封闭又落后,唯一可以依赖的薄弱支撑是传统习惯。可是这些传统习惯就像祖父时期的家仆一样,干的活远比逗的威风少。人们都不敢反抗,休想前进半步。因此,在过去的几百年里,农业都只能跛足前行。

据传,古代印度的黑天司农业一职,他喜欢通过牧牛来消磨时光。

他的哥哥是大力罗摩,是一个手持一把犁的形象。犁是人类的机械力量的象征,机械给农业以动力。可是如今,大力罗摩已经很少能在田间地头上见到了,因为他感到羞愧,漂洋过海到那个依旧珍视他臂膀力量的地方去了。俄国农业在召唤他,一触到大力罗摩那张有威力的新犁,零零散散的土地变成了一整片,田地立马恢复了生机。

有一件事需要记在心上:罗摩拿着犁的时候就是大力罗摩。

在1917年革命之前,这个国家百分之九十的农民从来都没见过机械犁。就像我国的农民一样,在那个时候,他们完全是罗摩神的形象,既虚弱饥饿,又可怜无助,还不能言说自己的痛苦。转眼之间,上千台机械犁出现在了他们的土地上。用我们的话来说,一开始他们是黑天虚弱的牲畜,现在他们都是大力罗摩的追随者。

然而,如果没有人会使用,机械本身是没有多大用处的。随着俄国民众的思想逐步开化,农田的耕作技术也会逐渐进步。在这里,教育充满生机。我总是强调教育必须跟生活相融合,如果教育脱离了生活,那么它就会被束之高阁,而不会被消化系统所吸收。

来到这里后,我发现教育极其重要,因为学校并未同日常生活划清严格的界线。他们教育的目的不是为了让小学生通过考试,或者培养学者,他们是为了培养全面发展的人。在我们的国家也有学校,但是我认为思想远比教育重要,活力远比知识重要,在书本的重压之下,我们没有多余的精力来思考。我尝试过许多次想让我们的孩子们参与到讨论中来,可是每次都发现他们怎么都不愿意开口。在他们身上,连接求知欲和知识本身之间的纽带几乎已经荡然无存。他们从来都没有因为求知欲而主动学习，从一开始，知识就被以一种僵死的方式施舍给他们，他们通过死记硬背学过的东西在考试中取得分数。

记得有一次，当圣雄甘地的学生从南非回到圣蒂尼克坦，我问其中一个学生他想不想一起去巴鲁尔森林散散步。他回答说他也不知道，他得问问他们领头的那个人。后来我又问了他，问他考虑好去散步没。他回答说，他也拿不准。换言之，这个学生在任何情况下都从来没有独立思考过，别人牵着他走他才会动，他自己从来没有自主地做过决定。

虽然对如此微小的事情持僵死态度的现象在我们的学生中并不多见，但是只要稍微困难一点的问题出现，他们就会手足无措。他们总是等着上面的人发号施令，在这世界上，没有比这更无助的思想了。

为了建立自己的教育体系，俄国人进行了许多有价值的实验，我稍后会详细阐述这一点。通过阅读有关教育制度的报告和书籍，我们能了解到很多情况，然而最有用的了解渠道，却是直观地观察教育成果。一天，我去参观一个名叫"少先队员公社"的教育中心时，看到了这种渠道和方法。

这里的少先队员类似于圣蒂尼克坦的男女少年义务服务队。一进入房子，我就看到许多男生女生站在楼梯两边欢迎我。等到我进入房间，他们就围了过来，就像我也是他们其中的一员一样。你可要知道，这些孩子全都是孤儿。他们所出身的那个阶级没有向任何人提出自己要求的权利，他们被自己的亲生父母抛弃遗忘，终日活在痛苦之中。我看着他们的脸,发现所有的脸都一扫被忽视和被侮辱的阴霾。他们既不羞怯,也不难为情。在他们脸上,人人都有一种坚定的表情,仿佛一大堆选择正摆在这些孩子面前,需要他们做出决定,而且他们似乎都已经做好了准备,容不得丝毫的怠慢和无动于衷。

为了表达对他们的欢迎的感谢,我对他们讲了几句话。其中一个学生说:"资产阶级追求个人利益,而我们希望在我们的国家里,每个人分得的财富都是平等的。在我们这里,我们就是按照这个原则生活的。"

一个女孩接着说:"我们自己照顾自己。要是有什么事情,就先集体协商然后再行动,协商的结果必须是对每个人都有利的。"

另一个男孩说:"我们也许会犯错误,可是如果我们愿意的话,我们可以向年纪比我们大一点的同伴征求意见。如果需要的话,年纪小一点的孩子会向年长一些的孩子寻求帮助;如果大孩子们需要帮助,他们就会去找老师。这就是我们国家的管理制度,我们这里也推行这项制度。"

从这一点你可以看出,他们的教育不只是局限于书本学习。为了能过上理想的生活,他们在培养自身的管理方式和社会角色。他们在这件事上起誓,他们的荣誉与这件事的成功与否息息相关。

在许多场合,我都向我们的学生和老师说起过,即便是在圣蒂尼克坦这个小范围之内,我们也必须对人民的幸福和政府的自治怀有高度的责任感。必须将学生同老师的自主管理结合起来,等到这个体系下的所有工作都完成以后，我们就能找到全国性问题的解决办法。仅仅在政治讲坛上高呼"让个人利益服从集体利益"是不行的。为了给这个问题找到解决对策，我们必须先打好基础，这基础就是我们的圣蒂尼克坦。

让我给你举一个小小的例子。说到吃的问题，不可能有比孟加拉更荒谬的地方了。在孟加拉，我们即使不饿，也要把厨房和肚子里塞满吃的。而要改革这种状况又是非常困难的。为了我们国家长远的利益，我们的学生和老师们应该适当地控制他们的饮食嗜好。我们总以为教会孩子记住"三乘以九等于二十七"就是教育，并且认为，如果因我们的疏忽导致孩子们背诵乘法表时出错便是天大的错误。但是，只注重教育而不关注饮食习惯的培养也是愚蠢的！就整个国家而言，我们每个人对于每天吃什么都是有很大的责任的，知道这种责任的意义远比考试分数合格更重要。

我向少先队员问道："要是有人做错事了，你们会怎么办？"

一个女孩回答道："没有惩罚的机构，因为我们自己会惩罚自己。"

我说："请你说得具体些。要是有人做错事了，你们会召开一个专门的会议来审判他吗？你们会推举你们中的一个人来当法官吗？惩罚的措施是什么？"

另一个女孩回答说："那根本算不上审判，我们只是批评教育他。对做错事的人来说，做错事本身就是一种惩罚，没有比这更严重的惩罚了。"

一个男生接着说:"犯错的人很难过,我们也很难过,这事就这么结束了。"

我又问:"要是有学生认为你们对他的批评是不公正的怎么办?你们会向你们上面的人寻求帮助吗?"

这个孩子回答说:"如果出现这种情况,我们就会投票。要是大多数人认为他是有罪的,那他就无须多说了。"

我又接着问:"可是要是这个学生坚称他受到了不公正的对待了呢?还有重判的可能吗?"

一个女孩说:"这种情况下,我们会向老师寻求建议,不过至今为止我们还没遇到过像这样的情况。"

我说:"正因为你们都在为理想而努力,所以你们才会杜绝错误的发生。"

当我问他们有关责任的问题时,他们回答说:"别的国家的人们都在追求金钱和荣誉,我们则不追求这类东西,我们只是想为人民谋福利。我们去村子里教村民读书写字,向他们讲解如何保持洁净卫生,如何灵活地处理各种事情。我们经常去那些村子,和村民们生活在一起,通过表演戏剧的方式,告诉他们国家的形势如何。"

说完,他们又准备给我看看他们称之为"活报剧"的表演。一个女孩说:"我们必须搜集到与国家有关的大量信息,然后告诉别人我们所知道的一切,这就是我们的责任。只有对情况有了全面而正确的认识了,我们的工作才能更有成效。"

一个男孩接着说:"一开始,我们从书本中和老师那里获得知识,然后我们会一起讨论,最后我们才被允许让大众知道这些事。"

他们在我面前表演了活报剧,主题是他们的五年计划。内容具体是这样的:他们庄严宣誓,要通过在整个国家推广机械、电力以及蒸汽等现代化设备,来更好地建设整个国家。他们国家的版图并不仅仅局限于欧洲,他们的领土远至亚洲。他们利用机械的力量,不是为了让富人更富,而是为了使人民群众强大起来。他们的人民群众还包括中亚那些皮肤黝黑、瘦骨嶙峋的人民。不过,无须担忧,他们将来也会变得强大。

要实现这个目标,就需要有大量的资金。他们的货币无法在欧洲市场使用,除了现金支付,没有其他的选择。因此他们只能通过商品交换来换取每日所需的面包。他们生产的玉米、肉、蛋、黄油都流入到了国外市场。整个国家的人口都处于饥寒交迫的边缘。仅剩下一年半的时间了,外国的资本家依旧不肯罢休,外国的工程师们也大肆破坏他们国家的机器。这是一项艰巨而又复杂的任务,时间很紧迫,他们不能再耽误了,因为他们在和整个资本主义世界作对,必须尽快依靠自身的力量创造出财富来。艰难的三年过去了,还剩下两年的时间。

这种活报剧类似于话剧,借助跳舞、唱歌和摇旗等表演形式,他们想让世人知道,经过工业化的改造他们在经济上取得了巨大的成就。这种活报剧很值得一看。他们想告诉全国人民,在被切断了日常生活必需品供应的情况下,那些长期以来终日潦倒的人必须坚信他们的苦难马上就会结束;他们要愉快而有尊严地继续活下去,因为好日子马上就要来了。

这类活报剧也宣讲其他国家的一些事情。这让我想起我在波迪萨尔看到的一场公开的关于人体生理解剖学的演出。它们的方法是一样的,但目的有所不同。在我回程的路上,我考虑着准备将活报剧引进到圣蒂尼克坦和苏鲁尔。

他们每日的作息时间表如下:早上七点起床,接着做十五分钟的早锻炼,然后洗漱吃早餐。八点开始上课。中午一点吃午饭,并休息一会儿。下午的课一直上到三点钟。学习的课程包括如下科目:历史、地理、数学、化学、物理、生物、力学、政治常识、社会常识、文学、手工制作、木工活、书籍装订以及现代机械犁的使用。周日不休息,每五天有一个假日。根据那一天的时间表,下午三点之后,少先队员们会去参观工厂、医院、村庄等。

他们还组织到乡下旅行,有时他们会演出自己的戏剧,有时会去剧院和电影院。在晚上,他们会读书、讲故事,还会举行有关文学和科学的讨论会。在假日里,少先队员们自己洗衣服,将房子里里外外打扫干净,阅读课外书籍,散步等等。准许进入学校学习的年龄是七到八岁,毕业的年龄是十六岁。同我们国家不同,他们的学生生涯里没有漫长的假期,因此他们能在较短的时间内学到更多的东西。

这里的学校还有一个特别的地方,那就是孩子们都会把他们读到的东西画出来。据说,这能加深头脑对学到的东西的印象,也能帮助提升绘画技能。他们的学习是快乐与创造的结合。你可能会认为他们只顾埋头苦干,是一群对艺术不屑一顾的乡巴佬,事实并不是这样的。在沙皇时代建造的那些宏伟壮丽的大剧院里,每当有优秀的话剧或芭蕾舞剧上演的时候,如果你迟到了,那么就同它们无缘了。在戏剧表演方面,世界上几乎没有哪个地方的艺术大师能同他们国家的比肩。在过去,只有皇室和贵族才有资格享受这些;如今,剧院被挤得水泄不通。去剧院的这些人,在过去常常是吃了上顿没下顿,他们没有鞋穿,身上总是裹着破烂的脏兮兮的衣服。还有的,出于对世人和上帝的惶恐,总是日日夜夜地来回走动;为了得到救赎,他们千方百计地贿赂神父,在他们的主人面前卑躬屈膝,而他们的耻辱却因此与日俱增。

我去剧院的那天,正在上演列夫·托尔斯泰的《复活》。我也不确定普通群众能不能欣赏这出戏,但是大家看得都很认真。很难想象,这里的农民和工人们能如此平静而专注地欣赏这出戏直到深夜,我们国家的人民根本做不到。

我再给你举一个例子。有一次,莫斯科举办了我的绘画展览。如你所想,所展出的并不是一般的绘画。它们不仅是外国的东西,也许什么国家的都不是。可是来的人络绎不绝。不到几天的时间里,至少有五千人来看我的画展。不管别人说什么,我不得不对他们的品位表示赞赏。

撇开品位不说,假设他们仅仅是出于一种好奇,那也是思想活跃的表现。我记得,我曾经从美国买回一部抽水机,它可以从地下汲水。但当我发现它不能激起学生们一丁点的好奇心时，我很自责。我们那里也有热电厂，可是有多少学生对此感兴趣了？他们都出身于家教良好的家庭啊！我想，如果思想滞缓了，好奇心也会变得微弱吧。

我收到了许多苏维埃孩子们画的画，任何看到它们的人都会很惊讶。都是些普通的画，是孩子们原创的，没有临摹。他们的眼睛既专注又有创造力。来到俄国之后，我对我们国家的教育有了很多想法。我在这里获得了许多新的经历，学到了许多新的知识和理念，我打算将它们付诸实践。可是时间在哪里呢？我一个人的力量是否显得过于单薄？对我来说，我的五年设想可能永远都不会完成了。可是，我依然要尝试，依然要前行，哪怕困难再大，危险再多。曾经，我不顾医生和家人的反对，多次划着船独自前行，那是多么大的勇气和壮举啊！如今，我还得再花几年的时间做同样的事情，即使事情进展得不顺利，我也不会抱怨什么。

今天已经没有多少时间了，那就就此搁笔吧。搭乘这辆夜间火车，我正动身赶往码头，明天就要渡海啦！

# 博物馆与对美的训练

我在前往美洲大陆的船上，但是现在我满脑子都是有关俄国的回忆。主要原因在于，我到访过的其他国家从来没有给我的心带来如此大的触动。在那些国家，各项工作都独立开展，专家们在各自的领域内忙碌，政府机构、医院、大学、博物馆，全都是如此。但是在这里，整个国家都在为一个目标而努力，所有工作都被集中在一个神经系统上，形成了一个强大的躯体和一种伟大的品格。

那些人人都追求财富和权力的国家，是不可能有如此强大的凝聚力的。在欧洲五年大战期间，一些国家站在了统一战线上，然而这种统一是暂时的。苏维埃俄国所做的一切，就其实质而言，是真正的统一。他们正在建设一个高度团结的国家，他们有共同的目标、共同的思想以及共同的财富。

来到俄国后,我才真正理解了《奥义书》①中的那个告诫——戒贪。为什么要戒贪呢?因为世界上的所有事情都是按照一种真理来发展的,而人的贪欲会阻碍个人对真理的认识。"只享用集体生产出来的东西",布尔什维克党从经济角度也这样说。他们只承认唯一的一条人性真理——人只能享用集体生产出来的东西。"大家都来享用这一切吧!不要觊觎他人的财富!"然而,只要私有财产存在,人的贪欲就会膨胀。为了消灭这种贪欲,他们大声疾呼:"只享用集体生产出来的东西。"

在欧洲的其他国家,整个国家的风气就是个人奋斗和个人享受。这种风气的影响是十分巨大的,就像《往世书》②中所描写的波澜壮阔的大海,毒酒和琼浆都浮到海面上。然而琼浆只供极少数的人享用,大部分人喝的都是毒酒,因此就有了永不休止的痛苦和不安。在过去,人们认为这是天经地义的。他们认为人人都有贪欲,在享受这件事上不平等是十分正常的,因此斗争会继续下去。可是我们必须明白,统一才是真理,分裂只是幻觉。我们需要采取正确的思考和行动来拒绝它,让它像梦一样迅速消逝。

在俄国,全国上下都在为争取这种统一而努力,一切都要服从这一主要目标。因此,我一来到俄国,就感觉到了一种伟大的精神力量。我从未见到过如此让人叹为观止的教育事业,在别的国家,教育只会让受

---

① 《奥义书》:婆罗门教的经典之一,印度最经典的古老哲学著作。
② 《往世书》:古印度文献的总称,内容涵盖神谱、帝王世系、宇宙学说、宗教活动等,其基本内容经常是不同人物联系起来的一些故事。

过教育的个人得到益处。在这里,个人的教育问题是集体的事。他们希望通过个人教育来影响每一个人,他们希望全民教育能够取得显著成效,最终造福全人类。他们是"世界的创造者",他们必须具有全球性的视野,他们需要的是真正的学校。

苏维埃政府正在通过各种方式发展全民教育,其中一项就是博物馆。在俄国,博物馆遍及城镇和乡村。这里的博物馆不像我们的圣蒂尼克坦①图书馆那样起不了多大作用,它们的作用不可小视。

对地方志的研究在整个俄国范围内普遍展开。这样的教育中心大约有两千个,他们的成员超过了七万个。这些中心对当地的历史、当地的过去和现在的经济状况进行调查研究。此外,还要分析土地的产量,对矿产进行勘探。这些中心都建有博物馆,通过这些博物馆来开展教育,其意义重大而深远。在苏维埃俄国,一个全新的教育时代已经到来,广泛的地方志学习和与之相关的博物馆的普遍建立,为这项工作的顺利开展开辟了重要的途径。

卡里默罕在圣蒂尼克坦附近做过相似的研究工作,不过收效甚微,因为我们的学生和老师都没有参与到其中来。培养学生们的研究思维,其重要性并不逊于摘取研究果实。普罗帕特正带领大学经济学系的学生从事这项研究工作,这必须逐步推广开来,中学生也应该参与到这项工作中来,同时还必须建立地方性的博物馆。

---

① 圣蒂尼克坦:印度西孟加拉国邦的一个小镇,位于加尔各答以北约180公里处,泰戈尔创建的维斯瓦·巴拉蒂大学即位于此地。

你一定想知道俄国美术馆的一些情况吧。在莫斯科,有一个非常有名的绘画收藏馆,叫作特烈基亚科夫美术馆。在1928到1929年的一年时间内,大约有三万人来这里参观。展览室已经不能容纳所有想要参观的人,所以想来参观的人需要提前一天登记。

在1917年苏维埃政权建立之前,来参观美术馆的都是受过教育的人以及所谓的贵族。现在来看展览的大都是靠自己的劳动生活的人,比如石匠、铁匠、裁缝、食品店售货员,此外,还有军人、学生以及农民。

苏维埃政府在逐步培养人民对美的欣赏能力。对于初学者来说,想要一眼就看出艺术的奥妙是不可能的。他们看着墙上的画,困惑地走来走去。所以,几乎每一个博物馆都配有专职的解说员。这些人都是从博物馆的科研部门或类似的国家机构的科研人员中挑选出来的,他们免费为参观者服务。解说员必须明白,单靠参观者本身的修养是无法理解绘画的主题的。

即便是在现在,也很少有人能够欣赏一幅画的构图、配色、空间和明暗,或是其他一些只有在专业学校才能学到的技巧。讲解员必须非常了解他所要讲解的这幅画,这样他才能引起参观者的兴趣,吸引他们的注意力。他还必须明白,博物馆并不仅仅只收藏了这么一幅画,所以参观者不是只想欣赏单幅的画,他们也想了解博物馆的其他绘画藏品。解说员要选择一些典型的画作,然后向参观者分析其特点。被选中的画作不能太多,讲解的时间也不能超过二十分钟。讲解的主要目的是要让参观者知道绘画有其独特的语言和规律,还应当让参观者明白,绘画的形式与主题之间存在什么关系。在许多情况下，比较几幅画之间的差异是一个有用的办法。不过，一旦发现参观者有厌倦的迹象，讲解就要马上停止。

以上这些是我从一篇报道上了解到的，它讲述了一个对绘画一窍不通的人如何在别人的引导下学会欣赏画作。此外，他们正尽心尽力地发展他们的农业和工业。为了让自己的国家能同那些富裕的国家比肩，他们每个人都非常努力。这是非常务实的行为，值得我们国家的人们学习和借鉴。

在我们国家，每当提起这种全国性的政治活动时，我们就会说："让我们燃起唯一的红色火炬，把全国各个部门的灯都熄灭，否则人民的注意力就会分散的。"优秀的艺术尤其反对以冷酷的方式解决问题。一定要把我们国家的人民变成手脚活动自如的摔跤手。如果能把智慧女神的四弦乐器变成棒子，那倒也不错，否则就永远都别这么做……来到俄国后，我清楚地意识到，这些言论是多么虚妄啊！在这里，训练有素的工人随时准备奔赴全国各地的工厂，他们受训的内容十分丰富。他们能用充满灵性的目光欣赏画作，他们知道那些不能够欣赏美的人是没有经过开化的，那种人外表粗犷但内心虚弱。戏剧艺术在俄国的发展取得了引人注目的成绩。在1917年革命的艰难岁月里，即使遭遇饥荒，他们依然跳舞、唱歌、表演，这和在俄国上演的那出伟大的历史剧并不冲突。

沙漠中是没有力量的，真正的力量在这些地方得到展现。在这里，泉水从石头中汩汩涌出,泉水喷涌之美使群山的壮美得到彰显。超日王①虽然把萨基人从印度驱赶了出去,但他并没有禁止迦梨陀娑②创作《云使》③。日本人以擅长剑术闻名于世,但他们舞起毛笔来同样毫不逊色。如果来到俄国,我发现俄国人民只会在工厂里安装器械设备,或在田间地头忙碌,我就会推测他们的精神迟早会因没有艺术的滋养而枯竭。如果一棵树木的叶子不再沙沙作响,那么它最后就会变成毫无生命力的木材,在木匠铺里待售。它可能很坚固,可是却再也不能开花结果了。我要告诉那些英雄们,告诉那些虔诚的信徒们,等我回国以后,我仍会继续歌唱舞蹈,即便这样的行为会招致如倾盆大雨般的严肃警告。

在俄国舞台上,遍地开花的艺术展现了无尽的勇气和崭新的创造力。这种大胆的创新也体现在他们的社会改革中。不论是社会、政治还是艺术方面,他们都大胆革新。

苏维埃改革者们将陈旧的宗教体系和政治体系连根拔起。好几个世纪以来,这两样东西一直在束缚人们的思想,榨取他们的精力。在限制人们的自由上,宗教比国王更甚,它通过利用人们的无知来扼杀人们本该自由的思想。直到今天,一个国王为了更好地奴役自己的人民,依

---

① 超日王:古印度笈多王朝第三代君主旃陀罗笈多二世的王号,375 至 415 年间在位。
② 迦梨陀娑:古印度伟大诗人、戏剧家,梵文古典文学的代表作家之一,约生活于四至五世纪。
③《云使》:迦梨陀娑创作的著名长篇抒情诗。

然要求助于宗教这个主要帮手,因为它可以让人民陷入黑暗之中。宗教就像是一个浑身是毒的美女,一旦她拥抱你,就会让你魂不守舍,而一旦你被迷惑了,就会被她毒死。信仰之箭比战争之箭更可怕,因为它能更深地刺中人的心脏,它在杀人时不会让人感到痛苦。

苏维埃政府把自己的国家从沙皇的奴役中解放出来。虽然别的国家许多虔诚的教徒都在指责他们的行为,但是就我个人而言,我不会这么做!不信神比对宗教过分迷信要好得多!过分迷信宗教会使人的心变得阴暗,也会将人的灵魂困于监牢之中。

# 教育的力量

我这次俄国之行的唯一目的,就是要看看在如此短的时间之内,为了普及教育,政府都采取了哪些举措。

在我看来,所有从印度人民心中喷涌而出的,快要冲破苍穹的苦难的根源就是无知。种族差别、宗教仇恨、行动上缺乏主动性、物质上的贫乏,所有这一切都是由于缺乏教育。西蒙调查团在列完印度的种种罪行后,只承认英国统治的一项过错,那就是它没有为教育的开展制定完善的措施。除了这一项,还有必要再定别的罪吗?假设一座房子的主人不知道小心谨慎,他在从一间房走到另一间房时,总会在门槛上绊倒;他害怕影子,很容易就把自己的兄弟误当成小偷,还想举起棍子教训他;他终日躺在床上,不敢出门,即使饿了,他也不知道该上哪里找东西吃。事实上,除了指望命运,他没有别的路可走了。因此,绝对不能把管理一个家的任务交给这样的人的。最后他或许会低声地说上一句

"这个家的灯已经被风吹灭了",可是一切都为时已晚,这时候说什么也没有用了。

从前在欧洲,人们把无辜的妇女视作女巫,将她们烧死;人们还把科学家当作罪犯,将他们残忍地杀害。这些人毫无悔意地诅咒宗教自由,剥夺异教徒的政治权利。自中世纪以来,类似这样盲目、愚昧和邪恶的罪行数不胜数,但是这一切又是如何消逝的呢?这些罪行被推给某个外部监督委员会来处理了吗?实际上,帮助它们改变的唯一力量就是教育。

通过教育,日本在短时间内就把大众的期许和国家的力量结合起来,极大地提高了物质生产能力。当今的土耳其也通过大力普及教育,使自己摆脱了宗教迷信的重负。唯有印度在沉睡,因为教育的光亮还没照进它的屋子里来,让现代世界觉醒的光亮依旧被挡在门外。

当我动身前往俄国的时候,我没有想那么多。从被英国统治的印度身上,我看到了什么措施是可行的,什么又是不可行的。我的一些外国朋友用充满同情的口吻向世界宣布,印度的改革之路十分艰难。我必须承认,的确是有很多难题,不然的话,我们为何还处在这样的境遇之中呢?然而我也知道,改造俄国大众的过程并不比改造印度人民简单。首先,除了上层人士,俄国人民的内外状况与我们国家的人民有许多相似之处:他们一样的没文化,一样的无助。长久以来,他们的天赋都被祈祷、敬神、迷信和符咒束缚住了,他们的自尊都被统治者靴子上的泥沙玷污了。他们没有享受到现代科学所带来的便利和机遇,他们的命运被掌握在祖先的鬼魂手中,千百年来,它把他们钉在一根牢固的木桩上。终于有一天,他们开始热血沸腾了,对他们的犹太邻居进行了无底线的残酷的迫害。他们臣服在统治者的皮鞭之下,对和他们处于同样阶级的人施以暴力。

这就是他们从前的状况。可是现在,他们将命运掌握在了自己的手中,虽然目前还不像英国人那么强大(因为他们在1917年才开始掌握权力)。他们既没有时间也没有足够的力量来保证政治制度的稳定,国内国外的敌对势力依然存在。他们决心要让人民变得强大和开化起来,不用说,这一任务十分艰巨。

因此,我并没有指望能够在俄国看到什么,也不知道究竟看到什么才能更加坚定我们的信心。我还听闻,在这里,解决某些问题的方式依然简单粗暴,有许多案件不经审理就有了判决结果。这里各方面都很自由,但人民唯独不能反对当局。不过,这些都是月亮的阴暗面,而我的主要目的是看到它的光亮面。

据说,在欧洲的一些教区,上帝显了神迹,让天生残疾的人突然变得四肢健全。在俄国也发生了同样的事情,瘸子突然能够行走自如了。现在,俄国人民昂首挺立,正大步走在世界民族之间,他们的思想和双手都可以由自己来掌控了。

我已年近七十,在此之前从来没有失去过耐心。我们的祖国已不堪重负,除了抱怨自己的命运,我别无他法。我曾经希望能以我的微薄之力,做一些力所能及的事,而且我的确这么做了。但是,我的愿望达成的速度远比它破灭的速度要慢。当我看到我们的祖国遭遇巨大的不幸时,我宁愿放弃我所有的荣誉。我也曾向政府寻求过帮助,然而最让人痛心和感到可耻的是,我的某些同胞极力阻挠我的工作,而这些人全靠当局的残羹冷炙豢养着。这是在外国统治下的国家里最严重的疾病——他们嫉贤妒能,心胸狭隘,以与自己的同胞作对为荣,再没有比这更毒的毒药了。

我曾在书本中读到过并且在别人那里听说过,这个国家面临着"巨大的困难",可是现在,我已经亲眼看到这些"巨大的困难"是如何被克服的了。

# 拥抱艺术

我的一些同胞把政治等同于体育竞技,对他们而言,艺术与阳刚气质相悖。我也曾就这个问题写过文章。在过去,俄国沙皇犹如一条巨蟒,吞噬了大片土地,无论谁被这条巨蟒缠住,都会粉身碎骨。

俄国革命者和沙皇进行了近十三年的斗争。即便在沙皇及其家族被推翻后,沙皇的亲随仍在煽风点火,国外的帝国主义者不仅给他们提供武器,还给予他们精神支持。可想而知,这里的情势极为复杂。过去,支持沙皇的富裕阶层作威作福,无法无天。而现在,厄运则降临在他们身上。随之而来的还有抢夺掳掠,破坏的狂热使人们摧毁了属于富裕阶层的昂贵奢侈品。然而,尽管这一时期充斥着暴力和混乱,俄国的革命领导人还是严令禁止破坏任何艺术品。饥寒交迫的教授和学生从荒废的富人府邸中抢救出有保存价值的艺术品,并把它们送进大学博物馆收藏。

这让我想起了在北京看到的一幕幕。欧洲的帝国列强将圆明园付之一炬,夷为平地。长期保存下来的无价之宝被掠夺破坏,被摧残焚毁。这真是无比野蛮!要知道,这些珍宝一旦被破坏,就不可能在世上重现了。

和列强的野蛮行径不同,俄国苏维埃政府虽然剥夺了富人的个人财产,却严令禁止破坏属于全人类的宝贵财富。对那些长久以来为了他人享乐而辛苦劳作的人们,政府不仅将土地所有权还给他们,还给他们提供各种对人生而言真正有意义的东西,以供他们愉悦身心,增长学识。他们意识到,人和动物不同,不能仅满足于填饱肚子。在他们看来,艺术修养远比体育健身更重要。

没错,在革命中许多原属于上层阶级的东西遭到了破坏,然而博物馆、歌剧院、图书馆和音乐则被保存了下来,而且还在不断发展。

我们国家也和俄国一样,艺术家们的才华曾一度在宗教建筑上开出绚烂的花朵。但现在,牧师们根据自己的恶俗品位,对艺术珍品随意处置;一些当代学究会毫不犹豫地把普里神庙①的壁画刷成白墙。同样,在俄国,教会也根据自己的喜好破坏了许多古老文物。这些破坏者从未意识到这些东西对各个民族和所有时代的历史价值,他们甚至把古时祭祀用的器皿熔化后再重新铸造。在我们国家的寺庙和修道院中,藏有很多珍贵文物,但这些珍贵文物却无法为人所用。寺院住持们

---

① 普里神庙:普里是位于印度西南海岸线上的一座城市,那里有著名的毗湿奴神庙。

犹如愚昧的井底之蛙，既无智慧又无学识，无法理解和利用这些东西。巴布先生曾告诉我，在这样的修道院中藏有大量宝贵的手卷。这些珍宝犹如被困在恶魔城堡里的公主，想挽救它们却又无计可施。

俄国的革命者推倒了教堂寺庙的围墙，使这些场所为人民大众所共有。除了进行宗教活动所必需的东西，其余一切都收入博物馆。内战期间，瘟疫肆虐，铁路遭到了破坏。尽管如此，一批批的研究者仍前往最偏远的地区去搜寻和抢救珍贵文物，他们抢救了不计其数的手卷、画作和版画。

他们不仅从富人府邸和教堂庙宇中搜寻抢救文物，还把目光投向工农大众所创造的艺术品，并对此展开研究，而这类艺术品在过去是遭人耻笑。针对画作、民间文学、民间音乐和民间艺术的研究工作正在紧锣密鼓地进行。

我从报上看到，印度为了普及基础教育，通过了征收教育税的法令。贫苦农民又要多受一层剥削，而负责收税的却是那些财主。

当然，征收教育税是有必要的，否则教育所需的费用从何而来？但是，既然教育是国家大计，为什么不是所有人都缴纳教育税呢？那些文武官员和总督，还有他们的参赞，为什么他们就不用缴纳教育税？这些人领取薪俸和退休金，最后还可以回家享清福，他们拿的钱难道不是通过瓜分农民的收入得来的吗？外国资本家在印度开设黄麻工厂，他们压榨种植黄麻的农民，从农民的血汗中获取丰厚利润，并把这些利润寄回自己的国家。难道他们就无须为贫苦农民的教育事业承担任何责任？大腹便便的政府官员们热衷于通过这样的教育法案，难道他们就无须为自己的一腔热情支付一分一毫？

在俄国进行的改革同样也使俄国人民面临巨大的压力。他们缺衣少食，物资匮乏。但是他们是从上到下一起分担，与其把这称为艰难困苦，不如说这是为了伟大事业而做出的全民牺牲。印度政府试图通过一星半点的所谓"基础教育"来洗清自己身上由来已久的污点，而代价却要由那些最贫困的人来承担，那些财大气粗、享有特权的官僚，不仅无须支付一分一毫，还能收获荣耀。

仅在十年间，成千上万原本在愚昧和耻辱中挣扎的俄国人，不仅学会了识文断字，还获得了做人的尊严。他们不仅为自己也为所有人在努力奋斗。若非我亲眼所见，我势必无法相信。然而，各个教派却指责他们不信宗教。难道宗教只存在宗教典籍之中？难道天神只藏身于教堂寺庙之内？那些满口谎言的骗子，难道上帝会与他们同在？

我要说的还有很多。我并不习惯为写信而搜集资料，但既然这么做是对的，我就勉力为之。我会继续给你写信，向你讲述我所了解到的俄国的教育制度。我时常想，你无须再到别处去，而是应该来俄国看一看这里的一切。许多间谍从印度来到这里，革命家们也常来常往。不过在我看来，我们之所以应该来俄国一游，并非出于其他原因，而是因为这里的教育制度值得我们借鉴。

# 旅行的意义

对科学教育而言,如果书本阅读没有与实物观摩相结合,那么教育效果就会大打折扣。实际上这并不仅限于科学教育,所有教育皆是如此。在俄国,得益于各种不同的博物馆,阅读与观摩相结合的教育便得以实现。在这里,不仅各大城镇和各个省区都有博物馆,即便在无足轻重的小村庄,那儿的人们也有机会到博物馆参观。

通过观摩进行学习的方法之一便是旅行。你们都知道,长久以来我一直有开设旅行学校的想法。印度幅员辽阔,多姿多彩,如果只是读读亨特尔①所编写的地名词典,根本无法全面了解这个国家。在印度,圣地遍布各处,徒步朝圣曾风靡一时。通过朝圣人们可以对印度有一个全面的了解。单从教育角度来看,如果孩子们能在五年内游遍印度

---

① 亨特尔(William Wilson Hunter,1840—1900):苏格兰历史学家和统计学家,曾编撰《印度地名词典》。

各地,他们所受的教育将会完美无缺。

思维活跃之时,吸收和消化所学知识就变得轻而易举。不仅要定期给牛喂草料,还要让牛自由自在地吃草。同样,思想当然要接受指引,但通过旅行学习知识也是必不可少的。如果我们只是将学生关进沉闷的学校牢笼,在僵死的课堂上向他们灌输课本知识,这样学生的心灵势必得不到健康的发展。当然,我们不能把书本完全抛开,对一个人而言,知识的海洋浩瀚无垠,仅靠实地搜集无法获得全面的知识,我们还是要借助书籍这知识的宝库。但如果可以让学生带着书本畅游自然的学堂,那可谓完美无缺。在这方面我有很多设想。如果条件允许,我也希望能开启我的"教育之旅"。可是我既无时间又无资金,暂时无法实现这一梦想。

在俄国,我看到服务公众的旅游便利设施正在不断发展。俄国幅员辽阔,民族众多,在沙皇统治时期,各族人民无法相互了解。毋庸置疑,在那个时候,旅行是有钱阶层才能享受的奢侈品。而现在的苏维埃政府,为了使每个人都可以去旅行,不断做出努力。政府从一开始就着手在全国各地建立疗养院,许多旧日的大型宫殿也派上了用场。政府不仅将这些疗养院用作休憩和治疗的场所,还通过它们传播知识。

在旅途中人们总会到不同的地方,遇到不同的人。在这里,慷慨大度的旅行者们总能找到机会帮助别人。为了鼓励人们出游并为旅游提供便利,苏维埃政府沿途设立了旅游便利站。旅游便利站不仅给人们提供食宿,还为他们提供专门的培训和各种知识。例如,高加索地区就是学习地质学的好地方,坐在路边的听众席上,就可学习地质学的专门知识。在一些适于了解人类学的地方,还为游客们配有经过专门训练的讲解员。

当夏天来临,成千上万计划去旅行的人到办公室登记。从五月开始,一队队的游客开始踏上不同的旅途。每一队由二十五到三十人组成。1928年,旅行者协会的会员还不足三千名,但到了1929年,会员人数已经攀升到近一万二千人。

当然,在旅游这方面,如果硬要拿俄国和欧美做比较,那未免有失公允。但是,仅在十年前,俄国和印度的劳动人民在生活条件方面别无二致,无人过问他们的受教育状况和健康程度,对此我们一定要铭记于心。而现在,俄国劳动者享受的福利不仅使印度的中产阶级望尘莫及,即便是印度的有钱人,想要达到他们的水平也绝非易事。我们来自一个被行政官僚把持的国家,对我们而言,很难想象在俄国这片土地上,有多少教育的渠道同时支撑着知识的水流在不断向前流淌!

俄国医疗保健制度的情况与其教育制度相类似。苏俄关于保健方面的研究博得了欧美学者的啧啧称赞。在俄国,医疗保健的研究并未局限于让领取高薪的学者著书立说,他们还致力于让医学知识为广大民众服务。这样一来,即使是生活在偏远地区的人们,也不会因不卫生的生活条件或缺医少药而死去。

在孟加拉,许多人家都有肺结核病人。自从我来到俄国,一直有这样一个疑问萦绕在我心头:为了孟加拉这些因肺结核而在生死线上苦苦挣扎的穷苦百姓,究竟需要建立多少间疗养院?最近我听说一个传教士向美国诉苦说,英国在印度的统治碰到了困难。听到这样的诉苦,这一疑问愈加挥之不去。

困难的确是有的,这一方面要归咎于印度人缺乏知识,另一方面则是因为英国在印度的殖民政府耗资巨大。俄国同样未能完全解决衣食问题,而且因为俄国幅员辽阔、民族众多,也存在着无知愚昧和许多不健康的生活习惯,但是这些都未能阻止教育与医疗的发展。于是我们不得不问:真正的困难到底是什么?

在俄国,自力更生的体力劳动者可以免费住进政府修建的休养所,此外政府还为他们配备了疗养院。这些疗养院不仅使他们可以接受治疗,还给他们提供了相应的饮食和护理。这些设施面向所有民众开放,这些民众当中还包括了许多被欧洲人斥为野蛮人的非欧洲人民。

在俄国有些民族居住在欧亚边界上,或是居住在欧洲之外。你如果看一下1928年中央政府从预算中为他们划拨的教育经费,就能了解到为了发展他们的教育事业,苏俄政府做出了怎样的努力:乌克兰共和国,四亿三百万卢布;高加索共和国,一亿四百万卢布;乌兹别克斯坦,九千七百万卢布;土库曼斯坦,两千九百万卢布。

以前,在俄国很多地区使用的是阿拉伯文字,这给发展教育造成了阻碍;现在,则改用罗马文字,教育工作的开展就变得容易多了。

我在搜集资料时看到一份公告,我从中摘取一段如下:

"毋庸置疑,文化领域另一项重要任务是巩固地区行政机关管理,让所有联邦和自治共和国的地方政府和行政机构都转为使用人民大众所熟知的语言来开展工作。考虑到广大工农民众的文化水平较低且训练有素的劳动者较少,实现这一目标绝非易事,需要付出巨大的努力。"

在这里需要解释一下。苏维埃联盟中包含几个共和国和自治共和国,它们大多不在欧洲境内,而那里的风俗习惯也与当代社会格格不入。从上面这一段可以清楚地看到,苏维埃政府将行政管理系统看作是人民教育事业的主要机构和组成部分。如果我们印度的行政语言是人民大众自己的语言,那么民众就可以从行政管理中学到知识。然而印度的行政语言是英语,人民大众无法理解行政指令的真实含义。行政工作要通过中间人来开展,这样就无法建立直接的联系。由于我们的行政语言是外语,所以民众无法理解行政指令,这就等同于民众不懂如何拿枪自卫,如此一来,套在我们身上的奴役枷锁也就越收越紧。当然,像我这样的人自然没有资格评判在立法会上使用英语辩论究竟有何好处,但是这样一来,人们就丧失了从政府管理工作中学习知识的机会。

我再引一段:

"如果苏维埃政府机构收到少数民族共和国和少数民族地区

提出的文化、经济建设方面的问题,切不可站在领导者的角度处理问题,而是要最大限度地提升工农群众的自主权,激发苏维埃地区政府机构的主动性。"

此处提及的是相对落后的民族,虽然他们遇到了困难,但苏维埃政府并不打算坐等两百年后再帮他们解决。他们已经为此奋斗了十年。我时常扪心自问:难道我们比乌兹别克人和土库曼人还落后吗?难道我们遇到的困难比他们的大二十倍吗?

# 土库曼斯坦

我已经向你讲述过苏联为了改善境内落后民族的受教育情况而做出的诸多努力。

巴什基尔人①居住在乌拉尔山脉以南。沙皇统治时期,普通民众的生活条件跟我们相差无几。他们一直挣扎在饥饿的边缘。他们收入微薄,也没有受过必要的教育,因此无法在工厂承担重任,当时的条件决定了他们只是靠微薄的收入糊口。随着革命的爆发,他们开始组建自治政府。

起初,权力落在了地主、旧制度下的牧师以及那些如今被我们称之为受教育阶级的手上。可这对改善广大民众的生存状况毫无益处。另一方面,几乎在同一时间,高尔察克的军队开始制造是非。他是沙皇制

---

① 巴什基尔人:俄罗斯民族之一,主要分布在俄罗斯南乌拉山西部的巴什基尔自治共和国及车里雅宾斯克、奥伦堡等地。

度的拥趸,有强大外敌给他撑腰,给他提供赞助和支持。虽然苏联除掉了他,可他仍然还是没逃过可怕的饥荒,农耕陷于毁灭。

苏维埃政权一直到1922年才开始有序运转。从此以后,其教育机构和经济机构得到快速的发展。在这之前,几乎所有的巴什基尔人都是文盲;而现在,已经开设了8所师范学校、5所农业学校、1所医学院、2所技校、17处实训工场、2495所小学以及87所中小学校。现在的巴什基利亚拥有2家国家剧院、2个博物馆、14个乡镇图书馆、112个乡村阅读室、30家城镇影院、46家乡村影院、891处娱乐场所以及为进城的农民提供住宿的不计其数的宾馆。此外,成千上万的农民和工人家里都有收音机。不容置疑,和巴什基尔人相比,孟加拉的比尔普姆地区当属更高阶层,但是看看两地的教育和娱乐情况吧!

土库曼斯坦共和国和乌兹别克斯坦共和国是苏联最年轻的共和国,成立于1924年10月,也就是说,它们的诞生还不到6周年。土库曼斯坦的总人口为100多万,其中90%的人口靠土地为生,但是很多原因导致了土地状况不够优良,而动物养殖业也面临着类似的困境。

这样一个国家需要开设工厂,即实现工业化,目的不是为了让外国的或本国的资本家挣个盆满钵满,这里的工厂应该属于人民大众。一家大型毛纱厂和一家丝厂已经开工,其他的城镇也正在进行类似的尝试。由于需要大量工人照看机器,因此许多土库曼斯坦人被派到俄国中部的大型工厂接受培训。而大家都知道,我国的年轻人要想到外国工厂进行培训比登天还难。

新闻简报称:"土库曼斯坦在教育工作方面遭遇到很大的难处,没有哪个地方可以与之相比。这个地方人烟稀少,彼此居住地相隔甚远,道路不通,水源稀缺;人们的居住地相互隔着大片的沙漠;经济极度困难。"

土库曼斯坦目前人均教育支出为五卢布,这一地区四分之一的人口都过着游牧生活。除了小学,在很多家庭聚集的水源附近建成了一些寄宿学校,还有专门为学生出版的报纸。

在莫斯科河畔花园环抱着的美丽而古老的宫殿里,设立着"土库曼斯坦教育之家",这个机构的目的是专门培养教师。目前,一百位年纪在十二三岁左右的学生正在这里接受培训。这一组织的运转以自治为基础,由不同的部门组成,比如卫生科、日常事务委员会、班委会等等。卫生科负责打扫过道、班级教室、生活区以及地面的卫生。要是有学生生病,即使得了小病,卫生科也得负责带他看医生。日常事务委员会下设次级的委员会,它的职责是负责学生的清洁。班委会则监督班级里学生的行为。每个部门推选出代表组成执行委员会,执行委员会的代表在学校理事会上具有投票权。执行委员会调查学生之间以及学生和他人之间发生的事端,它的决定对所有的学生都具有约束力。

"教育之家"还设有一个附属俱乐部,让学生用本族语表演他们的戏剧、开办音乐会。学生们可以在这里的电影院中欣赏到具有中亚风情的影片。他们还开办了板报。

很多农业专家受命前往土库曼斯坦,帮助改善土库曼斯坦的农业。

那里有二百多个示范农场已经开工。另外,在水源和土地新的使用计划之下,两万个最贫困家庭得到了土地、水和农用设备。

在这样一个人烟稀少的国土上,建起了130家医院,医生的数量为600人。这份简报的作者带着些许羞愧写道:"但是,没有理由为此欢喜雀跃,平均2640位居民才拥有一个病床,至于医生,土库曼斯坦恐怕在苏联名列末尾了。我们可以吹嘘在现代化以及消除愚昧无知方面取得的一些成就,但是我们必须再一次提醒人们,由于土库曼斯坦处于文明的一个很低级的阶段,它至今仍保留着很多过去的陋习。可喜的是,近来为了禁止婚姻买卖和童婚而通过的一些法律已经取得了明显的成效。"

他们仅用6年的工夫,就在土库曼斯坦这样一个沙漠地区建了130家医院!面对如此大的成就,他们竟然还感到羞愧难当!竟然还有这样表达自己的羞愧之情!对此我一直百思不得其解。再反观我们自己,我们只看到了自己的种种困难,却没有看到它们有丝毫变化的迹象,我们对此可感到过一丁点的羞愧难当吗?

说实话,原来我对我们国家也不敢抱有什么奢望了。面对困难,我也动摇了。我想:这么复杂的种族组成、种种的愚昧思想、太多的宗教对立,谁能知道我们得多久才能甩掉苦难的沉重负担,清除罪恶的垃圾堆?

我不敢对自己国家抱有期盼的这种感觉和西蒙调查团收获丰收的感觉如出一辙。当初,我来到苏联后,发现这里的进步之钟和我们的一样停止了运转,至少在普通人家里是这样。但是这百年弃用的钟表,在经过十年的发力之后,又开始良好地运转起来。我终于意识到,我们国家的进步之钟也可以运转起来,但是可悲的是,没人给上发条。从今以后我再也不相信什么有关困难的鬼话了。

在这封信结束之前,请允许我引用简报上的一两页内容:

"征服阿塞拜疆以后,沙皇将军们制定的帝国主义政策主要是把伊斯兰教教徒居住地变成殖民地,目的是为中俄市场提供原料供应。"

我记得很久以前,阿克什·库马尔·梅特雷耶曾热衷于引进养蚕业。在他的建议下我也曾进行过同样的尝试。他告诉我,在这件事情上他得到了地方官的大力支持,但是每次当他提出在农民中推广丝绸纺织时,却总是会遭到那些地方官的反对。

"沙皇政府的代言人无情地执行分而治之的原则,他们费尽心机,在不同的种族之间播下仇恨的种子。政府的行为助长了民族仇恨,伊斯兰教徒和亚美尼亚人也受到挑拨,彼此之间冲突不断。这两个民族之间反复出现的争端有时会升级成大屠杀。"

虽然简报的作者对医院数量太少表达了自己的羞愧之情,但是他却情不自禁地为一件事唱赞歌：

"这是一个连苏联最坏的敌人都无法反驳的事实，即在过去的8年间，阿塞拜疆的各种族之间一直维持着和平状态。"

说到那位作者感到羞愧的事，这里还有一点需要解释清楚。简报称，土库曼斯坦人均教育支出为5卢布。在我们的货币制度里，1卢布相当于2.5卢比，那么5卢布就相当于12.5卢比。他们肯定是找到了筹钱的渠道，但是他们肯定没有想过要在农民中间制造分歧，互相拆台。

# 大众公园

关于苏维埃政府为普及民众教育所采取的各种措施,从我之前的信中你或许已有了大致的了解。现在让我再简单描述一下其中的一个活动。

不久前莫斯科市开放了一个公园,以供人们休闲娱乐。公告把这个公园称为"莫斯科教育和休闲公园"。公园中的主要场馆被用作展厅,在那里可以学到许多知识,例如俄国各个省份为劳动人民开设的医务室数量、莫斯科新增的学校、市政府新建住宅楼和花园的数量、各城镇发生的变化等等。这里还保存着许多模型:有旧时村庄和当代村庄的模型、有花卉蔬菜种植园的模型,还有苏维埃时期工厂生产的机器模型。这些模型还包括合作制面包房烘烤出的面包模型以及革命时期面包房烘烤出的面包模型。除此之外,公园里还有大片园区供人们游玩,这简直是一个永不停息的露天游乐场。

公园专门为孩子们开辟了一片区域，禁止成人入内。在通往儿童园区的大门上写着"请勿打扰孩子们"。在这里孩子们可以找到各种玩具，玩各种游戏。这里还设有让孩子们自导自演的儿童剧场。

离儿童园区不远有一间托儿所，父母们在游玩前可以将孩子托付给托儿所的保姆照看。这里还有一个俱乐部，那是一栋两层的小楼，楼上是图书馆。此外还有一间象棋室和一间阅览室，阅览室的墙上挂满了地图和报纸。在一家合作制餐馆中，人们可以品尝美味的食物，不过这里禁售酒水。莫斯科动物园还在这里开设了一家商店，出售各种鸟、鱼和植物。其他省城也准备开办这样的公园。

苏维埃政府并不打算用以前上层阶级留下的残羹冷炙来哺育人民大众，这一点值得我们思考。人民大众之所以能拥有各种机会和福利，并能享受安适的生活，是因为他们构成了整个社会。人民大众不再是社会的附庸，而是社会的主体。

让我再举一个例子。在距离莫斯科不远处有一座旧时的宫殿，那原是以前俄国贵族阿普拉斯金斯家族①的府邸。站在山顶上俯瞰四周，风景如画，田野、河流还有森林覆盖的山峦一览无余。那里还有两个湖泊和无数喷泉，庭院中石柱林立，游廊高悬半空。大厅里装点着古色古香的家具、画作和大理石雕像，此外还有音乐室、游戏室、图书馆和表演厅。许多附属建筑众星拱月般环绕在这座宫殿周围。

---

① 阿普拉斯金斯家族：彼得一世时期的显赫贵族。

而现在,这座宫殿已经变成了一家名为"奥尔格沃"的合作制疗养院。之前在这宫殿中被当成奴仆看待的人们,现在可以来这里疗养。在苏联有一个名为"休息之家"的合作组织,专门负责为劳动人民开办这种疗养院,奥尔格沃疗养院即归其管辖。

除了奥尔格沃疗养院之外,"休息之家"还管理着其他四所疗养院。这些疗养院可以供大约三万人在艰辛劳作之余前来疗养,每个人都可以在这里住上半个月。这里不仅伙食丰盛,生活安逸,还提供医疗服务。这样的疗养院受到了人民大众的欢迎。

在世界上其他地方,还没有人想过用这种方式解决劳动人民的休养生息问题。即使是我国的富裕阶层,要获得这样的享受也绝非易事。

你已经了解了他们为劳动人民提供的种种福利,让我再谈谈他们在儿童成长问题上采取的措施。他们对婚生子和非婚生子一视同仁。法律规定,在孩子十八岁成年以前,父母负有养育子女的义务。尽管如此,国家对儿童的抚养教育并没有撒手不管。十六岁以下的儿童禁止从事繁重的体力劳动,十八岁以下的儿童每天工作不能超过六小时。监护人委员会负责确保父母们履行其义务。监护人委员会的官员会经常到各家走访,调查儿童的健康和教育状况。一旦他们发现父母对孩子有疏于照顾的情况,他们就会把孩子接走,但父母仍要支付孩子所需的各种费用。孩子被接走后会交由官方指定的监护人抚养。

这种种措施背后的含义即是孩子是属于整个社会的,不是父母的私有物。儿童的幸福安康与社会息息相关,儿童成长的果实为社会所有，因而社会也有责任确保儿童健康成长。实际上，和家庭相比，社会所担负的责任只多不少。他们对所有人的看法亦是如此。他们认为，人民大众存在的意义不是为了某个阶层攫取利益，人民大众是社会的主体，而不是社会的细枝末节，为了个人享受和权利而骑到整个社会头上，这是行不通的。

但是我认为，他们没能清楚划分个人与社会的界限，在这方面他们和法西斯分子不乏相似之处。他们常常以集体之名无限制地压制个人，但他们忘记了，如果个体变得孱弱，集体不可能强壮；如果给个体带上镣铐，集体也无法获得自由。他们在这里推行强人专制，权力集中于一人这种做法有可能暂时取得好结果，但不可能长久，因为无法保证继任者都是优秀能干的领导人。

另一方面，对权力的贪婪也会腐蚀人的心灵。但苏俄社会有一个可取之处。的确，他们残酷地剥夺了个体心灵的自由，对此也不会感到良心不安。但就苏维埃政权的基本原则来看，他们也通过普及大众文化教育来努力地增强个人内在的能力，而不是像法西斯分子那样压制这种能力。当然，为了迫使教育服从于他们的教条，他们常常恩威并施，其推行的教育也有失偏颇，但他们并没完全禁止对心灵的陶冶。在推行苏维埃教条时，他们让暴力法则凌驾于逻辑法则之上，但他们也没有完全抛弃逻辑。此外，他们还尽力让民众的心灵摆脱宗教迷信和愚昧习俗的束缚。

心灵一旦冲破牢笼，要想再禁锢它就绝非易事了。恐惧心理可以暂时让人们噤声，但终有一天觉醒的心灵会唾弃懦弱，强烈要求拥有自行判断的权力。他们可以囚禁人的肉体，却无法囚禁人的心灵。想要推行暴政的人总是先扼杀人的心灵，但在这里他们无形中增强了心灵的活力。实际上，这便是一条出路。

　　还有几个小时我们就要到达纽约，开启一段新的旅程。对这无休止的漂泊，我已心生厌倦。

# 告　别

　　近来我差一点跨过了"南大门"。我所说的"南大门"并不是春风拂面的春天之门,而是我们的典籍中提到的生命流逝飘散的死亡之门。医生告诉我,我短时间内出现的心脏与脉搏不协调的症状已经消失了。抛开科学不论,这简直可以算是一个奇迹。不过死神也通过这次事件警告了我。医生说从今往后我要加倍小心。简而言之,如果我四处走动,死亡之箭可能会迅速射穿我的心脏,而如果我静卧不动,死亡之箭就有可能射不中我。因此我只好做出明智的选择,斜倚在病榻上消磨时光。医生说如果我保持这个状态,可保十年无虞,但十年之后,没有任何东西能阻挡死神的脚步。我斜躺在床上,写的信也歪歪斜斜。请稍候,让我坐起来再写吧。

　　我感觉到你捎来了坏消息。在这种健康情况下我不敢读你的信,生怕情绪的大起大落会让我彻底崩溃。对于此事我早有预感,但对这事情的详细始末我仍不忍卒读。我没有读这封信,而是让奥米耶①替我读了。

只有不断地进行抗争才能摆脱我们身上的枷锁。每次抗争都给我们带来痛苦,但是为了获得自由,别无他法。不列颠统治者也在无形中破坏这枷锁,这个过程给我们造成了痛苦,而他们也遭受了巨大的损失。对他们而言最大的损失便是大英帝国丧失了威信。强者的残暴自然会使我们心生恐惧,但这恐惧中还夹杂着一丝敬意;而懦夫的无耻只会遭人唾弃。现在大英帝国正遭到我们唾弃,被我们诅咒。他们行事不公引起了愤恨,而正是这愤恨给予我们力量,使我们能获得最终的胜利。

我已经离开俄国。现在我清楚地意识到,在我的祖国通往荣誉的道路上,布满了艰难险阻。在俄国,怀有献身精神的革命者们经历了无法忍受的痛苦,和这些痛苦相比,在印度,警察的殴打就像漫天花雨那样温柔。

现在印度之所以在国内外获得荣耀,皆因她对这殴打不予理睬。我们遭受了苦难,但切莫为此怨天尤人。直到最后我们都要坚持"我们无所畏惧"孟加拉人容易失去耐性,这是我们的弱点。一旦我们开始张牙舞爪以暴制暴,我们便与禽兽无异。对禽兽应不予理睬,但千万不要模仿禽兽。千万不要流泪!

我最大的遗憾就是我的青春已经枯竭。我躺在路边客栈中,无法动弹。我被远远抛在后面,再也跟不上人们前进的脚步。

---

① 奥米耶:即奥米耶·丘克罗博尔迪,印度文学批评家,1924 至 1933 年间任泰戈尔的秘书。

# 过去与未来之间

我曾经说过,刚开始访问俄国,了解苏维埃政权的时候,苏维埃统治给我留下了极为深刻的印象。这背后的原因值得深究。

我脑海中也已形成的有关俄国的画面背景中隐藏着印度之国不为人知的痛苦。如果读者诸君能够驻足思考这痛苦背后的现实,你们就会很容易明白我写这篇文章的意图了。

在印度,穆斯林扩张统治的内在目的就是要获取君权的光辉荣耀。那段时期,全世界都以此为目的来争夺领地。希腊国王亚历山大大帝率领其势不可当的军队横扫异国疆域只为扩张他的势力,罗马帝国也怀着同样迫切的征服欲望。腓尼基人辗转各个海港进行海上贸易,但从未争做海上帝国,劫掠别国的领土。

最终,当欧洲人率其商船舰队抵达东部大陆的时候,人类历史开启了新的篇章。骑士时代已然成为过去,商业时代开始到来。大批大批的冒险家开始踏上异域的领土经商,他们关心的只是聚敛财富,英雄的荣耀不是他们的追求。他们的仓库内摆放着无数的商品,他们擎起了无数个财富帝国。

那时候,印度因其国富民强而享誉世界,当时的外国历史学家们频频提及印度拥有的巨大财富。即使是克莱夫①本人也宣称:"想想普拉西战役②后我所处的有利形势吧。伟大的印度王公全凭我的喜怒来处置,我的脚下有富裕的城市,我的手中有雄伟的国家,我面前打开了堆满金条银锭、珍珠宝石的宝库。直到现在,我还奇怪自己为什么那么客气呢?"这些巨大的财富不是轻易获得的——印度创造了这些财富。过去,这里的殖民统治者享受了我们的财富,但是并没有将之消耗殆尽。简言之,他们是美食家,而不是投机商。

后来,外国商人在打通贸易之路的同时,把御座搬到办公桌旁。当时真乃天赐良机。蒙古帝国正日趋衰落,马赫拉特斯人③和锡克人④忙着脱离印度帝国,当时庞大的印度帝国在英国殖民者的手中沦为碎片,最终土崩瓦解了。

我们不能说在那些意欲称雄天下的国王的统治期间,这个国家没

---

① 克莱夫(Robert Clive,1725—1774):大英帝国最伟大的缔造者之一,是位集冒险家、军事家、外交家、政治家于一身的传奇人物。
② 普拉西战役:发生于 1757 年 6 月 23 日,是英国东印度公司与印度的孟加拉王公之间的战争。
③ 马赫拉特斯人:印度的封建军事集团,主要分布在印度东部的马赫拉特斯地区。
④ 锡克人:指信仰锡克教的旁遮普人,主要分布在印度旁遮普邦。

有欺小凌弱,没有横征暴敛,没有贪赃枉法,但他们仍是这个国家的一部分。他们抓伤了国家的躯体,伤口流着血,但绝不会严重到感染神经系统。多种多样的财富创造与经营并未受到妨碍,纳瓦布(相当于总督)甚至鼓励他们创造财富。否则,为何会有那么多的外国商人蜂拥至此,这块荒漠又为何蝗虫泛滥?

随后,印度国王和外国商人在印度短兵相接,在这样的重大时刻,印度这一财富之树的根基开始遭到砍劈。这段故事被重复讲述,听了让人心里很不好受。但是要将这段故事掩藏起来或者索性完全遗忘,也是不行的。印度曾经拥有巨大的财富,但是如果我们忘记了早年印度的财富是如何想方设法穿越大洋的,我们就无法了解现代历史中真实的一章。皇家的荣耀困住了国王,被复杂的人类关系弄得伤痕累累。但是,财富的贪婪却并非如此,它凶残无道、不近人情。鹅下了金蛋,贪婪不仅将金蛋据为己有,还将产蛋的鹅赶尽杀绝。

殖民掠夺几乎摧毁了印度财富创造的所有源头,只有农业得以幸免,可能是因为其能提供丰富的原材料并对国外商品市场产生巨大的影响力。此时的印度就靠这根细线维系着、存在着。

我们承认,过去手工业者赖以生存的手艺和制作方法,在引入现代机器后,已经过时了。因此,他们要想生存下去,就要想方设法让自己利用机器,提高效率,这是最基本的生存之道。当时在每个国家都是如此,大家都是在积极努力、寻求在生存竞争中坚持下去。日本很快就掌握了用机器创造财富的技巧,否则很可能被已经进入机械化时代的欧洲摧毁。然而日本的好运气从来没有降临到印度的头上。究其原因，是贪婪的妒忌在作怪。陷进漫无边际的贪婪的巨口，印度的财富与生机在急速地衰竭。可法治依旧在保护我们！我们抵押了我们的食物、衣服、教育，来支付守卫人员的口粮。

贪婪索要弱者的服务，却从不尊重弱者，不被尊重的人也就变得无足轻重。我们的生存需求是多么得微弱，我们要求保存人类体面的期望又是何等渺茫。我们没有食物，没有教育，没有医疗保障，就连饮用水都要从泥水洼中过滤而得。但是守卫人员的数量却远无限制，官员的数量也无止境地增加，他们的薪水像款款湾流涌向英吉利海峡，驱散了那儿的寒冷。我们甚至节省了自己的殡葬费来支付他们的养老金。

然而我自己也承认，即使面对最严峻的考验，英国人的性格中也并不缺乏宽宏大量的一面，其他欧洲人对待主体民族的方式要比英国人更加吝啬、更加残忍。我们言行中所表现出来的对英国人种和他们的管理的抗议对于其他种族的统治者来说是无法想象的。即使我们公开反抗、遭到官员的惩罚，我们也只是略表惊讶和抱怨而已。这就表明，即使在英国人的鞭笞痛打中，我们对他们的尊重依然根深蒂固。因为我们知道，我们能从我们印度王公贵族和地主那里得到的要少得多。

我在英国逗留期间，注意到英国报纸上几乎从未刊登过关于印度当局的负面报道。这仅仅是为其在印度大陆和英国的声誉着想。事实上，即使是一位意志坚定的英国行政官也害怕他的英国同胞的敏锐直觉；对他来说，要吹嘘在印度的剥削并非易事，因为英国人中并不缺乏侠义之士。英国人对印度发生的真实的一切知之甚少。于是，这些剥削者也就没有必要进行自我谴责。同时，不可否认，那些长期在印度分羹的人已经玷污了他们的英国血统和躯体。而不幸的是，这些人才是对我们至关重要的人。

对于当前印度的政治动乱，当局宣称惩罚已经降低到最小化。虽然我们不愿意同意，但是对比当局过去和现在的管理方法，我们也承认当局这种说法并不夸张。我们曾经遭到痛打，而且经常是不公正的痛打，更糟糕的是，这些惩罚都是秘密进行的。我还要补充一点：在许多情况下，荣耀属于那些遭受鞭打的人，那些施行鞭打的人则失去了尊严。但是，按正常的管理标准来判断，无论是东方的标准还是西方的标准，这种惩罚确实已经是最小化了，尤其是我们的统治者同我们没有任何血缘关系，他也不可能将整个印度都变成发生大屠杀惨案的夏利玛公园①。即使在目前和平的年代，如果美国全体黑人坚决投身解放运动的话，届时血流成河的情景也不难想象。此外，意大利和其他国家发生的一切就更不必细说了。

然而，这些并没有给我们多少安慰。棍棒鞭打之类的惩罚很快就变得陈旧过时了，事实上，当事者甚至还有可能会以此为耻。但是深层次的迫害还在继续，还在继续榨取国家的血汗，直至其筋疲力尽。

---

① 夏利玛公园：位于印度旁遮普地区阿姆利则的一座公共花园。这里树立着一座国家纪念碑，建于1951年，旨在纪念1919年4月13日在夏利玛公园发生的大屠杀惨案。

我碰巧在《泰晤士报》文学增刊上看到一位记者的评论,他说印度贫穷之"根源"在于随意的婚姻所导致的人口出生率剧增。言下之意就是说,如果不是印度有那么多张口需要养活的话,那些来自外国殖民者的持续压榨也会更能忍受。据说,在1871至1921年间,英国的人口增长了66%,而在这50年里印度的人口增长率却只有33%。区别在哪里呢?由此可见,印度贫困的"根源"不在于增长的人口,而在于其没有能力提供衣食。那么,究竟什么才是这种无能的"根源"呢?

如果统治者和被统治者的宿命一样的话,至少在食物这个问题上是没有理由去抱怨的。换句话说,不论是在年景好还是年景坏的时候,他们各自的食物份额都差不多。但是造成两者在利益和地理方面巨大差距的主要原因是后者丧失了教育、健康,被剥夺了尊严和物质利益,而需要为午夜守门人准备的靶心状的灯笼却有增无减。无须精细复杂的数据统计就可以看出,在过去的一百六十年里,印度的全面贫穷和英国的全面繁荣是相并相行的。如果我们想画一幅全景图来描述这一切的话,我们必须要将一位生产黄麻的孟加拉农民的生活与那些在遥远的英国敦提[1]享受黄麻利润的英国人的生活并置在一个场景中。他们都与贪婪紧紧维系,却在享受成果的时候截然分开。在过去的一个半世纪里,这种分别日益增大。

在人类环球航行发现新大陆的同时,掠夺性的商业时代也拉开了

---

[1] 敦提:即敦提市,苏格兰第四大城市。

序幕。地球母亲面对惨绝人寰的奴隶贸易和财富掠夺发出了痛苦的呻吟。他国是进行这桩交易的重要场所。那时候,西班牙不仅疯狂掠夺墨西哥的黄金宝藏,还用暴力抹杀掉墨西哥的古老文明。随后,一阵阵血雨腥风从西方刮到了印度海岸,财富开始从东方流向西方,这段历史无须赘述。

科学宣称,机器法则就是宇宙法则,不择手段地获取物质上的成功才是永恒的真理。激烈的竞争无处不在,掠夺在高贵身份的伪装下变得体面可敬,奴隶制度也被乔装改扮重新引入。在西方,抗议文化并不罕见,背景包括野蛮的剥削,工厂、煤矿和大种植园内一系列的欺骗和凶残行径。为此,有钱人和为有钱人创造财富的人之间不断发生斗争。

在我们自己的国家、我们自己的人民中,无论在经济上残忍的阶级划分给人们带来的伤害有多大,机遇对我们每个人都是敞开的。我们可能会拥有不同的权力,但享有的权利都是一样的。在创造财富的磨坊中,上下磨石在任何一天都可能改变位置。富人积累的财富,或多或少总是会被全国人民享用,个人财富无法避免地要在国家财富中承担起责任。大众教育、公共健康和其他福祉都是非常重要的事情。无论他们希望与否,富人都在直接或间接地满足国家这些多样化的需求。

然而,被外国商人和殖民政府的官员攫取的财富只有很少一部分留在印度。印度麻农对教育和健康的深沉的渴望就像是干涸的沟渠和池塘,裂开了缝隙,期待着雨水的补给,可是他们创造的利润却从未回流。流出去的已经一去不复返了。农村的水源因为无限制地攫取黄麻的利润而被污染了,外国商人舍不得从其鼓胀的钱包里掏出一文钱去解决饮用水缺乏的问题。他们如果要供水,就要来征水税,榨取这些一贫如洗、饥肠辘辘的农民们的血汗。如果国库没有钱为人民提供教育,那么钱都去了哪儿呢?答案就是,大量的钱已经永远地离开了印度。换句话说,印度的水已经蒸发成水汽,积聚成雨云,又化为雨水,降落到海洋之外的异国土地上。很久以来,几乎是不知不觉的,不幸的、无知的、羸弱的、奄奄一息的印度一直都在为遥远的异域国家的医院和教育机构提供源源不断的支持。

贫穷不仅可以杀死人,还可以让人饱受鄙视。约翰·西蒙爵士的一番话就是例证,他说:"在我们看来,目前印度正在遭受的最难对付的灾祸之根源在于其长期形成的社会习惯和经济习俗,这些只有靠印度人民自己的行动才能解决。"这番话明显带有歧视。他在分析印度人的需求时所使用的标准并不是他们自己的标准。他们这些人享有广泛受教育的权利,拥有充裕的机会和充分的自由,创造了丰富的财富。凭借这些有利条件,他们从多方面丰富了他们在教育、职业和享受等领域的生活理念。而衣衫褴褛的印度人,拖着骨瘦如柴的身躯,被疾病折磨得死去活来,更不要说接受什么教育、拥有什么生活理念了。在约翰·西蒙之流看来,印度人民必须尽最大努力阻止人口的增长,限制各方面的开支,才能解决当前面临的问题。言下之意是说,拯救印度的责任要由我们印度人民自己去承担,而那些让这种拯救变得困难重重的人几乎不需要负任何责任。

我正是在心中充满了黑暗的绝望的时候来到了俄国。俄国完全没有穷奢极侈的场面，或许正因为此，才容易瞥见它的真实面貌。

所到之处，我看到俄国人民正在努力创造印度被剥夺的一切。不用说，我用自己这双渴望的双眼看到了他们创造的丰硕果实。一位享有自由权利的幸运的西方人，目睹这番景象会有何感想，对此我无法做出判断。我也不想去争论过去究竟印度有多少财富流入英伦三岛，也不想知道如今每年又有多少财富通过不同的渠道流入同样的地方。但是我心中清楚地知道，许多英国作家也承认，在我们国家如同行尸走肉般的躯体内，灵魂备受压抑，生活没有任何快乐可言，我们的头脑和身体正行将就木。但是无论如何，我们都不可以对那种认为印度贫困的"根源"在于印度人民的道德堕落，拯救印度已非政府能力所及的污蔑屈服。

即使真的是愚蠢的社会机制导致了我们的腐化和衰落，能够消除这种愚昧无知的教育和鼓励也必须要依赖英国财政部的支持。全国人民的愚昧无知所带来的灾难后果不可能仅凭西蒙调查团①提出的建议就可以转移。政府必须要正视这个问题，就如同重视他们自己国家的问题那样。如果这是英伦三岛的问题的话，英国政府肯定会出面解决。我们要质问西蒙调查团的是如果印度活力的丧失真的是因为她的愚昧无知和长期形成的社会机制的话，为什么在英国殖民统治的160年间

---

① 西蒙调查团：英国政府派往印度研究修改管理制度的调查团，由英国自由党人J·西蒙率领，故名。

印度还是没有取得任何进步？调查员有没有计算过，在长期的殖民统治期间，与为英国殖民者提供警棍的开支相比，为印度人民提供的教育津贴又有多少？警棍对富有的外国殖民者来说必不可少，警棍鞭打的对象却可以被忽略；殖民者不必受任何惩罚，而印度人民的教育却可以被推迟到几个世纪以后！

自踏上俄国的土地以来，最引我注目的就是俄国的教育。无论是农民还是工人，其受教育的程度在这几年里都取得了巨大的进步。在过去150年的时间里，即便是印度的上层社会，也没有取得可以与俄国的教育相匹敌的成就。

于是，我在心里一遍遍地问自己：这么伟大的奇迹究竟是怎么发生的？我得到的答案是：在俄国没有贪婪制造障碍。通过接受教育、学习知识，人人都可以成为对社会有用的人。即使是遥远的土库曼斯坦人，这里的人们也不害怕为他们提供完整的教育，相反，他们非常热衷于这么做。

谈到教育，让我想到了一位法国学者。这位法国学者曾向法国政府建议，让其不要重复英国人在印度开展教育这种错误。我们必须承认，英国人的性格中有其高尚的一面，因此他们在执行殖民政策时会有些偶然的疏忽，他们在织造殖民统治的网时，偶尔会留下一些瑕疵。而多亏了这些疏忽和瑕疵，要不然还真不知道要再等多少世纪我们才能开口说话！

没有了教育，弱者会变得动弹不得，因此愚昧无知的危害并不亚于警棍。卡尔逊爵士似乎已经意识到了这一点，而那位法国学者，不用分析本国人民需求的标准去判断被统治国家人民的需求，唯一的原因就是贪婪。对于贪婪者来说，贪婪客体的人性已经丧失了其本真，因此将他们的需求最小化也是理所当然。那些只想从印度瓜分财富的人，150年来都在竭力贬低印度，难怪他们会对印度人民的重大需求报以冷漠。他们根本不关心印度人的食物有无着落，饮用水从哪里来，我们教育设备的缺乏也跟他们毫无关系。对他们来说，重要的是，我们印度人是他们需求的一部分；我们也有我们的需求，但我们的需求对他们来说无关紧要。我们是这么无足轻重，他们不可能对我们的需求表示出丝毫的尊重。

导致印度在经济上和精神上趋于灭亡的那些问题在西方国家从未出现过。根源就在于日益膨胀的贪婪，它剥夺了印度人民的基本权利，将我们推进灾难的深渊。正因为如此，当我看到贪婪在俄国被严厉惩治时，我感到无比高兴，这份高兴别人未必体验过。当今，无论是在印度还是在其他国家，但凡有灾难发生的地方，都藏着一张贪婪的大嘴，而贪婪的背后则是日夜不停地军备扩张、残忍的政治迫害和满屋子的谎言。

专政是另一个备受争论的话题。我个人在任何地方都不喜欢独断专行。在我自己的领域内，我从不通过威胁着要伤害或惩罚别人来主张自己的观点，也不会使用霸道的语言和文字。毫无疑问，专政包含着一些危险。也许它是有效的，但这种有效性是否可以持续则是值得怀疑的。专政的施行在专政主体和专政客体之间制造了紧张,而这种紧张往往就是矛盾产生的原因。此外,被动服从的习惯也削弱了人民的头脑和性格,而这又会反过来击垮那些施行专政的人。

人民的命运,倘若不是由他们自己来创造、来掌控,这样的命运便犹如一个鸟笼,尽管里面供给了足够的食物和水,但它却不能成为真正的鸟巢,因为在鸟笼中,鸟的翅膀是瘫痪的,毫无用武之地。没有什么比独裁对人性造成的伤害更大了,无论施行独裁的是经文、老师还是政治领袖。

几十年来,我们的社会不断恶化,由此也产生了许多恶果,这是我们大家都知道的。当甘地宣称外国布质地不纯时,我表示了怀疑:外国布的引入可能会使我们的经济蒙受损失,但它绝不可能质地不纯。长久以来我们盲目地对那些经文圣典顶礼膜拜,我们的头脑被其施了魔法,丧失了独立思考的能力。我们必须想办法改变这种状况,否则我们将一事无成。思考力被剥夺,还有比这更侮辱人性的行为吗?对一个盛行独裁和专政的国家来说,独裁者可能在不断变换,但独裁这种行为则是永恒不变的。一个魔术师离开了,另一个魔术师随即登场,继续进行独裁的统治,只不过变换了一种魔法而已。

专政是一件令人极其憎恶的东西,它以强制的面孔示人,会酿成种种灾难。在俄国,许多惨案就是在专政的名义下发生的。但是在俄国,我也看到了施行专政积极的一面,那便是在教育领域,其性质与强制恰恰相反。如果群众能够同心协力为国家创造财富,他们的活动便会具有创造性和永恒性。对那些热衷于独裁的人来说，利用愚昧无知去麻痹人民的大脑是他们达到目的的唯一手段。沙皇统治时期，俄国人民被剥夺了受教育的权利，他们的大脑被巫术侵占，宗教迷信就像一条大蟒蛇将它们紧紧缠住。沙皇轻而易举地就利用了群众的愚昧无知——那时候，打着宗教的幌子，在犹太人和基督徒之间，在穆斯林和亚美尼亚人之间挑起残杀是一件非常容易的事。愚昧无知和宗教迷信削弱了国家的凝聚力，致使国家沦为一盘散沙，任由外国列强欺凌和摆布。

同昔日的俄国一样，这种状况在我们国家也持续了很多年。今天，我们国家服从甘地的领导，等他去世以后，觊觎高位者会不断涌现。如今在中国，一些觊觎领导地位的军阀，为了争夺国家的领导权，发动了持久的内战，致使整个中国都陷入生灵涂炭的境地。造成这种局面的根本原因是，民众缺少那种可以统一意志、决定国家命运的教育。印度也有可能出现争权夺势的厮杀，届时，我们的人民就只能沦为羸弱的羔羊，任由战争无情地践踏和宰割。

俄国一直在实行专政的统治，但这种专政产生了正面的意义，俄国这几年取得的成就可以为证。为什么会是这样的呢？原因就在于，俄国没有走沙皇的老路。他们没有像沙皇那样利用宗教迷信来麻痹和驯服人民的思想，也没有像沙皇那样用棍棒和皮鞭去残害自己的人民，削弱他们的意志。当然，我并不是说俄国目前的体制中就没有刑罚。但是，俄国的教育是生机勃勃的。在向大众普及教育方面，俄国取得了非凡的成就。在俄国，无论是政党还是个人，都不贪求金钱和权力。他们拥有一种势不可挡的决心,要让民众信从某种特定的经济学说,把每个人都培养成才,不管他们来自哪个种族,属于哪个阶级,带着什么肤色。若不是这样,我们就有必要相信那位法国学者的话了,即普及教育是一个大错误。

时间还未来得及验证这个经济学说是否会完全有效,因为到目前为止它还仅处在纸上谈兵的阶段,并没有经受广泛的实践的检验。起初,它无情地鞭挞那些足以毁灭自己的反对声浪。在经历了一次又一次的实验之后,没有人能够确定地说出它最终的命运。但有一点是可以肯定的,即俄国的教育是人人都可以尽情而自由地享受的教育,这种教育已经取得了很大的成果,它给那些接受过它的人带来了终身的荣耀。

有传言说,当代俄国正在以凶残的手段来维护自己的政体和统治。这种情况是有可能的,毕竟,一个有着悠久残酷统治历史的政体不可能突然间就消失了。眼下,苏维埃政权正在不遗余力地运用画报、电影来剖析历史,揭露旧秩序下政府体制的恐怖和人民遭受的压迫的惨重。如果现在的政府也采用残忍的统治手段,却又设法激起人民对残酷行径的仇恨,这无异于贼喊捉贼,非常荒唐可笑。用电影或其他手段讲述"黑洞"惨案①,破坏年轻的孟加拉总督西拉吉·乌德·多拉的形象和

---

① "黑洞"惨案:孟加拉总督的士兵把146名俘虏硬塞进一间只有18英尺长、15英尺宽的狭小牢房,并且堵住了牢房的两个小窗。当时正值六月的一个闷热酷暑的夜晚,牢房里的人呼喊、哀求和抗议。可是总督大人正在安寝,不得打搅。到第二天清早,俘房中只有23人存活。

声誉，又或胡乱地演绎阿姆利则惨案①，混淆视听，颠倒黑白。这些做法都是极其愚蠢的，弄不好就会搬起石头砸自己的脚。

现在，苏维埃政权一心要将公共舆论转向马克思主义经济学的模型中来，跳出这一框框，任何有关这一主题的自由讨论都被严令禁止。我认为这种做法是极其不妥的，应当受到严厉谴责。一战期间，欧洲的某些国家也曾尝试采用同样的做法来钳制人们的思想，遏制公众舆论，甚至不惜利用囚禁和绞刑来惩罚那些对政府政策持反对意见的人。上述这些行为都是魔鬼的行为，是绝不会产生好结果的。

一旦急功近利的思想占了上风，领导者们就会将人们思想自由的权利抛在一边。他们会说："先实现我们的目标，其余的以后再说吧。"俄国现在正面临着国内外敌人的攻击，敌人想尽一切办法要使苏维埃实验毁于一旦，其情形与战时颇为类似。于是，为了尽快加固苏维埃政府的根基，俄国领导人会毫不犹豫地使用暴力。然而，尽管这是迫不得已而为之，使用暴力仍有很大的害处，暴力只能带来毁灭，不会带来新生。

俄国正致力于铺设通往新时代的道路，他们将陈规陋习从陈腐的土壤中连根拔起，批判长久以来形成的对奢华享乐的崇尚。然而，当人们被破坏的狂热冲昏了头脑，他们就会沉醉其中，晕头转向。狂妄自大

---

① 阿姆利则惨案：又称"夏利玛公园大屠杀"，该屠杀于1919年4月13日发生在印度北部城市阿姆利则的夏利玛公园内，由英国军队发动，事件造成数百人死亡，数千人受伤。

在他们心中滋长,他们忘记了人性需要培养和驯化,他们认为只要把束缚人性的旧枷锁打碎就万事大吉了,谁还在乎之后会发生什么事呢!人性本来需要慢慢驯化,而缺乏耐心的人却转而使用暴力和压迫。他们在一夜之间建起了高楼大厦,可这高楼却摇摇欲坠,无法长久矗立。

  在人们尚未做好准备接受某种理念的地方,专制独裁者是绝不可信的。他们想当然地认为自己的理念绝对正确,这是极不明智的,理念需要经过实践的检验。俄国人民颠覆了宗教典籍的权威,可是正是这同一群人,却不假思索地拜倒在某种经济学说的脚下。统治者们恩威并施,强迫人们接受这种经济学说,却丝毫没有意识到将某种学说强加于人并不能证实该学说的正确性。相反,他们过多地使用暴力,反而使自己的学说与真理渐行渐远。

  欧洲曾一度沉浸在对基督教的狂热迷信中。信徒们为了证实自己宗教的正确性,对持有异议的人施以种种酷刑:人们被施以轮刑,被捆在火刑柱上烧死,被钉在十字架上,被乱石砸死。而今天,无论是支持还是反对苏维埃的人,都被自己片面武断的思想所束缚。他们相互指责对方束缚了思想的自由,然而在西方世界范围内,人性受到了来自敌对双方的摧残。这让我想起了一首孟加拉钵歌①:

    无情的鲁莽之人啊,

----

① 孟加拉钵歌:流行于 19 世纪至 20 世纪初,是孟加拉和印度乡间的吟游诗人所传唱的一种歌谣。

贪欲充斥着你的心房。
莫要炙烤这心灵的花蕾,
请让它徐徐绽放。
可你心急如焚,
使这花蕾枯焦成炭,
无处再觅其芬芳。
经过几世几劫的锤炼,
这心灵的花蕾才得以绽放。
可你沉醉于暴力和不加节制的贪婪,
你环顾四周,心下茫然,
何处才能觅到希望?
听,诗人默东在吟唱:
"求求你,莫要将这花蕾摧残。"
无情的鲁莽之人啊,
只有心随本性,将自我遗忘,
心灵才能跟随这歌声徜徉。

  我想现在我可以回答最后一个问题了。许多人问我对苏维埃经济的看法。在我们这个被宗教典籍所束缚、由祭司统治的国度,我担心长久以来的蒙昧会使国人将某种外来学说奉为至高无上的真理。为了避免出现这种情况,我们应该坚持通过实践检验某种学说或理念。而现在,俄国的苏维埃实验尚未完成,不应在此时妄下定论。任何与人相关的学说都应该以人性为中心。该学说与人性的契合程度应该经受时间的考验,我们应该在进行长期观察后再决定是否接受这种学说或理念。我们可以从逻辑学的角度或统计学的角度对这种学说加以讨论,可是无论如何都应将人性放在首位。

人具有两面性——作为个体的一面和作为集体一分子的一面,这两者不可分割。如果过度侧重其中一面就会打破平衡,引发许多矛盾。这时为了尽快结束危机,一些"有识之士"就会建议将其中的一面完全铲除。当作为个体的一面发展成极端的自私自利并使社会深受其害时,将这一面完全铲除则被当成了解决所有问题的一剂良方。这样做有可能会解决部分问题,可是社会也会就此陷入停滞,就像脱缰之马会把马车拖入深渊一样,把马杀死固然可以避免这种惨剧的发生,但马车也不会继续前进了。使用缰绳驾驭马匹才是更好的解决方法。

人与人之间存在着差异,这引发了种种冲突和矛盾。然而,为了建成一个大集体而给所有人带上枷锁,只有沙俄时期的经济学家才会为这种想法沾沾自喜。任何超越自然规律的尝试所体现出的并不是勇气,而是愚昧。

印度以前是一个以乡村为主体的国家,在这种联系紧密的环境下,个人财产和社会财富可以和谐共处。公众舆论非常强大,使得富人耻于独享财富。如果社会接受了富人的捐赠,他会倍感荣幸。这种捐赠不同于英语中所说的 charity(慈善),在那时的社会,富裕阶层和贫困阶层是相生相伴的。富人为了维持自己的社会地位,就必须通过种种间接的方式进行慷慨的捐赠。洁净的水源、医疗、教育、寺庙、娱乐和乡村道路,这一切的费用,都来自个人捐赠而不是国家财政。这样个人意愿便与社会意志相融合。这种捐赠是出自自愿,而非政策强迫的结果,因而也会给思想带来活力。换言之,这样的捐赠体现的不仅是法律的威力,更多的是个人修养的提升,而个人修养的提高则是人类发展的动力源泉。

在那时的社会,通过投资牟取利益的商人阶层地位低下,因为那时财富并不为人所看重,贫富之间也不存在太大的差距。富人们不能通过聚敛财富来赢得自己的社会地位,而是要履行自己的社会职责,否则钱财就只能为他们招来唾骂。换言之,当时的社会看重的不是财富,而是品德。财物的捐赠不会使任何人的尊严受到损害。然而,这样的日子已离我们远去,现在到处都可看到急功近利的身影,财富已经无法给人带来幸福,只会给人带来耻辱。

从一开始欧洲文明就是通过城市来增强自身凝聚力的。在城市里人们有更多的机会,但是人与人之间也会变得日渐疏远。城市很大,人们居住得很分散,个人至上的思想发展到了极致,而人与人之间的竞争也愈演愈烈。城市的繁荣加深了贫富间的差距,慈善可以看作是为了缩小贫富差距所做出的一点努力,可是慈善本身却无法给予人慰藉和尊严。财富的拥有者和生产者之间只存在着物质利益关系,他们的其他社会关系或被扭曲或被割裂。

机器时代的号角已然吹响,社会财富急剧增长。当逐利的瘟疫传染到世界各个角落,殖民地的人们便陷入了极度的困苦和无助之中。中国被迫吸食鸦片,印度被剥夺了一切,非洲人民长期遭受压迫,他们的苦难现在还在进一步加剧。这些只是欧洲以外的情况,即使是在西方世界,贫富之间的鸿沟也越变越深。以奢侈和华服为标志的"理想生活"使贫富之间的差距变得触目惊心。以前,至少在我们国家,财富的威望主要体现于乐善好施和慷慨捐助;而现在,财富已经沦为个人享乐的工具。这种情况让人头晕目眩,却不会让人身心愉悦;财富招来了嫉恨,却无法获得赞扬。主要原因在于,在过去,财富的使用并不完全取决于捐赠者,社会意志起到了很大的作用。正如格言"虔诚地给予"所描绘的那样,捐赠者要谦和恭敬地进行捐助。

简而言之,当今财富赐予富裕阶层的权力无法为人们带来尊严和幸福。一边是欲壑难填,一边是深恶痛绝,中间横亘着一条深深的鸿沟。社会上竞争变得越来越激烈,而合作却少得可怜。这在各阶层之间、国与国之间埋下了仇视的火种。猜疑使各方刀枪相向,其势头不可遏制。而殖民地的人们为了填满远方人们的欲壑,必须不停地辛苦劳作。他们的生命力逐渐被吸干,日渐羸弱。如果有人认为这种情势不会造成大范围的动荡不安,那他未免过于愚昧固执了。在被压迫的人们之中酝酿着风暴,他们的饥饿困苦点燃了革命的导火索。

布尔什维主义就是在这种情势下诞生的。它就像是因气压低而产生的风暴,伴着电闪雷鸣,席卷一切,人类社会失去了平衡,因此引发了这场不同寻常的革命。个人对集团的漠视发展到了极致，所以才会出现这种自我毁灭的做法：为了集体而牺牲个人。这种做法，就像是因为火山在岸上肆虐所以转而投向大海的怀抱一样。当人们认清了这浩瀚海洋的真实面目，他们又会急不可耐地往岸上游去。人们无法长期忍受不切实际的、泯灭自我的集体主义。自然，社会的贪欲应该被控制，可是如果"个人"被一并铲除，谁来保护社会呢？在现在这个时代，布尔什维主义或许是济世良方，但是任何治疗都只是权宜之计，病人痊愈之日，就是医生离开之时。

我真心地希望，我们的乡村能通过协作的方式生产和管理财富，这样做不仅考虑到了人性本身，同时也考虑到了参与者的意愿和想法。有违人性的做法不可能取得成功。

在此我要强调一点。我希望可以重新振兴我们的乡村，但我不希望乡村的陈规陋习死灰复燃。乡村的陈规陋习是一种迷信，其教化、知识、信仰和活动都局限于乡村狭小的范围内，完全割裂了与外界的联系。乡村的陈规陋习与时代精神格格不入，背道而驰。当代社会虽然缺乏同情心，可是当代知识和思想的范围是十分广阔的。必须给乡村注入一股活力，使乡村生活摆脱琐碎狭隘的局限，使人性得到舒展，摆脱愚昧。

我在英格兰时曾在一户农家中小住，我发现这家的姑娘们非常迫切地希望能到伦敦去。和大城市中巨额的财富相比，乡村显得贫困匮乏，因此居住在乡间的人总是被大城市所吸引。在这种情况下，居住在乡村简直不亚于流放。

在俄国,我看到他们为消除城乡差别所做出的种种努力。如果他们成功了,就可以遏制城市的过度扩张,乡村的活力和才智就可以流向全国各地并发挥其积极作用。

我希望我们的乡村能给人带来尊严和财富,而不是满足于捡食城市的残羹冷炙。我坚信,只有通过协作,才能使我们的乡村寻回丧失已久的活力。然而,让人遗憾的是,现在孟加拉的乡村合作机制仅停留于借款放贷。这虽然稍稍改变了借款放贷方面的乡村陋习,但还是没有起到促进生产和消费的作用。

出现这种状况的主要原因在于,管理合作机构的官僚们对问题视而不见,听而不闻,对一切漠不关心。让人惭愧的是,我们不得不承认我们国民缺乏合作精神,弱势群体中相互信任的基础非常薄弱。事实上,缺乏自尊的人也不会尊重他人,而长久以来人们因奴役而丧失了自尊,于是问题只好进一步恶化。他们宁愿卑躬屈膝地接受主子的统治,也绝不接受来自同一阶层的指引。对于同一阶层的人,他们更倾向于行欺诈和残酷之事。

从俄国的书籍中可以看到,以前俄国农民的遭遇与我国的情形相类似。尽管解决问题时会碰到重重困难,可是我们别无他法。要驯化人性,就要使人的精神和肉体相互和谐;要进行协作,也不能只在嘴上说说,而是要大家共同努力。只有村民们相互协作了,才能重振我们的乡村。

第三辑 日本纪行

# 等　待

　　每次从孟买港出发旅行，起航前都无须等待太久。但在加尔各答，却不得不在前一晚就钻进客舱，度过漫长的一夜。这令人很难受，因为一旦被出发的念头纠缠，心就越发慌乱。我被焦躁不安的心情与被迫苦等的现实撕扯着，根本没法在船舱里安心闲坐，更没法静心准备旅行的相关事宜。停留与出发之所以对立，缘于各种心情的纠结。这种矛盾无法取得协调，毕竟，暂时等待是迫不得已的事。

　　家人们来到船边为我送行，友人们为我戴上花环，告别而去。他们离去的身影渐渐消失，船却迟迟不起航。该留下的却离开，该离去的却滞留。船安静地停泊在港口，家的影子仿佛摇曳淡去。

　　离别总是带着哀愁。痛苦的根源在于，虽然坦然承受了生命的既定规律，却仍时常被推入莫名难测的阴暗中。如果失去了什么，却没有东西能立即代替，空虚感就会堆成心灵深处的巨石，压迫着平静的内心。只有将难以捉摸变成理所当然,将未知之物当成已知之事,我们才能继续着人生之路。行走,是治疗旅途哀愁的最佳灵药。此刻,船却停滞不前,实在令人难以忍受。

停泊不行的船,比单人牢房还恶劣。狭窄的船舱令人窒息,也许只有在正常航行时才能稍许忍受。被迫待在静止不动的船舱,有种被裹上寿衣、埋进墓地的感觉。

因此,我打算睡在甲板上换口气。迄今为止,我曾数次乘船旅行,也认识了许多船长,但这次的日本人船长身上却有种说不清的独特气质。与他一起聊天,会觉得他像家人般亲切温和。我最初以为若是向他提出什么请求,他一定会仔细倾听并很快同意,但后来才明白,在工作时间,他绝对不通融。同行中,一位英国人想将船舱里的垫子拖到甲板上,却被船长坚决制止。早餐时,那个英国人所在的餐桌上没有风扇,他看到我们桌还有空位,就要求移到这桌。尽管这只是个微不足道的要求,船长却摇头回答:"今早就餐的座位已经安排好了,您的请求在晚餐时再作考虑。"任凭我们这桌仍有空椅,船长也绝不破坏规矩。这一点,让我们深刻体会到,即便是再琐碎的事,他也绝不允许任何违反规矩的行为发生。

躺在甲板上,夜晚能看到怎样的景致呢?船桅高耸林立,刺向广袤无垠的夜空,天空仿佛在等待死神的长矛。夜空的每个角落都没有空隙,但现实世界仿佛也变得模糊。船的探照灯在辽阔的海面上闪耀着,我却看不到任何像样的东西。

我曾在某首诗中，以深夜的宫廷诗人的身份如此表达过：我一直深信，白昼属于人间，黑夜归于天堂。人们或者因为无名的恐惧，或者因为在努力工作，或者因为想要看清脚下的路，才点起明亮的灯。人们并不对神灵产生恐惧，只是默默地工作，所以也就没有打破深夜的静谧。无尽的黑暗成了神灵聚集的帷幕，他们只在深夜出现，在我们的窗边徘徊。

然而，工厂通宵工作，人类试图主宰夜晚。这不仅打扰人类自身的安静，也触怒了神明。从人们不分日夜、不眠不休地为考试而拼命学习的那一刻起，神灵与人类的战争便已开始。工厂的烟囱吐出滚滚黑烟，人心的污秽也在向蓝天蔓延。但这还不是最严重的罪孽，因为白昼属于人间。倘若人类只是抹黑自己的脸，神明并不会怪罪，但人类的光却刺亮黑暗无边的夜空，践踏了神明的威严。越过自己的领地，人类甚至试图将天堂标记成自己的属地。

那天夜里，在恒河中的我，强烈感受到了人类悖逆神灵的顽固野心。人们失去了神灵的祝福与庇佑，深深陷入疲惫，却仍妄称，"我不累，我也要像神一样。"这自欺欺人的谎言，使得人们搅乱了人间的宁静，玷污了圣洁的夜。

日光隐含着不洁，黑暗却更纯粹。黑夜仿佛深海，如墨汁般漆黑一团，却圣洁无瑕。白昼宛若河流，并非黯淡一片却污浊不堪。加尔各答的夜晚，深不见底的夜空显得格外苍白憔悴，这也许是因为神的面容也被玷污了。

过去在亚丁港,我也曾有过这种不愉快的感受。大海被人类毁灭,变得污秽丑陋;海面上漂浮着油污,海水渐渐丧失消解污染物的能力。那晚,我躺在甲板上,望着混沌的黑夜,不由得想到:曾经,恶魔入侵天界时,诸神向大梵天神诉苦求救;如今,面对人类的肆意破坏,又有谁能拯救诸神呢?

# 起　航

船终于起航了。微风吹拂,我们渐渐享受起漂浮在海上的愉悦。

然而,这种愉悦却并不仅仅从漂浮而来。伴随着船的航行而四处眺望,这种体验很特别也很有趣。步行时,人无法极目远眺所有风景;乘船时,两岸的景色却完整无缺地融合在一起。静坐在甲板的同时,我也正在行走着。正因如此,一面行走着,心灵却无须疲惫不堪。我心旷神怡地欣赏眼前的景致,大海、陆地、天空中的一切都融为一体。乘船观景的一个妙处就是,人们可以集中注意力,又不会被迫全神贯注。即便不环视周围也能前行,没有任何不便;不必担心迷路,也不必害怕坠入深渊;人们挣脱了心灵的束缚,得到了解放,欣赏本身于是就成为了最终目的。于是,海上的风景变得如此辽阔,令人心生向往。

这些日子,我终于明白:人类甘愿为自己耗尽心力,却不愿履行义务,即便它有时关系其自身。倘若只是无目的地悠游漫步,倒是非常美妙的；可是如果必须抵达某地时，人们就不得不狼狈地奔走。将人们从这种奔波的辛苦中拯救出来，这本身就证明了人类的丰富性。"丰富"一词所指，并非是减少人类的必要需求，而是减轻对自身必要的责任感。人们不得不为衣食所需而劳碌，但在劳碌之余还残存着人的自由，而正是在这自由中人们才真正地了解自己。大概正是由于这个缘故，人们才去过分地美化水壶、茶碗等日用品吧。水壶与茶碗的实用性只不过是作为人类必需品的标记，它的美却由人类自身的悲欢来赋予。实用性传达着它对人类的责任，而它的美则展示了人类的灵魂图景。

没有这些东西，我也能凭着意志生存下去——这是自由的统治者与自由的享乐者的骄傲，也是创造者和宇宙主宰者的傲慢，它在人类的文学与艺术作品中被宣泄无遗。这个王国为自由的人所拥有，那里没有劳碌谋生的义务。

早晨，大自然像裹着绿色镶边的赭石色莎丽服一般展现在我面前。我静静地凝视着它。这时的我，只是个虔诚的鉴赏者。可能有人会突然不解风情地说，你欣赏的这些，对我来说有什么用呢？它既不能填饱饥肠，也不能治疗疟疾，更不能增加田里庄稼的收成。是的，我欣赏的自然，对你来说没有任何实用价值。可是，如果美的欣赏者对自然也毫不关心，那么这个世界的艺术和文学创作也就没有任何意义了吧。

你们兴许会问我：现在你写的究竟是什么呢，文学作品还是哲学论文？

它不能被称为哲学论文，因为在哲学中，论述者并不重要，只有真理才是主体。相反,在文学中,人才是主体,真实则是次要的。现在,在飘荡着白云的天空之下,在绿意葱郁的庭院之前,河流宛如巡礼僧一般迟缓地流淌着。在大自然的这些美景中,身为鉴赏者的我被作为主体呈现出来。

不仅在风景中,在思想的海洋里漂流着的我,同时也是个观察者。在这里,人的言语是次要的,诉说的人才是主体。我漂浮在海上,注视着海水的流动,同时也凝视着自己的思想与情感的变化。思想的这种流动,没有与什么特别的行为联系在一起,也没有被什么特殊的需求牵绊,更与理论无关。联系着它的,只是我自己。是否正因如此人们才将我的随笔称为文学作品并接受,这对我来说是无关紧要的。探寻精神和思想的世界,书写这些毫无实用价值的悲欢离合,是我的使命。倘若我的这些语句能做到真正发自内心,那么读者或许能在其中发现另一个"我",找到与世俗和日常物什无关的那种幸福。

《奥义书》里曾写道:"两只鸟儿停在同一根树枝上,一只鸟埋头啄食,另一只鸟四处张望。张望中的鸟儿拥有更多的快乐,因为它的快乐是纯粹的,也是随心自在的。"每个人的心里也住着这样两只鸟:一只不得不为生存而劳碌,并享受着现实的快乐;另一只则超越了生存,只是静默地四处张望。前一只鸟注重建设,后一只鸟则重视创造。建设就是精打细算,反复思量,进而采取行动。然而,行动本身并非最终目的,而只是达到各种目的、满足各种需要的手段。与此不同,创造则无法对任何外物予以谋划,因为它是创造自己、表现自身的行为。所以,享受中的鸟儿在建设着,主要是从外部搬运材料;张望中的鸟儿在创造着,材料就是它自身。这种自身的最佳表现形式就是文学和艺术。在那里,没有任何对生存、需求的考虑,也没有什么强制的义务。

这世上最神秘的,不是肉眼可见的外物,而是作为观察者的人类自身。对于后者,人们自己也无法探寻到它的谜底。依靠千百年来积累的经验,人类努力地摸索、观察着自己。一切正在发生,一切将要发生,而正是在这些经历中,人类感觉着自身、观察着自己。

经过不停的观察和思索,身为凡人的我,终于冲破日常琐事、日常劳作的纷扰和牵绊,渐渐感受到了自己。这个"自己"是我内心的自己,是真正的"我"。对诸多人事交织的辛酸苦辣的感受便是文学,而观察者本人而非看得见的外在事物才是文学最终的目的。

# 海上风暴

星期四傍晚,船停靠在河岸。不久之前,我刚领略过大海的美景。海景虽然已经远去,河面的风景却毫不逊色。海洋比陆地更靠近天空,但河边却并不这样。只看见海水翻涌不止,似乎幻化成一条花边,像河水的涟漪般,卷起的海水又碎成一片片浪花。大海如猛虎嬉戏,从容不迫地翻腾着。

船的下层甲板住着许多自备食宿的旅客,他们大多数来自印度南部的马德拉斯①,为了去仰光谋生登上了这条船。船上的其他人没有任何冷淡怠慢的地方,因而他们显得坦然自得。他们每人还从别的旅客那里得到一把绘着精致图案的扇子,所以就更心满意足了。

他们几乎都是印度教徒,但此刻谁也无法帮助他们摆脱旅途中的

---

① 马德拉斯:现称金奈,是南印度东岸的一座城市,坐落于孟加拉湾的岸边,是泰米尔纳德邦的首府。

困苦。他们只是咬着甘蔗、吃着炒米,浑浑噩噩地打发时间。特别引人注目的是,总体来说他们很注意整洁,但仅限于宗教规定的相关事项。一旦遇到与教规无关的事,他们就变得无所顾忌了。早餐时,原本可以将吃完的甘蔗残渣顺手扔进海里,但他们的教规里似乎没有非此不可的一条戒律,所以他们随心所欲地将食物残渣丢在甲板上。垃圾堆成一座座小山,他们却视而不见,不以为意。最令我难以忍受的是,他们竟然若无其事地到处吐痰。既然他们能严格地遵守繁琐的宗教教规,就应该能够忍受诸如处理垃圾、排泄物等琐碎小事带来的种种麻烦。盲目死守宗教教规,人的理性判断就会渐渐钝化;总是依赖外在力量的束缚,人就会丧失基本的自制能力。

这些印度人中,有几个是穆斯林。他们并非过分在意清洁,但格外注重保持整洁的仪容:质感上等的礼服、端庄整齐的礼帽,一切都显得优雅得体。无论相识与否,遇见他人时,他们总是温文尔雅地问候对方。这些穆斯林更懂得在外面世界中的生存技巧,而那些将自己禁锢在宗教圈子的印度教徒,对圈子之外的一切都毫无兴趣。他们固守着的严格教规,只不过是用来维护狭隘等级制度的枷锁。穆斯林没有被这种等级制度束缚住,他们深谙礼仪规矩,有着一套面对宗教之外世界的行事准则。

《摩奴法典》①详细规定了对待亲族长辈应当遵守的规矩,也记载

---

① 《摩奴法典》:古代印度婆罗门教的经典。

了年长者在哪些事情上享有何种权威,更严格限定了祭司、贵族、平民、奴隶等种姓之间交往的细节。然而,该法典却没有提及一般情况下人际交往中的注意事项。为了与家族和种姓之外的人们维系良好的关系,印度西部的人们向穆斯林学习。教规中烦琐的礼仪与问候习惯,仅适用于家族内部与种姓之间。迄今为止,我们一直排斥广阔的外面世界,穆斯林从英国人那里学来了高雅整洁的穿戴习俗,我们向穆斯林学习,却收效甚微。即便裹着上流绅士淑女的礼服,直到现在,我们仍没有像模像样的服装礼仪——孟加拉上流社会人物的衣着,显得五花八门。

等级森严的种姓制度规定了我们的传统服装。服饰之间的区别并不在于个人审美或场合,而仅仅因为等级贵贱的不同。在外人看来,这一切却毫无意义。王侯贵族的闺阁妇女披着的锦缎华服,在外人眼里,不过是毫无美感、毫无价值的摆设。

对待自己生活圈之外的人,也应该像对待自己的家人般亲密友爱,否则,我们便无法长久地维系人际关系,更不用说拓展它了。但我们在处理人际关系时,要么过分亲昵,要么过分疏远,至今仍无法自如拿捏亲疏分寸。法律规定了人们的权利与义务,有效地解决了因关系的亲疏远近而带来的种种问题,但却被曲解为缺少人情味的证据,并被横加指责。虽然事实上我们不可能对所有人都一视同仁、敞开心扉,但应对他们保持基本的礼貌。将这种人与人之间的善意尊重扭曲成虚情假意,不过是那些将自己囚禁在等级制度牢笼中的人们的借口而已。作为地球上的普通人类,就应该将同一屋檐下的人视为家人,将家人以外的人视为同一社会的成员,将社会之外的人视为人类的一分子并包容接受他们。心灵的默契、真诚的体谅、得体的礼仪,是维系人类正常交往的应有之义。

船长事先通知说今天傍晚会有暴风雨,难怪气压下降。寂静的天边,夕阳缓缓西坠。轻拂脸颊的微风,比诗人笔下的少女的脚步更急促,却不如战士的击鼓声激烈。到目前为止,还没有任何暴风雨的前兆。也许同人类的占星术一样,暴风雨也并非总能被准确预测。这次旅行前,我根本没有考虑过航行中会有暴风雨的危险。将信件托付给管事的船员手中,我拖出躺椅,面朝西坐下来,悠闲地眺望着金光闪耀的大海。

风声渐渐变得急切,如同霍利节①之夜的印度守门人手里的钹发出的声音。日落时的五彩云霞,像是被蒙起了蓝色的薄纱。夜幕悄悄降临,此时的天空尚无一丝阴霾,明朗得像是海面浮起的泡沫,闪闪发亮。刚躺下,就听见大海与疾风奏起了战歌:海风呼呼地挑衅,海水则以四处飞溅的哗哗水声来回击。不过即便是这样,我也没把它当成暴风雨要来的信号。群星闪耀的夜空沉默地注视着这一切,我不知不觉地沉沉睡去。

那晚我做了个梦。梦境中,我读着《吠陀经》里关于死亡的一段诗

---

① 霍利节:又称"胡里节"、"洒红节",是印度传统节日,也是印度传统新年。

歌,并极力向谁解释着。那首诗的结构很精妙,既有面对死亡时的深切哀愁,又有渴望远离世俗的高远情怀。念到一半,我突然被惊醒。一睁眼,看到天空与海水似乎都已变得疯狂残暴。大海宛如愤怒的湿婆神①,吐着海浪的长舌头,高声狞笑着,狂乱地手舞足蹈。抬头看夜空,云团则像精神失常的病人,不顾一切地翻涌起来,仿佛在号叫着"管它呢,管它呢"。海水猛烈地嘶吼着,卷起阵阵巨浪,一瞬间我的心跳似乎都停止了。

船员们纷纷提着小灯笼,慌乱地四处走动,却依旧沉默不语。驾驶室那里时不时地传出紧急情况的信号铃声。我回到船舱继续睡,狂乱呼啸的风浪与梦境中的死亡之诗,不停地在我脑海中回响。时而沉睡,时而惊醒,就像暴风与海浪般交错骚乱。总之,一整晚,我也不知自己是睡了还是醒着。

天亮了,云层也归于平静,就像是暴怒的人仍满脸愤愤却默不作声。海风与波浪似乎也都偃旗息鼓,一起吟诵起深沉安详的赞美诗。不一会儿,云团卷起,仿佛紧锁眉头、披头散发的诗人,在天空中焦躁地徘徊着,终于化成雨点洒下。我想起了以前听过的神话故事:一听到那罗陀的琴声,毗湿奴②就融化进恒河水中。

直到此刻,船舱里的一切事物仍照常进行着,连早饭也同往常一样准时。船长神情镇定地说,这个季节总是会碰到一两次这种情况。似

---

① 湿婆神:印度教三大神之一,毁灭之神,呈现各种奇谲怪诞的相貌。
② 毗湿奴:印度教三大神之一,掌维护宇宙之权,与湿婆神二分神界权力。

乎昨晚,我看到的只是孩子的恶作剧,或只是流年不利的一个小插曲。但过了不久,整个船舱里的人就像淘气的孩童手里把玩的豆粒,颠来倒去个不停。外面已然是狂风四起,暴雨倾盆。我们裹着披肩与毛毯,相约着一起走到甲板上坐下。狂风从西面出来,所以大家都没有选择坐在东侧。

风雨渐渐变强,我们已经分不清云层与海浪。海水褪去湛蓝的色彩,于朦胧中变得一片漆黑。我想起儿时读过的《一千零一夜》中的一则神话故事:渔夫在大海里网到了一只陶罐,打开盖子,忽然一个巨大的魔鬼从浑浊的烟雾中出现。此刻,大海仿佛被谁打开了蓝色的盖子,无数庞大的恶魔像烟雾一样相互推搡着,一起钻向阴沉的天空。

日本船员忙碌地来回奔走,脸上却仍带着镇定的微笑。看着他们的神情,我不由觉得大海不过是玩心大起,戏弄一下这艘可怜的小船而已。所有的舱门都已关闭好,波浪却突破这些障碍,时不时地涌进来。日本船员们看到了,大声吆喝着"来了,来了",快速扑上去阻拦。船长反复安慰我们说,这只是普通的小型台风,镇静地用手指在桌上不停比划,努力解释着因暴风雨的影响航线将如何变更的事宜。披肩与毛毯都被雨水淋得湿漉漉的,我们冷得瑟瑟发抖。颤抖中我们努力寻找温暖一点的地方,最终都去了船长的客舱避难。不过船长的言行却一如既往地临危不乱。

待了一会,我实在无法忍受一动不动地挤在房间里,于是又裹上湿透的披肩,到外面坐下。在如此狂暴的风浪中,幸好船满载着货物,所以我们才没有被大自然摆布得左摇右晃、狼狈不堪。面对此情此景,我的脑海里无数次闪过死亡的念头。海面上到处潜藏着死亡的危险,似乎从水平线的起点到尽头都已被死神牢牢掌控,而我的生命在这大海中是如此的卑微,如此的不堪一击。然而无论如何,我都不会抛弃对这渺小生命的信念,轻易地向残暴强大的死神屈服。我始终深信,只要与之勇敢抗争,就一定会有奇迹发生。

待在甲板上终究不是长久之计。我往下走,看到那些自备食宿的旅客都蜷缩成一团。跌跌撞撞地从人群中穿过,回到船舱时,我已经是疲惫至极,倒头便躺下。天旋地转的我感觉肉体与心灵都变得不再属于自己,几乎到了灵魂出窍的地步。就好像搅拌牛奶后漂浮着的奶油一样,我的生命似乎摆脱了肉身的束缚,飞升到虚空中。在甲板上,我姑且还能忍受得住船的剧烈晃动;可到了船舱里,分分秒秒都是痛苦的煎熬。这就好比是人赤脚走在沙子上同穿着带沙子的鞋走路的区别:前者虽然也像是被殴打了一样,但毕竟还没有被束缚住;而后者就像是整个人都被捆起来暴打了一顿。

我在船舱里苦闷地躺着,忽然听到头顶甲板上有什么轰然四碎的声音。船舱中的通风管道被堵住了,排风扇也无法打开,但海浪还是不停地击打着它,不断地渗透进去。外面风浪大作,船舱里却像蒸笼般燥热不堪。一台电风扇慢悠悠转着,机身上方翻腾着热气,气流不时拍打着我的脸。

我瞬间觉得一切都难以忍受。但在人类的生命内部,存在着比肉体、心灵、生命本身更强大的力量。暴风雨的上方,也有永恒静谧的天空;惊涛骇浪的海底,亦有寂静无边的深海。正如那辽阔的天空与大海一样,人的心灵深处,也存在着这样巨大从容的灵魂。苦恼只能老老实实地屈服在它脚下,死亡也无法触碰到它。只有经受住危险与悲伤的考验,我们才能与之相遇。

　　黄昏时分,暴风雨再次止息。甲板上一片狼藉,到处残留着船与大海激烈搏斗的印迹。船长住的一面舱墙塌了,舱里的家具与个人携带的物品全被淋湿,连用钢索系住的急救船都严重破损了,下方甲板的一个客舱与仓库的一部分也遭受了不同程度的破坏。日本船员拼着命,勤快地收拾残局。甲板上堆放着的救生衣,清楚无疑地证明了这艘船曾陷入多么危险的境地,船长甚至考虑过将它们卸下来,以备不时之需。在那次暴风雨中,日本船员镇静不变的笑容给我留下了深刻的印象。

　　星期六,天终于放晴,但大海似乎犹有怒色。不可思议的是,比起暴风雨肆虐之时,此刻轮船摇晃得更厉害。大海对昨天的一切不肯罢休,就像一个抽抽搭搭地哭泣的怨妇,不停地摇头晃脑。我的身体状况也是如此,暴风骤雨之中倒是很结实,风平浪静时反而有些吃不消,也许是对风浪仍心有余悸的缘故吧。

　　今天是星期天,海水恢复了从前的湛蓝。隔了许多天,第一次看到天空有鸟儿飞过,它们正向天空传递着大地的信息。天空带给鸟儿光明,大地则带给它歌谣。大海的歌谣仅仅由波浪的旋律组成。海里比陆地上有着更多的生物，但没有一个能发出自己的歌声。无数生物沉默着，只有海水孤独地唱着歌。陆地上的生物大多通过声音来表达其真实的内心感受，水中生物就只是身体的舞动。所以说，大地是舞蹈的世界，陆地则是音乐的世界。

下午四五点左右，船将在仰光靠岸。从周二到周六，陆地上不知又流传着多少新闻。五花八门的消息堆在那里，等待我们这些与世隔绝多日的人尽快去知晓。新闻不像商人的货款，需要每天计算；它更像是股票，不知不觉中连本带利地累积得越来越多。

# 仰　光

2月24日下午,船在仰光着陆。人的眼底有个消化器,如果不将所见之物充分消化,就不能算作是属于自己的。也许有人会说,就算不细加品味,粗略记录一下所到之处的景致风物,又有何不可呢?可能的确没什么不妥之处,不过这种做法违背了我的习惯,我无法耍着当时匆匆记录、之后拼凑补齐的把戏。此前也多次被邀请去做演讲,事先准备的只言片语在我的记忆里散得七零八落。只有当一切都如明亮舞台上的舞姿般一览无余时,我才能游刃有余地进行创作。

我不会因为身心倦怠就走马观花、潦草涂鸦。读者恐怕不能期待我写出传神有趣的游记了,因为在现实的法庭中,我尚能信誓旦旦地说自己来过仰光这座城市,但面对神明,我只能坦白:我其实并未到过仰光。

也许,仰光这座城市本来就亦真亦幻。道路笔直宽阔,一尘不染;

两旁的建筑物仿佛安详地沐浴在佛光中。码头上,马德拉斯人、旁遮普人、古吉拉特人到处走动着。不经意间在他们中看到裹着艳丽的绢衣的缅甸男女,反而会觉得他们才是外国人。实际上,架在恒河上的桥并不属于恒河,只是套在恒河脖子上的绳索。同样,仰光也不属于缅甸,更多的是对缅甸的一种否定。

从伊洛瓦底河①走近城市时,对缅甸这个国家的最初印象是怎样的呢?首先映入眼帘的是矗立于两岸的大型石油工厂与高耸入云的烟囱,仿佛一个巨型的缅甸人懒懒地躺着,抽着雪茄。船继续向前,看到成群的船只航行着,有本国的,也有外国的。再到码头登岸,仍看不到丝毫正常河岸的样子。鳞次栉比的栈桥聚成了令人毛骨悚然的铁山,似乎正吸着缅甸的躯体。

穿过由商务大楼、法院、商店、卖场组成的繁华街道,我来到一个孟加拉朋友的家中。一路上却没有任何角落能让我看到缅甸的真实面貌。尽管仰光这个城市在地图上被标记为缅甸的首都,但它却并不真正属于这个国家。换句话说,这个城市仿佛不是在这片土壤中如大树般自然长成,更像是从时代的洪流里漂浮而至。此处是这样,世界上的其他城市也是如此。

事实上,世界上每一座城市都应该是基于人类内心深处的爱建造

---

① 伊洛瓦底河:缅甸的第一大河,纵贯缅甸中部,全部在缅甸境内,全长约2170公里。

而成。德里①、阿格拉②、瓦拉纳西③，它们都是为了人类的享受而建成的安乐窝。然而，财富女神无比冷酷无情，一旦被她踩在脚底下，人心就像无法盛开的睡莲，渐渐枯萎变质。财富女神并不理睬人类的死活，只激烈渴求着商品与财富，高速运转的大机器便是她的座驾。船航行在恒河中，我从河的两岸，清楚看透了财富女神那寡廉鲜耻的嘴脸。正因为心中容不下仁爱，财富女神轻而易举地摧毁了恒河两岸的美好自然。

　　我不由得庆幸自己出生时，丑陋的钢铁还没有如洪水般吞噬加尔各答附近的广袤绿野。那时的恒河码头，就像农妇温柔有力的胳膊，将恒河紧紧地拥在怀中。夕阳西斜时，带篷的木船将村民们送回沿岸的家中。河流与人流、自然与人类之间没有任何严酷的对立或者分裂。在我的少年时代，甚至能在加尔各答周边，饱览孟加拉国土上富饶美丽的景色。加尔各答虽然是现代都市，却不像杜鹃那样将养父母的窝儿掠夺一空，但随着商业文明的日益繁荣，这片土地上曾有的美丽富饶被压榨得所剩无几。现在，加尔各答似乎已将孟加拉驱逐而去。工业时代与土地的战争，以这片沃土的无奈失败而告终。大机器成了这个时代的怪兽，露出尖利的钢铁爪牙，向天空吐着浑浊的黑烟。

---

① 德里：印度前首都德里分为旧德里和新德里两部分，身为印度第三大城市的德里，是印度的首都所在。
② 阿格拉：16世纪至18世纪的印度首都，著名景点有泰姬陵。
③ 瓦拉纳西：印度教圣地，著名历史古城，位于印度北方邦东南部。

过去人们常说,商业买卖要依靠幸运女神的庇佑。在人们看来,幸运女神不仅能带来财富,更能带来幸福。那时的所有生产都离不开活生生的人:织布机与编织工,铁匠的锤子与铁匠,手艺人与他们的才华,一切都依靠心灵的默契。所以,通过生产劳动,劳动者与他的内心变得充实美丽。否则,幸运女神又如何安然地站在莲座上呢?自从大规模地使用机器后,生产出来的东西就渐渐丧失了美感。古风尚存的威尼斯与现代化的曼彻斯特相比,二者之间的差异再明显不过。在威尼斯,人们在丰富的物质与精神中充分表达自己的内心;而在曼彻斯特,人类在所有方面都只是一味贬低自己无能,夸耀机器如何高效强大。人们乘着汽车,急急忙忙地赶赴商业活动时,贪欲就像丑陋不详的瘟疫无情地传染到世界每个角落。纷争与杀戮永无止境,人类社会正被虚伪玷污,大地沦为血腥弥漫的泥沼。如今,财富女神已堕落成妓女,赐予人们食物的双手变成了倒出污血的骷髅酒杯,温暖慈爱的微笑变成恐怖的狞笑。一句话,商业文明非但不能带来幸福祥和,反而将人类拖至灾难的深渊。

之前我曾提到,虽然我曾游览过仰光这座城市,但只是依赖肉眼,缺乏详细的了解。后来我在孟加拉友人那里受到了情深意长的照顾,却仍对缅甸所知无几。这种说法也许有些夸张。这个国家用现代物质文明铸成了一道壁垒,我却固执地渴望寻找到一扇稍微打开的窗。

周一早晨,朋友们带我参观了当地有名的佛寺。终于能看到一些想看的东西了。迄今为止,我仿佛游走在一个城堡而非鲜活实在的城市，只看到了些抽象不实的东西。但想到即将游览的地方有着独特的面貌，心情顿时舒畅起来。一路上，遇见许多时髦的孟加拉姑娘飒爽英姿地阔步走着，说着流利的英语，衣着款式都是最时尚的。我总觉得仍缺少些什么，似乎她们只是拥有着浓郁异国情调的模特，而非土生土长的孟加拉女性。而有些摆脱了时尚的光环、服饰朴素的美丽少女，身上却洋溢着成长于孟加拉家庭所特有的温馨感。她们不是幻影，更像是清澈见底的湖。湖水甘甜解渴，丛丛莲花香飘四溢。

走进寺院，我的心瞬间充盈着无与伦比的幸福感，这绝不是空虚感，而是摆脱一切物质束缚的超脱感。与这佛寺相比，整个仰光城似乎都显得渺小起来。古老辽阔的缅甸，在这样一个小小的寺院里隐藏着它的特色。

在刺眼的日光照耀下，我们拾级而上，走到坐落于清凉树荫下的古老佛殿里。殿上覆着宝盖，石阶两侧摆放了水果、鲜花以及其他供奉品以待出售。小贩几乎都是缅甸姑娘，她们身上颜色鲜丽的衣服与五彩缤纷的花朵混在一起，就像日落时的天空一般绚烂，驱散了寺院的狭小与阴暗。这里的买卖没有过多限制，穆斯林店主开着文具店，卖外国生产的文具品。除了不卖鸡鸭鱼肉，小吃摊上的食物与世俗世界并无二致。只不过，这里听不到市井小贩的喧哗声。寺院里漂浮着静默而不冷清、庄严而不古板的氛围。

同行中有位从事律师职业的缅甸人，我向他询问为何允许在寺庙石阶附近卖食物、供人吃喝。他这样回答：佛祖不强迫我们，只是教导我们怎样才能获得幸福以及如何自我约束。佛祖不愿意看到我们过分勉强自己,因为依靠外在力量的束缚无法获得幸福,人只能凭借内心意志才能真正得救。所以,无论是我们的社会还是寺院,都没有设定强制的行为规范。

继续沿着台阶走,眼前出现了一片宽阔的平地,挤着许多规模不一的寺院。这些寺院装饰混杂,显得格外逼仄,缺少了应有的庄严感,简直就像是孩童手里的玩具模型,加上杂乱无章地堆放着许多稀有货物,强烈的不协调感宛如孩子们错误百出的歌声。这些歌声隐含着歌者心中的悲欢,却没有深刻的思想性。古老的艺术品与廉价无聊的现代商品混杂,别说是思想性了,人们甚至不明白它到底是什么。在我们加尔各答,有钱人家娶亲时,一路上热闹非凡,但他们想炫耀的并不是华丽的仪仗,而是雄厚的财力。这里的寺院也与之相仿。孩子们聚在一个屋子里玩耍嬉闹,对于他们而言,嬉闹本身就是快乐。这些寺院的装饰、佛像、供品,一切都像孩子们过家家一样,没有任何深刻的意义,徒留一片喧哗而已。镀着黄金与黄铜的寺院箭塔与缅甸孩童的无忧无虑的大笑声,汇成悦耳的声波传向太空。

缅甸人似乎没有成熟到能准确判断事物的年纪,这里最惹眼的是那些衣着鲜亮的年轻姑娘。她们就像是盛开在缅甸这棵树上的花儿,又像是在漫山遍野里怒放的金香木花,是这个国家的象征。除此之外,再没有什么能吸引我的眼球了。

据说这个国家的男性很懒惰,大多游手好闲。在其他国家由男性担任的工作,在这里却由女性承担着。一开始,我不由得觉得这是对女性的虐待。但慢慢开始明白,为了工作而操劳,女性反而变得更加出色。所谓自由,不只是能够外出,拥有不受限制的工作机会才是人类的最大自由。做男性的附属品,并不是对女性最残酷的束缚;被剥夺了工作权利,才是最令她们窒息的牢笼。

缅甸女性从束缚中挣脱出来,获得了心灵的充实与人格的自信。她们不因为自己身为女性而消沉低落,反而因女性的优雅美丽而受到爱慕,因充分释放的生命力而显得更加高贵。看到希腊民族的女性,我才明白,工作真的会让女性变得更美。她们忙碌于高负荷的工作,但正如手艺人挥着凿子雕刻出精美的石像一样,劳动也将希腊女性的身体雕琢得丰满均衡。她们的体态举止,洋溢着强烈的自由感与自豪感。

诗人约翰·济慈[1]曾说过,"真实就是美。"也就是说,美存在于质朴自然的表达之中,真实没有失去本来面目,真实本身就是美。我从《奥义书》的圣言中感受到"永恒的存在表达自身时,荡漾着不灭的美与喜悦的姿容"。人们被恐惧、贪婪、嫉妒、愚昧与功利蒙蔽了内心,进而扭曲、遮蔽了美的表现,最后只有扯上来世安乐的幌子,努力为这种扭曲的行为寻找诸多冠冕堂皇的借口。

---

[1] 约翰·济慈(John Keats,1795—1821):英国浪漫主义诗人,与雪莱、拜伦齐名,著有《恩底弥翁》《夜莺颂》《希腊古瓮颂》等名诗。

# 小 船

  2月29日傍晚,船向槟城①港驶去。船上有个叫穆克鲁的少年欢快地跑过来感叹:"以前在学校里总是要求背诵槟城啊、新加坡之类的地名,原来这里就是所谓的槟城啊。"这番天真坦率的话勾起了我的思绪:在地图上指出槟城所在是毫不费力的,但实地勘测可就难了。学校老师只需手指轻轻一指,就能告诉我们某个城市在地球上的具体位置,我们却必须不远万里地乘船方能抵达。

  航海旅行似乎不是现实经历,倒像是坐着不动打盹时做的一场大梦。不用怎么费劲劳神,一切就很快出现在眼前。为了在大海中寻找新的岛屿与陆地,为了建设新港口,为了寻找新的航线,无数前人不得不东奔西走地冒险。我们像轻松品尝甘甜的果酱一样,坐享前人远航

---

① 槟城:亦称"槟榔屿"、"槟州",马来西亚十三个联邦州之一,位于马来西亚半岛西北侧。

探险的成果。果酱里没有刺,没有果皮,甚至没有核,只有柔软鲜美的果肉,甚至还添加了许多砂糖。浩瀚无垠的海面渐渐升高,水平线像帷幕一样接踵而至。云团的巨大身影难以接近,看到它们,我就像见到动物园里的狮子一样开心,我知道可怕的事物背后总潜藏着美丽与诱惑。

过去,我在读《一千零一夜》里那个阿拉丁神灯故事时,深深地被神秘的氛围与曲折的情节吸引。那个可以自由变化的神灯,只要轻轻擦亮它,无论在水里还是陆上,所有看不见的都能变成可见的,所有遥不可及的都可以变成触手可及的。只要拥有它,我坐在一个地方,其他地方的景物也能在我面前纷纷出现。

人不应该只在乎结果,更应注重产生结果的漫长过程。在这种旅途中,人有时会感到莫名的不安,因为我们觉得自己并没有在真正地旅行。船航行时,有时能看到远方的大山,从山顶到山脚似乎都被绿树覆盖,就像顶着一头凌乱绿发的巨人或巨兽,在海边懒洋洋地晒着太阳、打着盹。穆克鲁看到了,嘀咕着想爬上山去看看。他希望不受他人的眼光左右,而是亲身去感受,亲眼去目睹。有这样的想法才是真正想要旅行的表现。在学校时我不喜欢死记硬背地图册,所以现在叫不出那座山上的小岛的名称。不过这样也无妨,远远地看着更觉得新奇有趣。换句话说,就像是图书馆的藏书一样,尽管经过许多人之手,却没留下什么备注划痕,因此才牵动着人心,吸引人一遍遍地去看。人总是会嫉妒别人,总想拥有别人都没有的东西。其实并不是因为在意拥有之物本身的价值高低,而是在乎拥有行为本身带来的骄傲与满足感。

日落时，船停在槟城港。大地沐浴在落日的余晖中，像彼此交换了爱的誓言一样紧紧拥抱着大海。柔和的日光穿破云层，照耀着青色的山峰，就像是浅金色的薄纱，怎么也遮不住新娘的美丽容颜。天空、大海与陆地结伴，在金色的黄昏门前，奏起了动听的天国之音。

人类创造的东西中，很少有像扬帆航海的小船那样既实用又美观的。如果人类尊重大自然，就一定能创造出完美的东西；跟随大自然的节拍，就一定能跳出优美的舞蹈。船必须服从大海与风的客观规律，如此才能获得巨大的动力。同样也是人创造出来的机器，却无视自然，只一味地炫耀它优越的速度，而这种傲慢就是由人类赋予的。

汽船比帆船有更多优点，却欠缺美感。汽船缓缓地驶入码头时，除了看到被败坏的自然，我更看到了人类贪婪自大的丑恶内心。工厂的烟囱曲曲折折地冒着黑烟，像是对天空伸着笔直的黑爪。看到人类正以如此丑陋的嘴脸对抗着自然，将罪恶的黑手伸向每个海岸、每个码头，我不由得心痛起来。贪婪无耻的人类正在戏弄上苍，同时也正将自己一步步驱逐出天堂。

# 大海与天空

5月2日。船行中,抬头便是一望无际的天,低头就是一览无垠的海,目及之处尽是碧海蓝天,不分昼夜。这些日子,我们无不渴望看到大地,这双眼渴求着来自大地母亲的爱抚,希冀能看到盛装在大地之中的缤纷日常。然而,那些景致却与我们渐行渐远,最后消失无踪。所失之物已不知多少。我们的眼睛常因贪食更美的风景而忽略了身边的日常。所以,现在那些我们想念着却触摸不到的日常就像是断食疗法一样,成为治愈这贪食双眼的一剂良方。

在我们面前的天空与大海,其实就是两个装满美食的盘钵,其中的风景便是盛装在里面的佳肴。然而,人类的恶习往往如此,你断然不会从一开始便觉得这两个看起来空空如也的盘钵有什么值得品味。但是,一天过去了,两天过去了,当饥饿随着时光的流逝而充斥双眼时,我们才恍然大悟,原来那两个我们本以为空着的盘钵里,装着的竟是让人意想不到的美味佳肴。天空中的云时常变换形状，幻化出新的色彩。光在海天之间漫溢开来，时刻带给我们新鲜的体验。

我们习惯了安居在大地的怀抱之中，都不曾尝试仰望天空，便信口那广袤的天空空无一物。然而，当我们长久地仰望天空，便会惊叹于其无穷尽的变幻，对其目瞪口呆。云的变幻美轮美奂，肆意地渲染出各种色彩，舒展开来又舒卷而去。它像是一场演奏，被演奏的乐曲不停地变换着调子。在这场演奏中，不存在统一的节奏，没有教条的规矩，没有目的。它也像一首现代诗，一切随意而自由。有时海上电闪雷鸣，响雷犹如大鼓敲击般铿锵有力、惊心动魄，使我们的心也不由得跟着一起紧张起来。响雷伴随闪电，闪电兀自狂舞。

在以天空和大海为舞台的剧场中时刻都在上演着精妙绝伦的剧目，这让我们的观赏能力愈加敏锐。世界上凡是广大的事物皆有其独一无二的特性，而动机往往单纯得多。它们无须借助外力便可以展现出自身的风采。繁星生于无尽的黑暗，却在夜空中熠熠生辉。我们所知的这片天空与大海也是如此，它们虽然包容了许多繁杂的要素，却无损自身的伟岸和威严，反而能让这些要素为自己添光增彩。它们就像伟大的音乐大师，对于那些欺骗我们，用诡计蒙蔽我们心灵的靡靡之音仅仅轻蔑一笑。面对它们，我们应心怀敬畏，虔诚跪拜。如果我们的内心滋生了享乐与怠惰，觉得什么都无所谓的话，那么大师的演奏对我们来讲也就变成了可有可无的多余之物。

我们应该感谢目及之处别无他物。我曾经乘坐英国的邮轮在海上航行，那时，邮轮上的乘客本身就是一出戏。他们欢歌，他们狂舞，他们竭尽喧嚣掩盖周身天空与大海的空旷，他们的每一分钟都是狂欢。他们用华丽的衣裳和社交场的游戏规则包裹自己堂皇的外表，而那些都是碍眼的东西。可是此时此刻，在这里，站在甲板上的人们，面对天空和大海，却没有任何尔虞我诈的心思。这船上乘客极少，我们一行四人和另外两三个人都偏好安静。每天大家在船上也只是悠闲度日，醒了就看风景，累了倒头就睡，饿了便吃些东西，仅此而已。我们都没有各怀心思。我想我们之所以能够这样悠然自得，就是因为在这里没有那些以嘲笑我们的穷酸为己任，每分每秒都在狂欢的上流社会的贵妇人们。

因此，我们才得以有时间去思考，原来连我们每天都在经历的日出和日落都有其存在的意义。天空和大地给予它们王者般的礼遇。破晓时分，大地脱去夜的面纱，为迎接日出的到来而演奏一场盛大的咏叹。日暮时刻，天边大幕开启，落日的光震颤着天空，天空用沉默对话大地的咏叹。天与地的对话是何等高雅，何等庄严，而只有站在海天之间的我们，才能感受到这份高雅与庄严。

云从水平线处升起，变幻着向苍穹深处舒卷而去。如果说造物主宫殿的庭园中此刻正有一方清泉喷涌而出，那便是这云的样子了。云彩虽变幻多端，却又不具象，也不相互影响。在那里，你能看到变幻出的各种各样的形状，唯独寻不到直线的影踪。是的，直线是人手勾画出的东西。家中的墙壁也好，工厂的烟囱也罢，其中的笔直的线条就是人类炫耀的华表。但生命刻画出的，却是一条波澜起伏的曲线，那是人类无法轻易驾驭得了的。

直线是失去了生命的线，因此，它才容易被人类支配，承担着来自人类的重负，容忍人类对它的专横。

形状上的变幻是一场盛宴，色彩的变幻又何尝不是如此。色彩的变幻无穷无尽，它如激情迸发的乐曲，曲生曲，调生调，生生不息。这些曲调中有和谐的也有不和谐的。然而它们却非对立，它们的存在，带来了多样性。与色彩变幻的纷繁复杂一样，我们亦能在静默中听到自然的喜悦。日暮，西边的天空色彩纷繁，狂者如斯，双袖一挥便泼墨千里。而与此同时，东边的天空也在进行着一场毫不逊色的色彩上的变化。但是它是有节制的变化，在静谧之中一层一层优雅地、微妙地渲染开来。大自然将日出和日落放在其左右两侧，就是要让我们能够同时感受到两种色彩上的变幻。如果它是一首乐曲，在那里你能听到南印度音乐和北印度音乐在同时演奏，它们之间如此协调。加之，水面又随着天空色彩的熠熠生辉而衍生出无限的可能，让人穷于描述。水以波浪为琴，弹奏属于它的乐曲。我们能从中听到的旋律远胜于已掌握的常识。当天空在它静谧的画布上挥洒着色彩的博大时，大海便在细小的涟漪中刻画色彩的细微。我们只能感之无尽，叹之奇妙。

我已经描述过雷神在这以天空与大海为舞台演出的剧目中登台的姿态了。然而昨天，雷神又拿着它的鼓，哄笑着出场了，为我们展现了另一种表情。那是黎明之时，天空中乌云四起，云如浓烟般滚滚而来，一会儿就布满了天空。暴风雨随之而来,闪电剑舞般落在船的四周。随后便是一声响雷,砸进我们前方的海中。刹那间,一股蒸汽灵蛇般窜出了水面。另一个响雷转眼间就落在了我们面前的桅杆上。它像英国历史上大名鼎鼎的英雄威尔海姆·泰尔一样,为我们展现了令人叹为观止的高超箭术。响雷如箭,直击桅杆顶端,却未伤及我们毫厘。而和我们同行的其他船只的主桅,却在这场暴风雨中被响雷毁于一旦。这不得不让人感叹:生之本身便是一件不可思议的事情啊!

# 向着远方前进

这些日子,我一直都在观察天空与大海。我发现这"无限"的天空并不是白色的,有黑色,还有蓝色。人们肉眼所及之处的天空,是白色的。然后慢慢变昏暗,从那开始才是蓝色。光的王国就在那里,它的对面就是无尽的幽暗。在那无尽的幽暗之上,是地球闪耀着的白昼光芒,就好似胸前摇动着的斯杜跛①宝石项链一样。

这个世界现象就像肤白如霜的少女一样,穿着华彩的衣裳,雀跃着匆匆跑去幽会的地方——那片幽暗之地,那是难以用笔墨书写的未知之地。她却被一成不变的规则束缚着,最终还是死去了,但她并不会因此就在原地静静地坐着。离开此地,向着彼岸,这是一段危险丛生的旅程。在路上,等待着她的有荆棘,有毒蛇,还有暴风雨,但她却超越一切

---

① 斯杜跛:毗湿奴神的红宝石的名称。

阻碍，无视一切危险向前进，只是因为那无限的引力在牵引着她。向着未知的远方（或是更广阔的远方），才能继续这段奔赴幽会之地的旅程。冒着被毁灭的危险，一步一步跨过革命的荆棘，留下血迹斑斑……

就算是这样，她为什么还要继续前进呢？她到底要去哪里呢？前方一片迷茫，什么也看不见不是吗？确实，什么也看不见，一切都是未知的。但是，前方并不是虚无缥缈的。侧耳倾听，前方传来一阵笛声。我们不是要去观察路，而是要随着那阵笛声的指引前行。用肉眼观路前进，是理性的行进，包含着计算路程，包含着论证。这是徘徊在两岸之间的行进，其实在那期间并没有真正前进。听笛声前进着，虽然迷醉，却在前进。在那里已没有生与死，伴着沉醉的步伐，世界也得以前进。那种步伐，必须渡过难关和障碍。如果被任何规则约束，就会惊讶地停下脚步。反对这种前进的步伐的理由有很多，但我们不能通过辩论对这种理由加以驳斥。若是硬要为这种前进的步伐找到一个理由，这个理由便是彼岸那片幽暗之处传来的笛声在召唤着我。如果不是这样，谁能怀着憧憬，去超越自我极限地前进呢？

若朝着能听见那阵魅惑般笛声的方向前进，人类所有的祈祷、所有的歌谣、所有的艺术、所有的英雄之心、所有的自我牺牲，都能够实现。凝视那个方向，人们舍弃了在王宫里的快乐，而像隐遁者一样彷徨，面对死亡也能莞尔一笑，从容接受。目视那片幽暗，人们就会忘却自我。那片幽暗之处的笛声，吸引了从天南地北前来的人们。（每当这时）借助显微镜和望远镜来探视，人们的心因未涉足之地而彷徨，尽管屡遭死亡之危险,却仍在天空里展翅翱翔。

人类中最伟大的民族,是那些不惜牺牲自己的种族而前进,冲破恐惧,走向无畏,穿过险境,奔赴繁荣的民族。听不见那宣告着地球灭亡笛声的民族,只是一味从书本中收集辩白而固步自封的种族,他们洋洋自得于自己的行政管理。他们为何生存于这个无用欢乐的世界里呢?在这里,只有"有限"和"无限"永远地相互交织,才是生命的旅程;在这里,只有打破规则,才是真谛。

现在,我们就来从它的反面看吧,那片昏暗的"无限",正朝着它闪耀着欢乐的白光方向。"无限"的祈祷则是由这个白光的美所奉献的。正是由于这个原因,它才穿过无尽的幽暗,发出深切而悠长的笛声。"无限"的祈祷却是为了维持这个美而永远不断地去编织新的花环。那片幽暗,纵是一瞬,也不愿意从胸前取下这个美的贡献物。为什么?因为这是它最宝贵的财富。微小的事物对"无限"事物的追寻,从一片片花瓣里,从鸟儿的一片片羽翼里,从云儿的各种色彩里,从人们心里无法言喻的温柔和每个瞬间里,流露出来。这就是在所有的线条里,在所有的颜色里,在所有的味道里被呈现,却在那份喜悦里没有结果。这份无上的喜悦之源,就是看不见的东西,在放任其看得见的东西里面一味地去表现自己,反复地自我放弃,从而回归到最原始的自我。

如果目不能及的东西只是虚无空洞的东西的话,那么它所表露出来的目之所及的东西就没有了丰富的内在,提倡科学的近代也就只是一纸空谈了吧。如果目之所及的东西不表露在目不能及的东西里的话,既存的事物也就那样固定了，就不会向着更纷繁的某些方向去重新改变自己了吧。就算是这样，整个世界的欢乐为什么要向着这些更加纷繁的方向呢？听到引诱着向这些更纷繁方向前进的未知笛声的时候，这个"世界"为什么会舍弃此岸而向前进呢？那是因为，前方不是虚无的，在那里能感受到只有在彼岸才能感受到的充实。并且只有这样，才能看见创造的乐趣。像这样，光芒向着黑暗的无底深渊前进，黑暗便向着光芒的无底深渊下落。光芒的心被黑暗所吸引，黑暗的心被光芒所迷惑。

当人从虚无的角度观察世界的时候，看法便完全相反。现象的"表露"，也有其对立面——破坏。如果不跨越死亡，生命就不能开出绚烂的花朵。衍生必须包含两个要素——流逝和成长。不必说，成长是主要的，流逝是次要的。

但如果人总是一直关注反面，那所有的都将会流逝，没有什么是停止不前的。而且，世界是破坏的反映，若不能透过幻影，所见之物就会变得虚无缥缈。把这个现象世界比作黑暗，看作是可怕的事物的时候，这种黑暗就不会消散，只会身着破坏的衣裳，不停地舞动着。另一方面，当"无限"的事物自行前进，超然得对一切都漠不关心的时候，这种幽暗便在"无限"的胸前，像死亡之影一样不停地雀跃着，但沉寂也无法触及。这种目所能及的黑暗并不是实际存在的。宇宙般的毁灭形态是非存在的，无法去撼动它。在这里，光与暗的关系，是存在和非存在的关系。没有暗与光的欢乐嬉戏。在那里，就算有结合的意愿，也不是爱的结合，就算有结合，也只是知识的结合。两者的结合不是连为一个整体，而仅仅是一物存在于另一物之中。也就是说，一个整体不是生于连结，而是生于毁灭。

再稍微解释一下这个问题吧。

这里有一个从商的人。这个人做些什么呢？他将自己的资产，也就是所得的财产投入到获取利润中，也就是未得的财富中。所得的财产有限，一目了然，但未得的财富却是无限的，不会在表面呈现出来。所得的财产，从容迎接了所有的危险，前去和未得的财富相会。未得的财富肉眼看不见，或者不能到达实际的地方，但那阵召唤财富的笛声，是一种能召唤人心的伟大而悠长的声响。听见笛声的商人，舍弃了银行存款和公司资产，翻山越岭向未得的财富前进。我在这儿看见了什么？对，在那里，既得的财富和未得的财富有了利益结合。两者又分享着这个结合的喜悦。为什么？因为通过这个结合，"既得"拥有了"未得"，"未得"也在"既得"里找到了自己。

让我们设想一下只关注账本支出的胆小商人的情况吧。对于那些胆小的商人来说，这些人是在无止境地消耗自己已得的财富。他颤抖着身体说，"我已经破产了！支出账本上的黑色数字像是朝鲜血伸出饥饿的舌头一样来回舞动。"实际上不存在的支出，渐渐变成了巨大的数字，并且无法打开这幻想着的永远在延伸的数字的锁。那么这种情况下，怎样才能重获自由呢？将不断增大的数字完全抹去？在账本沉静不变的白纸中安身立命？正因为在相互给予和接受的过程中有愉悦的关系，人们才会不顾危险，勇往直前，继续旅程，从死亡中获得胜利，而胆小的人们却不能达到这种无畏的境界。

# 土佐丸号上的日本船员

我听说波斯国王访问英国的时候,曾与英国人谈到用手吃饭的话题。波斯国王说:"你们用刀叉吃饭,其实是丧失了进餐的一种乐趣。"就像经媒人介绍相亲结婚的人丧失了求爱的乐趣一样。手指触碰到食物的瞬间,便拉开了向食物求爱的序幕。食物的美味,由指尖率先品尝。

同样的,我们在日本船上开始品尝起日本的味道。如果我们乘坐法国船前往日本的话,就无法体会到这个从指尖开始品尝的环节的美妙了。

在此之前,我们曾很多次乘坐欧洲的轮船去各地旅行,那些船和这次的大不相同。欧洲轮船上的船长们个个神情肃穆,更不要说和乘客们一起进餐、谈笑什么的了。谁是船长谁是乘客,一目了然。我出访各国时,乘坐过各种各样的船,却没有哪一位船长给我留下深刻印象。因为,他们只是船的一部分;他们与我们的关系,仅仅是掌舵人和乘客的关系罢了。

如果我是一个欧洲人,也许不会把他们只当作船长看,而是把他们当作人来感知。但是,在这艘船上我仍是外国人。无论对欧美人而言,还是对日本人而言,我是外国人这点都没有改变。

从登上这艘船起,我就一直在观察。这艘船的船长毫不装腔作势故作威严,是个淳朴的人。虽然他与部下保持着工作关系和应有的距离,但对乘客却一点架子也没有。某日轮船遭遇了猛烈的暴风雨,我走到船长的舱房,与他聊了几句。他真诚而亲切,让我心里十分熨帖。他不是作为一个船长,而是作为一个人在与我交谈。这段航行终将结束,那时我们不再是他的乘客,但我们却决不会忘记他。

船舱中的服务员也并非只是一板一眼地工作。我和几个朋友在随意聊天的时候,他讲着结结巴巴的英语插话进来。他看到穆库尔在画画,便过来借了画本,在那里坐下画起了素描。

一日,我们船上的管事到船舱里来,对我说道:"我有许多事情想向你请教,只是英语能力有限,没办法与你当面探讨。你若是不介意的话,我就隔三差五地把问题写下来拿给你,你有空的时候就简单回答几句。"之后,我们就"国家与社会的关系"等问题有了一些纸笔上的探讨。

除他之外,我再也想不出还有哪个船上的管事会思考这样的问题,会允许职责以外的事务加入工作。由此可见,他们是一个崭新的觉醒的民族。他们有重新认知一切、重新思考一切的强烈欲望,他们像孩子一样,对新鲜事物充满好奇。

此外,这艘船还有一个特征:乘客和船员间并没有难以逾越的藩篱。我给管事的提问写答复时,觉得必须坐下来写才行。说要坐下来,倒不是因为管事身有不便什么的,而是由于他率直的态度。我有些想问你的事情,你就回答我几句,没什么要紧的!一个人在坦诚率真地表达自己的要求时,对方就会自然而然地想要回应。所以,我非常愉悦地加入到讨论中去,尽我所能给予回应。

还有一件事情引起我的特别注意。穆库尔还是个少年,喜欢在甲板上走动。因此他与船员们成为亲密无间的朋友。如何掌舵,如何确定航线,甚至是观察星星的方法,船员们都在工作之余教给了他。穆库尔之前曾表示,想看看轮船的轮机长什么样子。昨晚十一点钟,便有几个船员带着他来到轮机室,里里外外参观了一个小时。

通过工作劳动能与他人建立起亲密关系,这应该是我们东方国家的特色。西方国家在工作上非常严格刻板,不把人与人之间的关系考虑在内。也因此,工作可以趋于完美,丝毫不掺杂别的东西。我曾以为日本为了全盘接受欧洲的工作态度,他们也会在工作时追求完美主义。而这条船上,工作井然有序地开展着,却看不到完美主义要隔绝一切外物的围墙。我觉得像是在自己家里一样自在,丝毫不觉得这是一艘公司的轮船。当然,船舱清扫和甲板冲洗等日常工作,他们做得一丝不苟,无可挑剔。

东方社会的人际关系复杂而深广。我们与已故的先祖也不曾隔断联系;血缘关系网深远地铺展在社会的各个角落。满足各方关系的种种要求,已经成为我们长久以来的习惯,我们也从中寻找到快乐。我们的仆人既要报酬,也要人情。因此,无法满足我们要求的地方,或是工作负担过重的地方,都会使我们对人情感到沮丧。英国雇主与孟加拉职员之间屡屡发生缺少互相理解的摩擦,原因是英国雇主没有理解孟加拉职员的人情要求,而孟加拉职员也没能理解英国雇主在工作上近乎严苛的管理。出于他们长久以来的习惯,孟加拉职员希望雇主与他们不仅仅是雇佣关系,还能受到亲人一样的对待。而当这种期望落空后,震惊之余,他们不禁在心中埋怨起雇主来。英国人习惯于接受工作的要求,孟加拉人习惯于接受人的要求,因此双方很难沟通。

然而,我们应该心中谨记:不要让工作关系与人际关系各成一体,要让二者和谐共存。那么,究竟怎么做才能获得二者的和谐呢?从外部用规定来强制管理是行不通的。真正的和谐是从内心自然而生的,而这种内在的和谐在我们印度很难实现。原因在于:支配我们工作的人制定出规章制度,而我们不得不在这种规则之下工作。

在日本,东方人学习了西方人工作的方法,却在工作时做自己的主人。因此,我心中隐隐希望日本能够实现西方工作与东方感情的内在和谐。如若这般,那真可谓是完美理想的实现。在学习阶段,由于强烈的模仿心,学生甚至会比老师更加严格地遵守规则。然而,随着学习的深入,学生内在的本性逐渐显现,他们将学习到的难点自我消化吸收,化为己用。消化吸收的过程是需要时间的。因此,从西方学到的东西将在日本呈现怎样的形态,现在尚未清楚浮现。眼下这个阶段,正是东西方不和谐的冲突此起彼伏的时候,印度同样经历着这个阶段。然而,人性的作用,就是将这些不和谐转化为和谐。日本无疑正在做这件事。至少在这艘船上,我看到了东西方融合的可能。

# 日本女人

5月2日,我们的船驶达新加坡。靠岸后不久,我就和一名日本青年见了面。他是一名日语报纸编辑,从日本最大的日刊报纸编辑那里得知我的事,便来听听我这一路去往日本航行的海上见闻,并且受那位编辑之托,想要和我谈谈邀请我演讲的事。我告诉他,其实在到达日本之前我也没办法确定演讲的主题,他对此表示了理解。我的同伴,一名年轻的姓皮尔逊的英国朋友和一名叫穆库尔的少年跑到街上玩儿去了。而我懒得动弹,也不想梳妆打扮一番去街上,便留在了船上。天边不断有云翻滚着聚集过来,一场大雨似乎将不期而至。船工们开始卸货,咣啷咣啷的卸货声扰得人心生烦躁,而眼前,码头前所有的阴郁景象又给人的内心增加了些许恐怖感。我坐在甲板上,感受着让人无法忍受的噪音,仿佛身处噪音的漩涡中心一般。于是我尝试着写点什么好让自己平静下来。

不一会儿,船长过来告诉我有一名日本女性来找我。于是我停下笔,和这位身着洋装的日本女性聊了起来。她也是受那位日刊新闻报纸的编辑之托来和我谈演讲邀约的事情的。我费尽口舌才婉拒了这个邀请。随后她说:"如果大家想要去街上看一看的话,我可以给大家带个路。"正巧,那时我已经被船上卸货的噪音弄得彻底神经衰弱了,正想着能找个什么地方躲一下呢,这位女士的邀请简直就是雪中送炭。我坐上她的车绕着市区转了一大圈,愉快地兜风。我们穿过橡胶园,行车随着坡道上上下下走了很远。大地连绵起伏,绿草生机勃勃,浑浊的河顺着道路汩汩地蜿蜒而去。水中漂浮着一些芦苇草梗,浮浮沉沉,最后被河水彻底淹没。道路两旁的人家都有自己的庭院。不管是在路上还是在小码头边,都能看到很多中国人的身影。在这里,他们无处不在。

车开进市区后,她便把我带到了她经营的卖日本商品的铺子里。虽然已经是日暮时分,船上应该到了吃晚饭的时间,可是一想到刚刚在船上那排山倒海般刺痛我神经的噪音和卸货的情景,我就没了想要回去的心思。她邀请我们去她的小屋里坐坐,并给我们准备了水果,还劝我的英国朋友多吃点。吃完水果,她又友好地邀请我们,说要是不嫌麻烦就一起去酒店吃个晚饭吧。我们没有拒绝她的好意。晚上十点左右,她把我们送回了码头,就此作别。

关于这位女士,她的故事颇具传奇色彩。她的丈夫本来是在日本做律师的,但是收入不高也很不稳定,日子过得颇为困窘。于是,她便向丈夫提议,要不然两个人做点小买卖吧。最开始她的丈夫完全无法接受这个想法。按照她丈夫的说法就是,他们家从来也没有做买卖的,怎么能让他做这种低贱的工作呢。不过最后他还是听取了妻子的建议,于是两个人便从日本移居到新加坡,开了这个铺子。那已经是十八年前的事情了。当时他们身边所有的亲戚都不看好这条路,都认为用不了多久他们就会破产。但是,所幸这位女士用她的勤劳、灵活的经营头脑和高超的处世方法,把生意做得越来越红火。就在去年,她的丈夫去世了,现在她不得不一个人操持所有的事情。

实际上,他们的事业本身就是这位女士一手经营的。女人有着善于理解男人心理的天性,这让她们可以很好地处理与男人之间的关系。从这位女士身上,我们便可以看得出来。更何况,女人本身就有出色完成工作的天赋。男人啊,天生怠惰,往往机械地为了工作而工作。相比之下,女人本身便有着丰富的生命力,她们可以凭借这点而让事业开花结果。她们对待工作不仅能够做到细致认真,持之以恒,更重要的是,她们很会享受工作带给自己的快乐。除此之外,她们对于盈亏也显得更为谨慎。因此,我相信,那些不需要体力和勇气的工作,女性几乎都可以完成得比男性好。每每男人毁了家庭撒手而去之后,都是妻子一手撑起整个家庭,这样的例子在我的国家也比比皆是。我还听说过法国的女性也具有很强的工作能力。那些不需要卓越创意的,那些需要勤奋,需要灵活的头脑和高超的待人接物能力的工作,女性都可以做得游刃有余。

5月3日,我们的船再次起航。然而,就在即将起航的时候,船上的一只猫掉进了海里。大家立刻放下手头繁忙的工作，全力营救这只猫。我们竭尽所能，用尽方法终于把它从水里捞了上来，这才正式扬帆起航。结果，船出发的时间延误了，但这却让我感到非常开心。

# 闲暇时光

　　在这海上，我们的日子，就像扬帆的船一样，飘荡而去。船上没有任何货物，也并非要驶向某处港湾，它只是一心前进，为了拥抱海浪、清风还有天空。人类的社会形态是与人类的寻常世界敌对的。若是要迎合人类社会的种种欲求，那么宇宙的号召便也无从存续。月亮一面向阳，另一面则置身于黑暗当中，人也仿若这般。人被社会强劲的力量所吸引，将一面曝于有意识的光亮之中，将无意识的另外一面置之脑后。寻常世界对人类来说，究竟有着多大的意义呢，这是我们思考所不及的问题。

　　忘记面对真实，带来的并非只是单一方面的损失，而是所有方面的损失。人越是轻视寻常世界，人类社会中的痛苦与罪罚便越是随之增多。于是，偶尔会有某种力量出现，将人类引向一个完全相反的方向。这种力量会这般说道，"人生最易是舍弃。"更有甚者会说，"世界即地狱,故我们应追求自由与平安,解脱生命,去向森林、大山、海边。"如果过于强调社会与寻常世界之间出现的缝隙,那么人为了能够畅快自在地呼吸,将不得不抛却世间的一切。这样的力量,让人类说出了格外奇妙的谚语——人类的救赎之道,在于远离人类。

如若处在人群中,也就是所谓的人类社会中,我便对闲暇十分惶恐。也就是说,想尽办法去填补在社会这个闭合体中所看见的极小空白,喝酒也好,打牌也好,掷骰子也好,吹牛也好,都是必要的。否则,便无法消磨时光。换言之,我对时间无所期待,只是盼着时间的流逝罢了。

然而,闲暇又占据了至高的宝座。正是在无限的闲暇中,宇宙被创造而成。在伟大的事物存在之处,闲暇便不再是空白,而是被填得充盈满溢。在一个伟大事物无处容身的社会中,闲暇便空无一物。另一方面,在伟大事物所在的寻常世界中,闲暇意义深远并充满魅力,就像人如果不穿衣服就会觉得害臊一样,存在于社会中的闲暇也让我们感到了羞愧。为何这样说呢?那是因为闲暇意味着虚无,常常被叫作懒惰、懈怠。然而,对于真正的苦行者,闲暇并非耻辱。因为他们的闲暇十分充实,而不是无衣蔽体的裸露。

这是怎么一回事呢?用散文和歌曲的区别来作比喻可能比较恰当。在散文中,只有在话语停顿之处才有空白。而在歌曲中,没有歌词的地方仍有旋律来填充。实际上,旋律越是优美,就越会追求歌词之间从容的留白。对歌手来说,重要的是歌词的间歇;对作家来说,重要的则是词汇的集合。

我们身处社会中，现在，正乘着这艘船长途跋涉。在此期间，我们终于得闲几日来面对这个宇宙，也就是寻常世界。我们从身后人群熙攘的世界，来到了由伟大的主所创造的世界。我看到了碧海蓝天的无垠，那仿佛是斟满长生圣水的美壶。

圣水，是和阳光一样丰富的集合。阳光由无数彩光融于一束而成，同样，天地的美酒也是由众多的滋味混合、加深而成。在世界中，合一的光被无数的颜色所分割。与此相仿，在天地间，合一的美酒便为无数的味道所割裂。因此，在必须认识多数事物的真实面貌时，我们应该了解其与合一事物之间的融合。把树枝从树上砍落，人就必须扛起这树枝的重量。长在树上的树枝，是在人类所能承载的重量范围内，而当它从合一的树干上被砍落时，这份重量对人类来说多数便成了重担。但是，与合一相关的大多数事物，都能够为人类提供完美的栖身之处。

这个社会，一面是必要之事堆积如山，另一面则是无用之事多如牛毛。我们不得不对这些必要之事担起责任，倘若反其道而行之，那便在人生的路上无法前进了。就像一个房间里无论如何都必须有墙壁一样，其实，这也是同样的道理。只是，房间里的一切并非总是局限在墙壁之中，其中会有窗户的存在，而我们正是通过这一部分的空间，来维持与虚无的关系。但是在这个社会中，人们似乎连这样小小的一扇窗户，都不能让其自然存在。人们认为应该将这个小空间补上，故而创造出了各种各样无用的东西。无用的工作、无用的书信、无用的聚会、无用的大型演讲、无用的呼吸训练，人们用这些东西覆盖在小窗之上，将这个通向宇宙的小空间完全地封死。无用的东西如椰子的残渣一般数不胜数。无论是家庭内外，还是宗教、生计、娱乐、享福等等，在这一切值得关注的事情中，最为重要的便是填满闲暇空间的事情了。

但是，空间的不可封，自古便有说法：不通过一定的空间，就不能看到事物的全貌。阳光斜射而进，清风穿堂而过，这些都是通过了一定的空间而产生的。而且，无论是阳光、清风还是虚无，都不是人类的造物。因此，人类社会竭尽所能不去承认这种事物的存在，同样，只要看到在必要的事情之外存有空白之处，人类便以无用的东西来填补这缝隙。人类就这样将白天的时间塞得满满的，甚至想要将夜晚也填满。这简直就像加尔各答市所规定的那样，要以废弃物等材料填池造地。甚至在恒河上，他们都尽可能地架桥、修堤坝、行船，拥挤得使人喘不过气来。我想起了少年时代的加尔各答，那时的池塘映照着天空，天地的交接清晰可见，市内随处都是休憩的地方。大地铺展开水做的毯子，准备迎接天空光芒的到来。

必要性的一个好处是，必要是有限度的。就像一首歌，不会完全偏离调子，迎合为数众多的节拍，例如考虑到节日、星期天等许多的因素，来改变和调整自己的调子。此外，也不会点着灯，谈笑度过一晚的。因为人生短暂，任何财富都终将有见底的一天，所以谁都不能轻易地将其浪费。然而，不必要之事的歌曲，则可以随着性子来。因为不必要之事本身就是时间的浪费，因而不必在意时间。这种不必要，无论是从大道,还是后门,抑或是窗户,都能坦然地潜入我们的生活。在工作时敲响大门,或者在假日里匆忙造访,打扰我们夜里的安眠。因其并非真正意义上的工作,所以反而显得愈加慌张与忙碌。

必要的工作有其存在限度,无用之事则没有制约与束缚。因此,作祟的神怪便占据了无限之事的位置,将其驱赶出去。我真想说一句,到这儿来,随即与世隔绝,当一个苦行者隐世而居。因为存在于这个社会中,也无法臻至人生的意义啊!

我终于走出了屋外,明白了不分昼夜地拒绝接受这个庞大宇宙与我们的个人幸福之间的关系,绝不是勇气的象征。在那里,没有人群与纷乱,所有的一切都满满当当,仿佛要盈溢而出。我在那面巨大的镜子前,看到了自己的容颜映于其上。"我切实存在。"在小路或者家中,这句话便裹满了浮尘,被扭曲得面目全非。但是,当见到这句话在大海或天空中四散飞扬的时候,我才明白了这句话真正的意义。那个时候,我便能看到自己已经远离那些生活中的必要,越过那些不必要,被迎向一个欢乐的国度。那个时候,对于古代圣贤为何将人类唤作"永生之子"这件事,我也真真正正地得到了领悟。

# 港口见闻

从加尔各答的吉迪尔普尔港口到抵达香港港口的途中,我终于见识到了港口贸易的繁荣。这种景象是如此热闹巨大,非亲眼目睹,简直无法想象。但是,它不光巨大,也有着丑恶的一面。《昌迪颂》中有一个关于大胃口猎人的故事,这个猎人能一口吞下一个椰子,而且他的食欲也非常惊人。当今的商贸主义正如同这个贪吃的猎人一般,盛气凌人地大口大口吞咽着手边一切可以吃的东西,而且它的食欲无穷无尽,令人毛骨悚然。商业贸易用它的铁手将食物塞进嘴里,用它的铁牙撕咬食物,用它铁胃中无穷尽的胃液将一切消化,然后通过它的铁血管将黄金的血液输送到世界每一个角落。

此情此景让我不禁想到,商贸主义就像一头猛兽,而且是一头远古时代的怪兽。光是看到它的尾巴,就已经让人胆战心惊、全身颤抖。可是这只怪兽是生活在水中还是陆地上,又或者是飞翔在天空,都让人不得而知。只是，它的外表有的地方像鳄鱼，有的地方像蝙蝠，还有的地方像豺狼，总之从它的身上看不到任何的形态之美。它的外皮看起来非常之厚，它的利爪刺穿地球柔软的绿色肌肤，撕裂出地球的骨头。它走路的时候，摇摆着巨大而丑陋的尾巴，发出可怕的声音，吓得四方女神都昏死过去，不省人事，而且它为了维持自己庞大的身体，要吃掉数不胜数的食物，它的这种掠夺和消耗让地球疲惫不堪。更可怕的是，它不光吃东西，还吃人，无论男人还是女人，甚至是孩子，都无一幸免。

然而，地球上的远古怪兽却未能存活到今天。它们过分庞大的身躯，一步一步地，成为它们与世界为敌的象征，在造物主的法庭上，这些庞然大物被宣告死刑。所谓美好，并非仅赋予事物美丽的外表，更是赋予了它与世界之间的协调适应。当一种生物走起路来气喘吁吁引人侧目，只有它庞大身躯带来的力量让人关注，在它们身上完全体现不出任何美好之时，这类生物与宇宙的不协调就显而易见了。它们和宇宙的力量时刻争斗，总有一天会败北而亡。大自然处理家事的规则，向来不会容忍丑恶之物，定会将其扫地出门。如今商贸主义这头怪兽，也正在自身的丑陋和庞大的重负之下，艰难地维持着自己的生命，但是总有一天，商业贸易会灭亡，它这副铁的骨架将被深埋于我们这个时代的地层之中。当历史的车轮碾过，在未来某一天，考古学家们在地层中发现它的残骸时，也一定会为了曾经在地球上生存过的这头贪婪的庞然大物而震惊吧！

在生物界，人类的优势并不在于身躯的大小。人类的皮肤很柔软，力气很小,而且人类的感觉能力也丝毫不比动物敏锐。但是人类拥有一种无形的能力,这种能力眼睛看不见,不会占用空间,也不需要特定的地点,却能够影响整个世界。人类的身体条件,从可见的客观世界转移到看不见的世界时,会发挥出特别的力量。《圣经》有云:"和善的人类继承大地。"意思是说,和善的人类所拥有的力量并非显露在外,而是深藏于内。他们击打对手的次数越少,获得胜利的可能性就越大。人类不是在战场上与看得见的力量直接对抗厮杀,而是和宇宙中看不见的力量结盟,最终取得胜利。

商贸主义这头怪兽也总有一天会不得不停止它的野蛮行径,蜕变为人。可是现在这头怪物的头脑还过于简单,也没有人的内心,所以它在大地上只是一味地扩张自己的身躯,它把所有的力量都集中在壮大体型上,妄图以此来取得胜利。但是当真正的胜利来临之时,胜利者的身躯一定是轻巧的,获得胜利的方法一定是简单朴素的。这是因为胜利者心中充满了人性的情感、审美情趣和道德理念的约束,他们谦虚而美好,不会被邪恶的欲望所诱惑。所以取得成功的原因在于人类内心的圣洁,而不是庞然大物的外在体型。而且,这并非通过欺掠他人来扩张自己,而是通过与万物合为一体来得到成长。当今世界,在人类所有的制度中,再没有比商贸主义更丑陋的东西了。商业贸易带来的重荷,让地球疲惫不堪,其产生的噪音让地球失聪,其制造的垃圾让地球变得肮脏,其带来的贪婪欲望深深地伤害了这个世界。这在地球上蔓延的丑恶,是对美、气味、声音、香气、感触等一切人性心灵的抵抗,它让贪婪高踞世界宝座,它倒在贪欲脚下,签下为奴的卖身契。这份丑恶在打击着人类最宝贵的东西,在摧残着人性。这个世界沉迷于对利润的追逐,赌博如杂草般蔓延。人类究竟要放纵到何时?这种放纵游戏总有一天会失败,人类这份贪婪攫取若不加节制,终将导致自身的灭亡。

杰斯塔月①9日。天空中云雾遍布,偶有雨滴,一片朦胧。香港的山峦隐约可见,其间瀑布倾下而流,宛如一群巨人潜入海中,在水面上探出他们湿漉漉的脑袋,水珠顺着他们蓬乱的头发和胡须,啪嗒啪嗒滴在水面上。与我同行的安德鲁斯先生说,这幅光景像极了苏格兰群山环绕的湖沼地带,那里也是无边无际的低矮丘峦,空中的云雾好像沾水的毛巾,轻轻擦拭着丘峦湿漉的身体,一切都是那么相似。

昨晚一夜风雨肆虐。床榻不停摇晃,已经承受不住我这副笨重的身体,于是我抱着被褥在甲板上走来走去,以期找到一个避难之地。后来,折腾到半夜,我终于停止了对大雨无谓的抵抗,决意释然地接受它。我站在角落,和着雨滴的节拍唱起了歌:"下吧,下吧,这斯拉万月的暴雨!"就这样,我在甲板上不停走动,唱了好几首歌,还费心创作了几首新歌。然而,在诗人和大雨的较量中,我这个注定死亡的尘世居者大败而归,无论我的诗多么癫狂、多么强韧,都无法与天空和万物之力相比啊!

轮船原本预计昨夜入港,但是到了这一带,海流湍急,又是逆风行

---

① 杰斯塔月:印历2月,公历5至6月。

驶,船速就渐渐慢下来了。而且这附近海域狭长,十分危险。船长一整夜都站在甲板上,万分谨慎地探寻航路。直到今天早晨雨依然没有停,不见阳光,航路也难以辨明,偶尔还会有汽笛声响,然后引擎就熄火了。水手们也一脸困惑,今早也不曾见船长来用餐。只是,昨晚半夜时分船长曾身披雨衣找到我,他对我说,甲板上没有任何可以睡觉的地方,风向也不稳定。

这时船上发生了一件事情,引起了我的兴趣。船员们时不时会从船上放下一根系在绳子上的皮管子,从海中打水。昨天傍晚,穆库尔突然想知道这么做的原因,于是他就去了楼上。楼上有操控室,还有各种机械设备,是禁止乘客入内的。穆库尔突然闯进去的时候,三等驾驶员正在忙着,但是当穆库尔问他为什么要取海水时,他热情地进行了回答。他说,在大海中有各种各样的海流,它们的温度都是不一样的,所以必须要不时地取海水来测量温度,才能分辨出是哪种海流。然后他展开海流地图,向穆库尔解释了海流速度和船速之间是如何相互作用的等一系列问题。见穆库尔依然不太明白的样子,他又用粉笔在黑板上一边画图,一边尽量用浅显易懂的语言向穆库尔解释。

倘若换成西洋的船只,无论如何他们也不会允许和穆库尔一样的少年做出这样的举动。他们肯定会直截了当地告诉穆库尔,这里禁止乘客入内。而且总的来说,这位日本驾驶员的热情也违反了职业规章。但是正如我之前所说,日本人的船上,在工作规则的缝隙里,充满了人情味,但是这并不代表他们会无视规则、玩忽职守——关于这点,我曾多次亲眼目睹。轮船停泊在港口时,上层甲板就会停止做工,我得到船长的允许,可以在上层甲板工作。有一天,皮尔逊先生邀请了两位英国朋友到船上来。甲板上卸货的声音很嘈杂,弄得皮尔逊先生烦躁不安,于是他提议到上层甲板上去。我向轮船的一副提出请求,但是他当场就直接拒绝了我。虽然现在指挥舱已停止作业,放我们进去也不会妨碍他们工作,但是规则就是规则,即便违反规则也是有一定范围的。而这个范围只是为了照顾朋友做出的一点通融,并不适用于陌生人。当我获许使用上层甲板时欣喜不已,但当我的请求遭到拒绝时,我依然感到高兴。这是因为我清楚地认识到,他们对朋友宽宏大量,却不会玩忽职守。

一抵达港口,我立刻收到了好几封来自日本的欢迎电报和信件。过了一会大副赶来告诉我,这艘轮船将不再去上海,而是将从这里直接开往日本。当我询问原因的时候,他告诉我说:"日本人已经做好了迎接您的准备,人们热切盼望您的到来,而且公司总部发来电报,指示我们不得再停靠他港,以免耽误时间。发往上海的货物将在此卸货,再由其他货轮转送上海。"

不管这则消息对我们而言是多么荣耀的事情,我都不该记录在此,但是我之所以要把这件事写下来,是因为它有着特殊的意义,有着值得探讨的价值。商业的本质决定了它必须筑起高墙石壁来进行自我防卫,但是通过这件事却让我看到这高墙之内也有人际交往的人情味,特别是,这条人情之路其实并不宽广。

轮船在香港停留了两三天。因为不过数日的时间,我并无意特地下船入住市区旅馆,对我这个怕麻烦的人来说,舒适与自由相比,我更青睐于后者。我对他们说,虽然幸福总是会带来麻烦,但是平安却没有妨碍。对卸货的吵吵闹闹我早有心理准备,于是安之若素地留在了船上。而且,虽然留在船上,我也并非没有收获。

首先映入眼帘的是栈桥上辛苦劳动的中国工人。他们穿着蓝色的裤子,赤裸着上半身。像他们这样健壮的体魄和充满律动的劳动,我从未在别处见过。那焕发着活力的躯干,没有任何一丝累赘,全身的肌肉和着劳动的节拍,如波浪般起伏跳动。看着他们轻松迅速地搬运着那么大件的货物,实在是一件愉快的事情。从头到脚,丝毫看不到他们抱怨勉强,或者疲惫、无精打采的样子,也完全不需要有人去监督他们工作。他们健壮的体魄好像一件乐器,当他们劳动起来,宛若在演奏一首美妙的歌曲。在这之前,我从未想到过,望着栈桥上工人们装卸货物心情会如此快乐。倾注全力去工作,竟会如此美好。此时此地,劳动的诗歌与人类身体的旋律完美地呈现在我眼前。我敢说,再美妙的女性胴体,都敌不过这些劳动者的健美体魄!因为在女性身上,是绝少可以看到力量和美的完美结合的。当天傍晚,一艘汽船停靠在我们面前,船员都是中国人,他们结束了一天辛苦的劳作,正在甲板上冲澡。我平生第一次发现,人类的身躯竟如此神圣而美好。

当我目睹了这劳动的力量,看到娴熟与欢愉凝为一体时,我不禁感叹道:这个大民族,这个国家,究竟汇聚起了怎样惊人的能量呢!在那里，他们早已做好准备，要让每个人都竭尽全力地发挥自己的力量。如果在实践中，人们能够充分发挥出自己的力量，改掉守财奴似的性格，不再自欺欺人，那就是人生最高价值的实现。中国人自古就深谙人生价值的实现之道，他们不遗余力地劳动并享受着劳动带来的自由与快乐，这是一幅多么完美的画面啊！中国的这种能力，使美国畏惧，在工作热情方面，美国无法凌驾于中国之上，所以，美国妄图以蛮力使中国屈服。

当中国这份巨大的能量能够使用现代手段之时，即中国学会掌握科技之时，这个世界上还有什么力量可以阻挡她呢？到那时，中国将会把她工作的才能与其他手段完美地结合起来。当今，那些享受着世界财富的民族，无一不惧怕中国的觉醒，他们千方百计地阻挠那一天的到来。但是，当他们竭力遏制并阻挠这个拥有巨大潜力的民族展翅高飞时，激发起的这个民族的爱国主义精神将会带来怎样的破坏力，恐怕世间罕有。我曾听闻，有个野蛮国度通过牺牲他国百姓的生命来供奉本国神灵。但是现代主义国家是比这更为恐怖的怪物，他们为了填饱自己的肚皮，吞噬着一个又一个民族和国家。

在我们轮船的左手边，停靠着几排中国帆船。在小船上，丈夫、妻子和孩子共同生活，共同劳作。在我看来，这劳动的画面，比世上任何事物都要美好。这种劳动是至高无上的，总有一天他们会取得巨大的胜利。如若不然，也就是说放任商贸主义这头怪兽继续贪婪吞噬着家庭、自由等人类所拥有的一切，任凭它建筑起一个庞大的奴隶社会，只为了满足一些人的安逸和他们的一己之私,世界必将走向灭亡。望着这一家男女老少共同劳作的场景,我不禁感慨万千:在印度何时才能见到这样的景象呢？印度人毫无意义地消磨了他们生命中四分之三的时光。而且在印度,各种法则、规则层层叠叠,人们被束缚其中,难以动弹,这让印度人白白浪费了大量的精力,而剩余的力气也未能应用于劳动之中。恐怕世界上再也找不到第二个像印度这样繁复、委顿而又庞大的种族群体了吧！在印度,到处充斥着阶级与阶级间的隔膜、繁文缛节与行动间的矛盾以及传统习俗与时代规范间的对立。

# 神　户

5月15日。今天,我们的船应该能抵达日本的神户港。这一连数日,雨丝毫未停。散布在海中的日本小岛偶尔会露出它们的山丘,向我们这些航海者们招手,却无一例外地都被笼罩在朦胧的雨雾中。浸润在雨中的空气似乎让我们的声音都带上了一种因感冒引起的沙哑,而那一座座小岛,也仿佛因严重的风寒,嗓音黯淡了下来。我扶着椅子,在甲板上不断移动着,只为躲开雨花和潮湿的海风。

与我们同船的,有一位归国的日本乘客。今天一大早,他就走出了客舱,好像要接受祖国最初的迎接,在甲板上久久伫立着。一座小小的绿色山丘,像曼萨罗沃湖①中漂浮的翠绿的莲花花蕾一样,露出了水面。他一直凝视着那里,走下了船舱。他眼中的那座山丘我们是无法

---

① 曼萨罗沃湖:西藏境内的圣湖,位于西藏阿里地区普兰县境内。

看到的,因为在我们的眼中只有新鲜,而他看到的却是曾经的回忆。我们带着众多毫无价值的阻碍去打量眼前的事物,而他的世界里,物无大小,统统是一个整体。对他而言,小也是大,残缺是完整的一部分,多同时也是一。这才是静观世界时应有的视角。

船靠岸时,云已散去,太阳也露出了笑脸。日本大型的天使之舟,在空中扬起它巨大的帆,将太阳神邀请到伐楼拿①的宫廷中,翩翩起舞。雨幕撤出了大自然的舞台。此时此刻,我只想在甲板上找个地方坐下,仔细地看一看我即将踏上的日本——这个矗立在海边的国家的土地。

但这是不可能的。如果可以把我的名字 Rabindranath 中的 Rabi 之意比作"太阳"的话,那么,我在宇宙中的同伴得以解脱之时,就意味着我已成为被束缚之身。我的周围找不到一丁点的缝隙,报刊记者的提问和闪光灯已把我湮没。

神户居住着许多印度商人,其中也混杂着为数不多的孟加拉国人。在我抵达香港时,就收到了这些印度人的电报,说是已经做好了迎接我的所有准备。他们甚至赶到岸边来接我,日本著名画家横山大观也来了。他访印期间,曾在我的家中小住。我还见到了胜田蕉琴先生,他也是我们的画友。佐野甚之助也和他们一起来了。佐野先生曾在圣蒂尼

---

① 伐楼拿:印度教吠陀时代神话中的神灵,是天空、雨水和海上之神,是天界的统治者。

克坦①的学院里指导我学习柔术。在这群人中,我还发现了河口慧海先生的身影。这迎接的阵势让我感觉到在日期间完全不必有任何担心,同时我也意识到,我们一定会给这些照顾自己的人平添无尽的麻烦。实际上,我们的要求极其简单,可大家却做了周全的准备,远远超出了实际的需要。日本友人盛情地把我拉出印度人的人群,想要带我去他们家。可是,我已经在此之前答应接受印度人的招待了。于是,事情变得麻烦起来,双方互不相让,开始打起了激烈的口水战。混在他们中间的那些报刊记者也过来凑热闹,把我团团围住。离开印度刚进孟加拉湾时,我们曾遭到台风的侵袭;如今刚到日本的码头,又遭遇了一阵人潮的"袭击"。如果硬要从这二者中选其一,那我一定选前者。名声这种东西,一旦无法仅取己所需,一旦连无用之名都被迫接受的话,便会成为一种不幸。这种情况下,它会成为生命中难以承受之重。倘若有人问我,旱灾和洪水农作物更能抵挡住哪一个,我想我无法给出答案。

眼下,我正居住在我的同胞——大实业家莫拉鲁吉先生的府上,那些报刊记者也一路追到了这里。我要想办法突破敌人的战线冲出去。

这种麻烦是我并没预料到的。报刊这种泡沫,是日本吞下的"现代"这杯新酒的一部分。这个泡沫,在美国都没有。它是仅仅靠言论之风扬起的一堆幻影,我从中既看不到真实的必要性,也感受不到丝毫的

---

① 圣蒂尼克坦:位于加尔各答以北一百多公里处的一个小镇。

快乐。那只不过是在容器里塞满了空虚之物,然后再将其丑态暴露于人前罢了。这种酩酊大醉之感令我痛苦不堪。

昨晚,在莫拉鲁吉先生家中的欢迎晚宴上,我们尽情品尝美味,畅聊见闻。在当地人的家中,令我颇感兴趣的就是日本女性了。她们头上高高盘起饱满的发髻,双颊丰腴圆润,秀气的眼睛和小巧玲珑的鼻子让人生怜,一身绝美的和服,再配上一双木屐,这副身姿和打扮虽全然不同于文人骚客笔下的美,却令人赏心悦目。她们仿佛是人与玩偶的合体,是肉身与蜡像的完美统一,全身上下都透出敏捷、灵巧的劲儿,同时又不失坚韧的气息。听这家主人说,日本的女人都是勤劳、整洁的,做起事来也干净利索。

我和往常一样,清晨早早起床,临窗远眺。附近家家户户的嘈杂声不绝于耳——那是女人们在做家务时发出的嘈杂声。这些劳作时发出的声音极其洪亮,极其多彩,极其有力,对此我感到万分新奇。这一幕让我立刻生发出这样的念头:应该再也没有比这更自然的事情了吧。从古至今,打理日常生活都是女人的责任。对女性而言,任劳任怨地为尽到这些责任做准备,也是极其自然的,这也是她们的美丽之处。女人成年累月地投入到这些工作之中,如此,她们的天性才获得了真正的自由,她们也因此而变得美丽。如果因安逸而变得娇弱,或是因任何一种理由而被剥夺了工作的机会,女性便会走向堕落,其身心的美感就会消失殆尽,以致其最终失去得到正当幸福的权利。在这里,时时刻刻都能听到从每家每户传来的女人们手工劳作时发出的欢快的声音,这声音美得让我陶醉。时而还可以听到隔壁女人们的说笑声。我不禁想到，无论是哪个国家，女人们的谈笑声都是一样的。它们宛如生生不息的欢快音符，就像是荡漾在潺潺水面上的光，跳跃着、闪耀着，而这一切，不需要任何理由。

# 俳句、插花和茶道

面对新事物时，人们一开始就会全心投入；而对于司空见惯的事物，则不会给予太多关注，但新奇感会像火焰熄灭一样很快消逝，人们总是不愿意浪费精力。

迈克来找我，谈起在印度时，他通过读书、看照片，对日本充满了憧憬，但不知为何，来到这里后心情却改变了。大概是从仰光出发，途经新加坡、香港，在漫长的旅行中，对新事物的心理期待逐渐减少了。在异国的海上，看到遍布礁石的小岛，我不由得发出感叹。迈克说如果能住在那里就好了，他对新鲜事物的兴奋感仍延续着。大海拥抱着群山，似乎永远在呢喃。除了深蓝的海水、静谧蔚蓝的天空、苍翠朦胧的群山，一切似乎都是多余的。小岛的影子慢慢变淡，我们的船经过许多零星散落在海中的岛屿。迈克把望远镜扔在桌上，不知道他在想着什么。该看的东西太多，但那种迫切渴望的心情却日益消退了。

在日本仅仅一周,但我想待得更久点。这里的每条道路、一草一木、当地居民都是那样美好,并非难以接近。他们有某种珍贵的古雅气质。这世上不存在永远不为人所知的事物,即使初见时不能立即融入内心,但最终,旧的事物与新的事物会产生部分趋同,形状也会变得相似。人的心灵会立刻发觉这一切,从而很好地区分、利用之。就像玩纸牌游戏时,我按颜色和数字大小,排好牌的次序。只是冷眼旁观新生事物是远远不行的,必须要尽可能地利用它。人们必须尽量及时整理自己陈旧的思维框架。试着整理,就会明白并不存在那种像是第一次才见的崭新事物。它们都是旧的,只是看起来新颖而已。

世界上所有文明国家的人们都被套上了现代化的枷锁,变得日益趋同,缺乏个性。我坐在窗边,凝望着神户,那是用钢筋筑成的日本,感受不到有血有肉的生命力。这边是我的窗户,对面是大海,庞大的都市矗立在中央。它那可怕的外形就像中国的龙,蜿蜒扭曲的巨大身子在茫茫大地上盘旋;层层重叠的高楼的铁皮屋顶就像龙鳞,被日光照耀,发出刺目的光。它被人们视为"龙须",却像怪物一般,坚固丑陋。自然界里有很多美丽的谷物,可以作为人类的食物。但人们将它们搅碎、捏成一团,做成食物。换句话说,人们以需求的名义摧毁了东西原有的特性。透过神户这座城市,可以看到,人类的需求使多姿多彩的自然变得单调乏味。"人类需要它们"之类的借口,仿佛张开大口的巨兽,正逐渐吞噬着地球。自然只是被需要的,人类也只是有欲望的人类。

从加尔各答启程的那天起,无论是哪个港口、哪个国家,都时常能看到类似的画面。在这之前，我从未如此清晰意识到，人类的需求是如何剥夺了人类的完整性。过去，人们对欲望持轻视态度，商品交易被视为低人一等。积累金钱不被尊敬，通过求神、卖艺、逗乐子等方式获得钱财的人，是被人瞧不起的。但这些年，生存变得日益复杂。为了多占有金钱，人们不再鄙视欲望与手段。如今，人们并不以用金钱折算一切为耻，人类的本性也随之发生变化。人生的目的与荣耀，从追求内在变成追逐外表，从崇尚快乐变成沉溺于欲望。在出卖自己面前，人们没有任何犹豫。社会状态渐渐恶化，最终金钱会成为衡量人的价值的标准吧。这只会引起纷争，而无任何意义。过去重视人性、对金钱没有过多关心的人，如今变得唯利是图、漠视人性。无论是政界、社会，还是家庭，到处都弥漫着这种丑陋的氛围。人们被欲望蒙蔽了双眼，看不到它的可怕。

日本的城市没有特别明显的和式风格。日本人舍弃了家常穿着，穿上了工作服。现在，"工作王国"已经在世界扩张，这并非某个国家的固有事物。公司发源于近代欧洲，它的穿着也是近代欧洲风。但事实上，这种打扮无法表现民族与国家的特征，只反映了工作本身。在印度，有医生告诉我，白大褂与手术帽对他们而言是不可缺少的。律师、商人也都这么说。所谓的不可缺少的东西在世界泛滥成灾，地球变得更加丑陋。

在日本街头，最显眼的是日本女性。我觉得她们才真正代表着日本家庭与这个国家本身。她们不属于公司。时常听说，日本的女性不受男人的尊重。虽然不知道这是否属实，但有种尊敬不来自于外在，而存在于个体本身。当下，身着日本传统服饰的女性，肩负着维护日本名誉的重任。她们不将"需求"作为目的，而是给人们的心灵与眼睛带来愉悦。

还有一点引人注意的是，人潮汹涌的日本街头，却一点也不喧嚣。人们似乎不知道有大声讲话这回事。以前听说，在日本连小孩也不会大声哭叫。来到这里，真的从未看到一个孩子哭闹。汽车行驶在路上，也会遇到有人以"在日本马路上，大巴车与两轮拖车是主要的运输车辆"为理由，拦着车、妨碍道路的事情。但那时，汽车的司机只是安静地等待道路的畅通，相互辱骂、大声吵闹的事情是绝对没有的。路上，如果遇到自行车突然冲到汽车前快要摔倒的情况时，印度的汽车司机一定会对自行车主喋喋不休地骂一些难听的话。但在这里，人们对此事丝毫不在意。听住在本地的孟加拉人说，即便自行车之间、自行车与汽车之间发生碰撞以致导致流血、受伤等事故，双方也不会大声吵闹，只是拍去衣服上的尘土，悄然离去。

日本人不会为了无谓的争执而浪费自己的精力。这一点，我认为是日本力量的源泉。不做无用的生命消耗，因此不会有需要时却力不能及的情况发生。保持身心的平静与忍耐，成为日本人修养的一部分。无论是感叹或悲伤，痛苦或欢愉，他们都知道要控制自己，因为他们不允许自己沉溺于任何缝隙与细节。

他们以简洁的方式在诗歌里表达自己的情感。世界上没有其他任何地方存在"三行诗"(俳句)。这里没有任何人会高声嚎叫,对于诗人与读者来说,仅仅三行就足够了。他们的内心不会像泉水那样发出汩汩的流淌声,而是像湖水一般静默。迄今为止,我听过的诗,都是一味追求绘画般的视觉感,而不是为了吟唱。炽烈的激情与沉痛的感伤,都会消耗生命力。但日本人很少做这样无谓的消耗。他们内心的一切都在审美意识中表现出来,而审美意识与自我意欲无关。我们哭泣,不是为了要占有花朵、飞鸟与明月。这些事物带给我们纯粹的美的享受,而不会给我们带来任何痛苦,也不会夺走什么,更不会削弱我们的生命力。俳句平复了人们的心情,因为想象不会摧毁人内心的平静。

以下两首有名的诗[①],更加确证了我的观点。

"蛙跃古池塘,但闻水声响。"寥寥几句便已足够,其他语言都是多余。读者的心仿佛被眼前的景象牢牢抓住,人迹罕至的古老池塘,幽静而昏暗。这时,一只青蛙突然跳入水中,发出声响。作者在此意在强调落水声。还有一首诗:"深秋日暮时,寒鸦栖枯枝。"万物衰败的秋天,叶片落尽,一只鸟沉默地停在光秃秃的树枝上。寒冷的国度,凋零的落叶,枯萎的花朵,雾蒙蒙的天空,这是极容易让人产生死亡念头的悲凉季节。寒鸦孤独地停在枯枝上,这画面带给读者生命的虚无悲凉之感。诗人仿佛只是个旁观者,只从侧面给予暗示。

日本读者有着从事物外在看透其本质的想象力,眼见之物蕴藏着

---

[①] 此处引用的诗句(俳句)出自日本俳谐诗人松尾芭蕉(1644至1694)的《古池》。

无尽奥秘,正如那诗写的,"天地如花,神佛如花,人心如花。"该诗所表现出的日本人的审美观与印度人的审美观有某种奇妙的相似之处。日本人将开满天地的花朵视为美丽,印度人则觉得"一枝两花,才是天地、神佛"。世间万物如果没有进入人的审美观照,就只是寻常的物。因此,物之是否被称为美,取决于人的感受。这类诗歌在语言上反复雕琢,同时也浓缩着思想的精华。但浓缩思想并不意味着压抑情感。日本人内心的深邃,也可以说是思想与灵魂的浓缩。

抑制人类的某种感知能力,能够增强另一种感知能力。审美情感与心理情感,两者都是心理作用产生的反应。来到日本后,我发现,抑制情绪能够增强对美的感受与表达能力。在印度或是其他地方,迸发的情感表现似乎容易被人厌恶,但在这里并不常见。在日本,美的意识很微妙,很难明确掌握。它是一种特殊的情感,很难被精确表达。就好比狗的嗅觉与蜜蜂的方向感,是超乎人类的理解范围的。在这里,穷人即使每天饿着肚子,对付着随便吃点,也要买束便宜的花,否则便活不下去。

昨天看了两位日本妇人表演插花艺术。花道这种艺术,需要艺人精心准备,潜心思索,反复练习,艺人必须全心投入每片叶子与每根树枝。昨天我从两位日本妇人的技艺中理解了插花是如何让眼睛看到韵律的。

我曾在书中读到,古时的日本武士会在闲暇时练习插花。他们认为,这可以增强在战场上的英雄气概,丰富战斗时的招式。可见,日本人并不将这种审美意识视为无用之物,而是认为其富有深意,能够增强人的力量。这力量的源泉就是平静。审美带来的欢愉属于个体本身,不会导致生命力的浪费。相反,如果一味放纵自己,沉湎于过度的兴奋,人的理性就会减弱,最终导致审美意识的衰退。

前几天,一位富有的日本人在他家的茶座上招待了我。冈仓天心①的《茶之书》一书,记载了茶道的操作手法。我发现,对日本人而言,茶道类似于一种宗教仪式,它是日本人一种国民性的修行之道,寄托着日本人的理想。

我们从神户驱车而行,经过漫长的行驶,终于来到一处庭院。院子里树荫茂密,寂静幽玄,令人不由得陷入冥想。日本人对于庭院的样式有着明显的审美取向,他们并不满足于只是铺设碎石、种植树木、切分几何图形等建造手法。他们的眼睛与双手,都从自然中得到美的启发,将眼见之物原原本本地建造出来。穿过林下小径,在一棵树下,看到一块凹下去的石头,里面装满清水,可以用来洗手、漱口。之后,我们被带领到一个小房间,在圆形蒲团上坐下。根据茶道手法,客人必须先安静地坐下,休息一会,而主人绝不会突然过来打扰,这是为了让人心情更加平静。我们被带领到两三个房间,优哉游哉地小憩,最后终于到达最重要的茶室。这里的每个房间都很安静,但唯独这间屋子,夕阳似乎在其中投下了永恒的阴影。那盛大的阴影与无言的宁静,深深地吸引着

---

① 冈仓天心(1863—1913):日本明治时期著名美术家、思想家,著有《东洋的理想》《日本的觉醒》《茶之书》等作品。

我的心。主人缓缓而至,向我们行礼致意。

房间里的日常家具摆放得并不对称,但屋子整体洋溢着肃穆的氛围。只有一卷挂轴和一个花瓶,无论看多少次,客人都能在无言中感到满足。真正的美丽事物,周围总是寂寥空无的。将美丽的事物与其他东西混在一起,是对它的一种侮辱,就像是让贤良贞洁的正妻与小妾居住在一起。在宁静与沉默中,我一动不动地等待着,内心的渴望慢慢苏醒了。来到这里,看着这些,我明白了茶道是如何散发、保持着魅力的。在圣蒂尼克坦的学校里,我每天写一首诗,但没打算特意读给谁听,只觉得它们扣人心弦。等到了加尔各答,勉为其难地在朋友聚会上展示它们时,诗歌本身的美完全被隐藏了。这说明加尔各答的氛围不适合诗歌。拥挤的人群与高楼,繁忙的工作与喧哗,这一切都太过沉重,挤压得诗歌失去了拓展意义的空间。

之后主人告诉我们,因为特殊事由,茶的点粉与接待交由其女儿负责。女儿进来行礼后,开始了点粉的准备工作。从进来到点粉,她的身段举止,有着诗一般的韵律与节奏感。拭去灰尘、生火、打开壶盖、取下勺子、将茶倒入茶碗、再递到客人面前,这一切动作都像经过反复训练般优雅从容。只是听说而不亲眼看一看,是无法明白的。每一件茶具都有其名称与来历,珍贵而优美,无法用言语阐述该如何专心对待它们。客人的茶道修养,则表现在一圈圈地转动茶具以及专注地鉴赏上。

俳句、插花、茶道等艺术,最终目的都是为了调节肉体与精神的关系,让人保持内心的平静,将美融入灵魂。它们不是单纯的享乐陶醉,也没有任何纵欲肮脏的弊端。人们的内心日夜被利己主义占据,为各种欲望波澜起伏。俳句、插花、茶道的奥义,就是让人们远离这些,将自己遁入深沉的美之中。

从这一点可以看出,日本人的审美意识是一种修行,是力量的源泉。从里到外、无谓地浪费精力只是折腾生命,使人变得虚弱;而纯粹的审美意识,则可以将人心从利己主义、蝇营狗苟中拯救出来。所以,无功利心的审美与野心可以在日本人的内心和谐共存。

还有就是,我发现这里的男女对于异性交媾没有什么罪恶感,也没有其他国家的人们的那种害羞与顾虑。大概是因为他们之间交往的障碍比较少吧。这里有男女裸身混浴的风俗。对于这个风俗,日本人并没有什么肮脏感与罪恶感,甚至对于近亲混浴也没有任何抵触。人们对于男女的身体,并不产生邪念,心态很自然。现在,受外国原罪意识与扭曲的思维方式等不良影响,在都市,混浴的风俗渐渐消失了,但在农村还保留着。在世界上的文明国家中,只有日本人摆脱了对于人类肉体的错误思想,我认为这一点相当了不起。

不过令人惊叹的是,在日本画里看不到女性的裸体。裸体的秘密可能并不会诱惑日本人。这里的女性服饰并不试图强调自己是女性这一事实。日本女性的服装有着独特的优雅,但服装本身并不特意暗示肉体特征。我无意评价日本人的国民性格,但仅就男女关系而言,日本没有其他文明国家存在的人为的奇怪观点,显得很自然。

可圈可点的还有日本的孩子。在其他国家我从未看到有那么多的孩子在路上、在岸边到处嬉戏。日本人像爱护花朵一样爱护孩子。因为爱护孩子,就没有什么人为的不好的东西,人们只要像照顾花儿一样悉心照顾孩子就好了。

明天要寄一封信到印度,然后我们大概就会去东京了。这里所写的,是我自己亲眼所见、亲身体会到的,不带有任何主观色彩。本文只是我对一个令人新奇的国家的单纯记录,那些偏爱现实主义的人们,我想肯定会对此感到失望吧。这些文字绝不是日本情况的白皮书,也不是那种读书协会会推荐的商品。我只是陈述自己对于日本的一些见解,一部分展示日本,一部分表达自我。诸位读者倘若能明白这一点,阅读时应该不会有被欺骗的感觉吧。我并不打算得到"完美无瑕、毫无错误"之类的赞誉,只想将心中的感受如实传达。

# 走进日本人的家庭

如今看来,我已是无法将所见的一切全都记录下来了。

前文中我曾写到,日本人不会在墙壁上挂满画,也不会在房间里摆满家具。简而言之,他们绝不贪婪,而是在愉快地欣赏着自己眼睛中所见的东西。他们深知:若非一心一意地去观赏少数精品,就不会抵达内心深处。日本人的这种态度启发了我观察日本的方式。值得欣赏观看的东西,一下子从四面八方涌现到我的眼前,让我无法一一仔细明白地去品味它们。所以,接下来我将学习日本人的观赏精神,舍去其中的一些东西,只记录更值得记录的事情。

一踏上这个国家,我立刻感受到了来自他们的热情有礼的欢迎热潮。与此同时,报社的记者们也展开了采访风暴。在他们如此热情的簇拥之下,我简直无法找到空隙来好好观看日本。在船上,他们涌来将我包围;在路上,他们紧紧跟随在我身后;在旅馆,他们也热情而毫无顾忌地蜂拥而至。

最后我终于得以穿过这些好奇的人群,到达东京。在东京,我在我的朋友——日本画家横山大观家中终于得以平静,寻到了一个休憩之所。从这里,我开始了触摸日本人心灵之旅。

首先,进入日本人的家,在门口必须脱掉鞋子并将之摆放整齐。通过这件事我明白了日本人的一些想法。他们认为,鞋子是用来在室外走路的,而赤脚是属于室内的。灰尘是外面世界的东西,不属于室内。在日本人家里,房间和走廊都铺着草席,草席之下是硬式的榻榻米,这样一来,他们的房间里既不会落下灰尘,走路也不会发出声音。门是推拉式的,这样门就不会被风吹得啪嗒啪嗒响。

还有一个值得注意的方面是完全不用担心日本人的家因为东西太多而显得杂乱无章,他们尽可能少地去装饰他们的墙壁、房梁、窗户和门。总之,对日本人而言,家与居住的人是密不可分的,家是完全受人支配的,所以打扫家里、保持室内整洁也不是什么难事。

另外,在日本人家里,除了生活必需之外,没有一件多余的东西。房间的墙壁和地面都打扫得干干净净,其他地方也都一尘不染。在日本人的室内,没有任何一件多余的东西存在。因为古来有之的习惯,很多日本人在家里是不使用桌椅的。众所周知,桌椅不是生物,但是它们却"有手有脚",即使不用它们的时候,也得把它们摆放在那里,等着下一次再用。客人们来来往往,他们用过的桌椅就得一直霸占着那片空间,但是在日本这个国家,日本人在房间里席地而坐,当客人们离去后,房间里也不会留下任何障碍物。我住的这个房间里,有一个角落是不铺设榻榻米的,那里摆放着一块亮漆木板,也就是日本人的壁龛。壁龛木板上摆放着花瓶,花瓶里插着日式插花。壁龛上方挂着一幅画,墙上的挂画却并不是为了装饰房间,而是让人鉴赏用的。人们不会坐在壁龛跟前,而是会和壁龛隔开一段距离坐下,这样才方便欣赏壁龛跟画。从这件小事就可以看出,日本人是多么崇尚美。插花也是如此。在别的国家,人们总是把很多花和叶子捆成一束,就像印度传统节日的时候,因为乘客过多,三等座的旅客被满满登登地塞进三等车厢那样。但是在日本,鲜花绝不会受到如此粗暴的对待,日本人为这些鲜花特意准备了舒适的私家车,而不是拥挤的三等车厢。他们不会用绳子、粗暴和聒噪来对待鲜花。

破晓时分,我起身坐在窗前,不禁感慨:日本人不光是真正的大艺术家,他们对待日常生活也像对待艺术品一样。他们认为,一切有价值的东西都是值得骄傲的,都必须要留出足够的空间来给它们。为了让有价值的东西更充实,最重要的就是在它的周围为它留出更多的空间。过多的混乱、嘈杂的东西将会极大妨碍鲜花的盛开。在这个房间里,没有任何一个角落被遗忘,也没有任何一件东西是多余的。没有任何一件让人觉得刺眼的多余之物,没有任何一丝让人听了心烦的嘈杂之音。在这里,你的心灵可以任意驰骋,走路的时候也不必担心因碰到东西而跌倒。

周遭的混乱,无数的尘埃,恼人的噪音,总是环绕在我们身边,让我们渐渐失去生命和精神的力量。可怕的是，我们都已经对此麻木，所以从不曾意识到这一点。围绕在我们身边的这一切，正在悄悄地夺走我们的生命和精神。多余之物、丑陋之物，不曾带给我们任何好处，只是一味地掠夺我们。在不知不觉间，我们的生命在夜以继日地衰退，我们的精神也在一点点地被侵蚀。

就在那个清晨，我感觉到自己的内心一下子变得充实起来。曾经，我将自己充沛的精力置于竹篓之中，那溢满的精力却透过喧嚣的缝隙流失殆尽，而今在这里，我又将流失的精力寻回，将其收纳于滴水不漏的密坛之中。我想起了印度的宗教仪式。那是怎样的一种浪费啊！不仅仅是东西杂乱无章，人们还都四处狂奔，用嘶哑的声音叫唤。我又想起了我自己家里的生活。那里的生活就像牛车行驶在蜿蜒曲折、凹凸不平的道路上，动静极响。看门人大声呵斥，当差的孩子们哇哇哭叫，清道夫家里又开始了高声叫嚷和争吵，隔壁马罗亚尔邦的女人尖声唱着单调的歌。吵闹总是无休无止，这是多么沉重的压力啊！更可怕的是，承受着压力的不仅仅是屋里的地板，我们的心灵也在忍耐着！东西是整整齐齐地摆放，还是乱七八糟地堆积如山，这两者带给人的感受有天壤之别。一个国家的国民，懂得节约用物，工作整齐有序，从不大声叫嚷，在称赞他们的高明之处时，我们又不能不惊叹：这样的国家不知会积蓄起多么巨大的能量！

日本人也会生气发怒，但是我接触到的人都异口同声地告诉我，他们几乎不会和人争吵。他们用来骂人的词汇好像只有"笨蛋"一词，除此之外就没有了。即使两个人因意见不同而愤怒异常,隔壁房间也不会听到任何动静。这就是日本人的做事风格,就算是悲伤的时候,他们也会同样保持安静。

他们在生活中"排斥一切非必要之物",如果他们的这种气度爱好是由于感情匮乏所致,那当然不值得我去称赞。但事实是,尽管他们不吵架,却能够勇于面对危机,决不逃避奉献生命。他们在用物方面表现出的自制能力以及对各种事物的支配能力,绝不逊色于其他任何能力。除了拥有这种强大的能力外,他们还兼有高明的技巧和审美意识。当我称赞他们这一点时,他们很多人告诉我说:"我们把这视为佛教对我们的恩赐。佛教一方面教导我们自制,另一方面也教导我们慈悲,在这些教导中有着连贯和谐的修行之路,我们通过统一自制和慈悲的修行得到了无限的力量。佛教是中道①的宗教。"

听到他们的话,我觉得很羞愧。佛教盛行于印度,但是我们却没能运用佛教美好的连贯和谐性来协调生活。渗透到我们的想象和工作中的这种放纵、漠不关心和无节制到底是从何而来呢?

有一天,我去看了日本的舞蹈——能。那是用动作和手势表演出的音乐。这种音乐和我国的维纳弦乐很相似,换句话说,就是曲调中随处都有微妙的抑扬顿挫。各种各样的动作如行云流水毫无间隔,丝毫不见停顿衔接之处,全身宛如蔓草花开,浑然一体,微微颤抖,使美丽的

---

① 中道:佛教用语,意思是远离两边之极端,取一种不偏于任何一方的中正之道。

花雨从天而降。纯粹的欧洲舞蹈，如同湿婆之舞①，一半是体操一半是跳舞，在舞蹈中有跳跃，有旋转，有高踢腿，还有相互投举。日本的舞蹈则是只将跳舞贯彻到底。演员的服装不会有任何身体的裸露，所以舞蹈的任何动作都不会表现出丝毫的肉体欲望。我想这主要是由于日本人内心对美的热爱是如此真实，所以在舞蹈中他们不需要任何形式的掺杂物，而且他们也是难以容忍多余的掺杂的。

但是在我看来，他们的音乐却并没有多么进步，也许是眼睛和耳朵这两种卓越性并没有同步表现出来。当精神的力量只是沿着其中一种感受迸发前进的时候，另一种感受却停留在肤浅的层面。绘画是大地的产物，歌曲则是上天的产物。将无限寓于有限之中便有了画，而将无限以无限的形态展现出来便有了歌。美的王国的艺术是绘画，而超自然的王国的艺术是歌曲。诗歌兼有了这两种特性，诗心在画中涌动，在歌声中飞翔。之所以这么说，是因为诗歌的成分是词汇，词汇兼有了含义和旋律两个方面，并且从含义中诞生了绘画，从旋律中产生了歌曲。

日本人全面得到了美的王国。他们不管身在何处，对于映入眼帘的一切事物都不会疏忽草率，更不会无视之。他们时时刻刻都在发扬这种精神，进行视物的修行。在其他国家，只有从有才干、有鉴赏力的人身上才能看到这种品味美的能力，可是在日本，全体国民都展现出了这种能力。欧洲在开展国民普及教育，其他很多国家在普及国民军事

---

① 湿婆是印度教的三大主神之一，被认为是宇宙之王，而湿婆之舞，即宇宙之舞。

训练，但是不管哪个国家，都没有像日本这个国家一样，在国民中渗透着艺术情趣的修行。在这个国家，全体国民都臣服于美。

对此也许有人会认为，他们是不是都是享乐主义者呢？这种精神是不是毫无用处呢？他们在面对人生困境时会不会漠不关心甚至无能为力呢？事实正好相反。他们通过美的修行学会了节制，并由此掌握了力量和高明的工作技巧。在印度，有一些人认为，只有枯燥冷酷的生活方式才具有男子汉气概，而最好的修行方式就是拒绝体会人生百味。一句话，他们通过消灭人世欢愉的方式来善化世界。

我访问欧洲的时候，那里发达的工业和繁忙的工作所带来的富有和力量使我为之侧目，内心深受震撼。但是，那只是外在的东西。在日本，透过近代化的面具，我清楚地看到的则是来自人类心灵的创造力。那不是虚荣，不是炫耀，而是祈祷。力量是一种自我宣告，为此它会尽可能远地扩张自己的领域，妄图使所有人屈服于自己。而祈祷和对力量的追求是不同的，祈祷带来的行为不仅仅是壮丽伟大的，更是美好纯净的。在日本，不论是在家庭还是社会，他们会在所有的地方为美好而祈祷。来到这个国家，最先传入我耳中的声音是：我喜欢，我深爱。让这句话深入每一个国民心中，不是一件容易的事情，而从每一个人的口中说出这句话更是难上加难。但是在日本，在这个国家，每个人都在说这句话。不管是多么小的事物，不管是多么小的行为，你都能够从中窥见他们的这种快乐。这种快乐，不是享受的快乐，而是祈祷的快乐。这种发自内心地对美的崇拜，是我在任何一个地方都不曾见过的。像日本人这样细心谨慎地呵护美,尽心尽力地守护纯洁的行为,是其他任何民族都无法学会的。日本人在自己感动的事物面前,从不大声喧哗。他们深深懂得:节制是富足的表现,沉默是深度的体现。而且,他们说,这种深刻的理解力源自对佛教的修行。他们能够保持沉默,他们懂得克制自己,他们积蓄的力量净化了他们的目光,使他们的感悟力灿烂发光。

正如我前面说过的那样,欧洲炫耀力量的行为使我感到震撼和压力,但是在这个国家,我虽然看到了祈祷的力量在扩散,却并没有感到受压迫的屈辱感。心中仅仅是充满了快乐,丝毫不曾嫉妒。我想这是因为祈祷不是自我宣告而是发现比自己更强大的事物,并且在这个强大的事物面前每个人都心悦诚服,心灵丝毫不会受到伤害。在德里古代印度国王们的古迹之中,古笃波纪念碑如同夸耀胜利的枪一般耸立着,每次看到它高高在上的模样,就会让人因感受到傲慢而不舒服。又或者在瓦拉纳西,那为了侮辱莫卧儿帝国①第六代国王而建造的清真寺——昂吉柏清真寺,我从不曾从中看到美,也不曾看到过光荣。但是,当我们站在泰姬陵面前的时候,我们从不会困惑它究竟代表了印度教还是代表了伊斯兰教的荣耀,因为我们心里都认为,这是属于人类的荣誉。

日本最突出的自我表现并不是虚荣心的表现,而是个人奉献的表

---

① 莫卧儿帝国:蒙古人帖木儿的后裔巴布尔在印度建立的封建专制王朝。

234

现。因此日本式的自我表现会给人带来快乐而不是伤害。所以,当在日本见到和这种精神相违背的行为时,我会倍感痛心。日本在与中国的海战中取得了胜利,但是他们在全国炫耀宣扬胜利的行为是野蛮的,是丑陋的,日本人应该是明白这一点的。人类在迫不得已之时会做出很多残酷的事情,但是忘记前事进行改正才是人之所以称之为人的理由。人们有着不能去忘记的事情,比如,为了缅怀而建造寺院庙宇,但是这份纪念绝对和敌意无关。

我们从欧洲引入了很多习惯和家具,但是这未必是必需品,很多时候仅仅是因为这些行为和东西是欧洲的。因为我们的精神已经习惯了屈从于欧洲,我们已经忘记了这是一种耻辱。欧洲确实有很多值得我们学习的东西,我承认这些都是我们必须学习的,但是我并不认为我们需要模仿欧洲所有的生活习惯。其实,我并不排斥那些有接受价值的东西,不管是来自哪个国家的,都值得我们去学习。正因为如此,我完全无法理解在日本居住的印度人的一些做法。据我所见,他们效仿来自欧洲的很多不必要的丑陋的东西,却对日本的美好事物视而不见,而且只要是稍有经济实力或是可以得到他人帮助的印度人,都在考虑从日本逃亡至美国。不管是知识、习惯抑或家具,所有由日本人制造的优秀的东西,在日本的印度人都不曾接受,并对此视而不见。

以我之见,如果是为了生活之便,我们可以从日本而不是欧洲学习、引进很多东西。如果我们能够无拘束地学习和接纳日本人的生活方式,那么印度人的大门和生活习惯将会更加干净,更加美丽,更加有节制。日本人从印度学习的一切，如今令印度人汗颜，而且真正令我们感到惭愧的是，我们甚至已经不知道去惭愧。我们只会在欧洲人面前感到惭愧，我们收集欧洲破旧的碎片，将之打上补丁穿在身上，用这种怪异的服装来掩盖我们的羞耻之心。旅居日本的印度人说，因为自己与日本人同为亚洲人，所以日本人对我们不屑一顾，而我们也出于同样的理由疏离日本人。而真相则是，我们在接受日本人礼遇的同时，并没有看清真正的日本，而是透过日本看到了扭曲的欧洲文明。如果我们能够正视真正的日本，我们早就让我们的家远离丑恶、不洁、混乱与无节制了。

如今，在孟加拉，新的艺术复兴运动正在兴起，我很想邀请这些艺术家们来日本看看，不是为了模仿，而是为了学习。如果他们能够来日本，他们立刻就能认识到，艺术是多么伟大，是多么宝贵的民族财富，它超越奢侈浮夸有多远。其中，有贤人的睿智，有虔诚信仰者的祈祷，有有识之士的风雅之心，他们带着无比诚挚的敬意，一一表现出来。所有这一切，只要你踏上这片土地，你就能明白。

我曾在东京的友人横山大观家中小住。横山先生有像孩子一般的纯真，他无忧无虑的笑容总会让周围的人扬起嘴角。他和颜悦色，心胸宽广，性格温厚。在横山先生家小住的时候，我一直不知道他是一位伟大的艺术家。后来有一次，我们在横滨受到了一位艺术爱好者（同时也是一位富翁）的款待。这位先生名叫原富太郎，他的庭院"三溪园"，同日本著名的庭院"乐园"一样美丽，他的性格也一如他的庭院这般美好。

听了这位原先生的话我才知道,横山大观和下村观山是日本当代画坛最优秀的两位艺术家。他们的画作不是对欧洲艺术的模仿,也不是对古代日本艺术的单纯继承,他们使日本艺术从传统的束缚中解放了出来。在原先生家我第一次见到了横山先生的画作,让我惊叹不已。横山先生的作品中没有丝毫冗杂,也看不到任何浮夸,其画风刚劲有力而又含蓄内敛。我所见的这幅画的表现对象是一位沉浸在思考之中的中国古代诗人,他的背后站着一个少年,少年小心翼翼地抱着无弦的琵琶。画的背景是一棵垂柳。日本人的家里通常会摆上三扇门的隔扇屏风,屏风的面料是绢丝的,横山先生的这幅画就印在整个屏风之上,非常壮观。每个线条都充满了生命力,丝毫没有狭小迟钝之感。整个画风大气深远,又轻盈自然,完全不会让人产生刻意雕琢之感。这幅画的色彩和线条又是不同寻常的,让人一眼就能看出它的珍贵,让人印象深刻。

之后,我又欣赏了横山先生的风景画。其中一幅上方画的是一轮圆月,中间是一叶小舟,下方隐约可见松枝。画中只有这三样事物,甚至连一条描绘水面的线条都没有。月光下平静的水面,仅仅用大片的空白来表现,而人们明白这就是水,是通过小舟的存在来体会的。画中又借助两棵松树树枝的淡墨,如实描绘出了浩渺的月光。横山画师想要描绘的是月夜的无形、辽阔和静谧以及月夜深处不为人知的沉默。由于纸张和时间有限,我无法详述横山先生画作中的全部内容,但是有一点是肯定的:他的画作是无与伦比的。

最后，原先生把我带到了一个细长狭窄的房间，这个房间的一整面墙都用来挂一幅画，这幅画是下村先生的巨作。冬去春来之际，梅花树叶尚未发芽，洁白的梅花开满枝头，花瓣随风纷纷扬扬地飘落而下。画作的一端地平线上一轮红日冉冉升起，画作另一端在梅花树枯枝的对面，一位盲人双手合十向着太阳祈祷。盲人与树、太阳和金色无垠的天空——坦白说，我从未见过这样的画作。《奥义书》中的那句祷告词此刻仿佛浮现在我的眼前：请带我离开黑暗走向光明吧！这不仅仅是盲人的祈祷，也是黑暗中的大自然的祈祷。请带我离开黑暗走向光明吧，穿过梅花树，伸展的祈求走向光明的世界，这份光明的指引照亮了周围的世界；盲人置身于光亮之中，虔诚地祈祷。

昨天我又欣赏了下村先生的另外一幅作品。这幅画的尺寸虽小，画意却很丰富。画中一个修行者在房间里打坐冥思，诸多杂念从四面八方向他袭来。杂念的形态半人半兽，极其丑陋，有的张牙舞爪地向修行者袭来，有的隐藏在角落里悄悄窥视，他们全都在屋外。最大的敌人已经进入房间，坐在了修行者的面前。它的样子像极了佛陀，但是如果你仔细看的话，就会发现那不是真正的佛陀，他的体态过于肥胖，脸上露着卑鄙猥琐的笑容。那是傲慢的虚荣心伪装成了圣者的模样在诓骗打坐的修行者，这种精神的傲慢披上了圣洁慈悲的伪装，让人难以分辨。正因为如此，他才是唯一能够进入内心的敌人，其他众多丑陋的敌人都在心门之外。下村先生在这幅画中，描绘出了人类将自己的本性伪装成神灵并对此顶礼膜拜的现象。

我们寄居在原先生家中，原先生风趣幽默，心胸宽广，并且富有才华和鉴赏力。他在海边小丘上的美丽庭院，随时为人敞开着。庭院里修建了好几处歇脚的小亭榭，无论是谁，只要有需要，都可以在这里饮一杯清茶。庭院里还特别修建了一间小屋子，屋子里准备齐全，可以让出游的人们享用便当。尽管他的身边弥漫着奢侈之气，但原先生既不吝啬，也不奢靡。他不像那些愚蠢的暴发户，只会一味地搜集高价物品藏在保险柜里。原先生深知艺术作品的价值，为此他出手阔绰，同时又饱含敬意地珍视这些艺术品。

# 好学的日本民族

亚洲诸国中,唯有日本某日恍然醒悟,须与欧洲同样拥有征服世界的实力,才能以其人之道还治其人之身。否则,定会倒在欧洲车轮的倾轧之下,而一旦倒下,便再难起身。

念及此,日本立即行动起来。短短几年时间,它便攫取了欧洲的力量。如同借助了阿拉丁神灯的魔力一般,欧洲的枪炮、军事演习、工厂、官舍法院、法律条令,顷刻间从西方引进到了东方。日本并没有循序渐进地吸纳兼容新的教育制度,也就是说,并非像拉扯孩子长大那样,将幼儿培育成一个青年,而是像收养继子,直接将已然成人的优秀青年迎进了家门。日本的园丁甚是精通将苍天古木连根拔起移植他处的技术。一夜之间,他们把欧洲的教育,连同盘虬卧龙般的根茎悉数移入了日本的土壤。而翌日起,那树就开花结果了。起初,他们从欧洲聘请了一批教师,却为期不长。最终这批教师走得不余几人,而日本人则自己掌舵握桨,充分借着西来之风,扬帆远航。

如此令人拍案称绝的事情史无前例。历史并不是给十六岁的少年贴上连鬓胡髯就能摇身一变成为那罗陀①的节日戏台。若是仅仅借助欧洲的武器,就能成为欧洲,那岂非连阿富汗也无事可忧了。因而,日本是如何顷刻间便做到取其物并通其驭物之法的,着实让人费解。

显然,日本无须从地基开始建造这些舶来之物。因此,当日本决心引进新事物时,其所需的准备时间也不会太长。而在此过程中,即使遇到一些困难,那也不过是外在的阻碍。也就是说,他们心中并不存在矛盾抵触,所谓的困难不过是在将新事物取为己用时,产生的一些排异反应罢了。

这世上大致可分为两种人:一种是稳定的,一种是变动的。这里所说的稳定与变动并非是绝对分隔开的。稳定类型的人在必要时会运动,变动类型的人在必要时亦会驻足。但是稳定类型的人步调缓慢,变动类型的人步伐敏捷。

日本人生来就是变动类型的人。与节奏迟慢舒缓的科尔坦②音乐不同,日本一跨步,便追赶上了与西方两三百年的间隔。我们印度背负着不幸的重担行路,累了便卧于路旁榕树下休憩,如此过了千年。我们这样的民族对日本所为极为不屑:"他们真是轻率。如果他们像我们一

---

① 罗陀:印度神话中往返于天地之间的仙人,是神与人之间的使者;一说印度经典《梨俱吠陀》即由其所作。
② 科尔坦:印度传统音乐,以乐器伴奏,吟颂或唱和印度传统的抒情诗等。

样肩负厚重的历史,就没办法举止随便地上跑下跳。货真价实的东西,非一日可造。"

无论我们嘴上如何说,事实却明明白白摆在眼前:偏居亚洲一隅的日本民族,正以堪称完美的能力与娴熟老练的技术驾驭着欧洲文明的复杂机件。能做到这点的唯一原因是他们不单单引进了欧洲文明的机件,而且还获得了与之适应的精神。如若不然,武器与武装的人之间必然会产生对抗,教育和受教育的人之间必然会有不休的冲突,而他们的身体最终会被借来的甲胄压垮。

拥有变动不息精神的日本人,轻而易举地将自己的步调与现代奔涌的潮流调节一致。那么,这种能力他们是从何处获得的呢?

日本人中流传着这样一种说法:他们是混血民族。他们并非纯种的蒙古人,甚至有些日本人还认为自己身上淌着雅利安人的血液。从面部轮廓来看,日本人拥有蒙古人与印度人的两种脸型;从肤色上看,他们也颇为多种多样。若是让我的画家朋友横山大观穿上一身孟加拉服饰,谁会相信他是个日本人呢。而他这样长相的人,我在日本见过不少。

混血民族的精神,不是由一种模子浇铸。多种性格的冲突,使他们的精神永远保持在变动不息的状态。而这种变动,正是人类进步的动力。

若想看看丝毫不混杂他族血液的纯种民族,只能去未开化民族的领地。他们恐惧外来者,躲避在狭小的区域内,将本民族与外界隔离。

因此,澳大利亚的原住居民至今还保持着原始的状态,而在非洲中部,时间几乎停止了流动。

与之相反,希腊因地处亚欧非交界,特殊的地理位置让它受到不同文化的刺激。希腊人并非纯血种,罗马人亦是如此。就连印度,也毫无疑问有雅利安人和非雅利安人之间的混血。

审视日本人,会发现他们并非由单一要素构成。世界上大多数民族,即使所言非实,也以宣称自己是纯种民族为傲;而在日本人身上,却丝毫看不到这样的自傲。最近的报纸上刊载了关于日本人与印度人血缘相融的讨论,却没有哪个日本人因读了这样的文章而感到无所适从。在艺术绘画领域,日本欠印度一笔债,这笔债我们早已忘得干干净净,日本人却毫不推脱地承认。

实际上,若是意欲隐瞒,这笔负债便在借贷人手中始终是债务,无法成为自己的财富。即使日本曾经从印度拿走了什么东西,如今那些东西也早已变成了日本的财富。只有性格活泼好动的民族,才有将他人财富收为己用的能力。而对性格迟缓的民族而言,外来的新鲜事物则会成为难以承受的负担。因为,他们自身疲乏无力的性格,已是他们肩头上最沉重的负担。

除了混血民族外,国土狭小也是日本的一大有利条件。狭小的国土像坩埚一样,将全体国民混合在一起,让他们充分融合,变成更为紧密的整体。诸如中国和印度这样幅员辽阔的大国,多样性呈离散的倾向,很难融合凝聚。

古代的希腊人和罗马人、近代的英国人,在狭小的国土上集结凝聚,从而占领了别国的大片领土,而在今天的亚洲,日本也拥有了这样的机会。一方面,日本性格活泼好动,因此轻松地从中国、朝鲜等邻国夺取了文明的精华。另一方面,他们在狭小受限的土地上举国集结,毫不费力地形成了统一的思想、统一的认知。就这样,"为了自卫必须接受欧洲先进思想"这一念头浮现在日本人的心中,日本浑身上下都充满了将这一念头付诸实践的动力。

细细思考不难发现,欧洲的文明是变动的文明,而非僵化的文明。源源不断的新思想、新行动、新尝试引发接连不断的革命,而欧洲文明正是在这些革命的浪头上展翅翱翔的。在亚洲,唯有日本拥有这样变动不息的天性,能轻松且迅速地跟上欧洲的步伐,并最终免于遭受毁灭性的打击。这是因为,日本无论拿来何种素材,都能将其加以创造,让素材与自身的发展之道协调,为己所用。任何新事物对日本人而言都不是阻碍,那些阻碍在变动而活泼的日本人面前不值一提。这些新事物最初看起来有些不合情理地古怪,而后渐渐转化,最终演变成自然合宜的存在。

即使接纳了多余之物,随后便弃而不惜;自家商品若在他处蒙损,明日即可回收补缺。这样的修正程序,无时无刻不作用在日本人的生活中。死亡产生的腐坏是恐怖的。然而,活着的时候,死之腐坏不经意间浮现,则会让生命在生死间取得平衡,从而教活着的人更好地活着。

在访日期间,有一件事引起了我良久的思考。我发现印度的孟加拉人在某一点上与日本人极像。在我们幅员辽阔的国土上，先人一步接受新事物的总是孟加拉人，他们不仅吸纳新事物，而且还孜孜不倦地进行创造。从这点看，他们的内心应是柔软而富有张力的。

其理由之一是在孟加拉有许多血统混合交融。这样的混血在印度其他地方是否同样存在，仍须商榷。其次，孟加拉位于印度边陲，在相当长一段时间内，它都处于与印度其他邦若即若离的状态。孟加拉曾经受到佛教源远流长的影响，加之另外一些林林总总的原因，它被隔绝在主流文化印度教之外，成为一个被遗弃的国家。由此，孟加拉人在狭小的地域中培养出了独立的精神。他们思想相对自由，更容易接受新的教育。而这一现象，在印度其他群落是见所未见的。施予者的吝啬，使得孟加拉无法如日本一般自由引进欧洲文明。倘若欧洲的教育能够更加容易而充分地引进我们国家，孟加拉人将从各方各面将其化为己用。今日，从许多层面来看，教育于我们而言愈发地难以企及。然而即便如此，每日都有大量孟加拉的青年拥至大学狭窄的门前。事实上，与印度其他地方相比，孟加拉人民不满的情绪格外强烈，因为我们知道孟加拉前进的步伐受到了阻碍。孟加拉民族觉醒后，曾全力去追赶英国人的步伐，我们心里除了要离英国更近一步的念头外，不作他想。就这一点而言，孟加拉人是第一批决心克服所有宗教旧习阻碍的印度人。然而，英国人随后架起藩篱不准我们靠近，这在孟加拉人心里招致巨大反感，对西方的爱慕由此转为憎恶。

而这种反感，则成为当今孟加拉人接受现代教育时心中最大的阻碍。如今我们看似煞有介事实则愚蠢不堪地喋喋争论,企图将西方的影响彻底拒之门外,却忽视了这种拒绝是与我们本性所不符的。因此我们感到了无比的痛楚,好比顽疾之痛侵扰着我们,使我们昼夜难眠。

在孟加拉人精神上强烈的反抗中,今日政治运动的信念应运而生。然而,这种反抗并未让孟加拉人创造出任何东西,反倒使他们蒙蔽了双眼,削弱了力量。无论我们心中经受着何种苦难,我们都不应忘记自己肩上所负担的责任——开辟东西方互通之门。

罗姆莫罕·罗伊①被誉为孟加拉新时代的开拓者亦是由此而来。他心中对东方坚定的崇敬,使他可以毫不犹豫地接纳西方思想。他眼中的西方,既非枪炮船舰的西方,亦非充斥商业主义功利色彩的西方,而是一个知识成就斐然、社会生机勃勃的西方。

日本从西方学到了工作准则、武器用法,并开始接受科学教育。然而依我所见,日本与欧洲有一处根本的差别。支撑着欧洲宏伟发达根基的,是其藏于内在的精神之力。这绝非简单的工作技巧,而是一种道德理想。在这一点上,日本与欧洲有着本质的不同。欧洲人心中描绘着天国之胜景,信奉向天国去的修行之道。这种修行不是作为社会规范的组成部分而存在,而是在超越世俗欲望和一国利己主义的层面,为自己制定目标的修行。在修行之道上,印度远比日本更靠近西方。日

---

① 罗姆莫罕·罗伊(1772—1833):近代印度伟大的启蒙思想家、宗教和社会改革家,被尊称为"近代印度之父",他还是印度新吠檀多主义哲学的首倡者和先驱者。

本文明的宫殿结构简单，那是一间收藏了他们毕生的精力与技艺精粹的展馆。藏品中最珍贵之物，是以成功为名的勋章；礼拜堂内所奉神明，是以国家为名的利己主义。整个欧洲思想中，日本被近代德国新兴的权力至上哲学深深吸引，尼采的著作在日本最受追捧。这也是一直以来关于日本是否需要宗教，抑或需要何种宗教这一问题迟迟无法定论的原因。日本曾经尝试推行基督教，以期作为欧洲根基的宗教给予他们力量。他们深信将大炮枪弹与基督教同时纳为己用，很是必要。然而，较权力崇拜盛行略早，近代欧洲就流传着基督教本质上是弱者而非强者的宗教的说法。基督教宣扬要摆脱狭隘的利己主义，心怀慈爱、宽恕、奉献。因此，这种说法认为它是迎合败者的宗教，对胜者而言反成阻碍。日本人轻易接受了这种说法，掌权者经此也彻底舍弃了对宗教的虔敬之心。如此轻待宗教，在其他国家简直不可想象，但在日本却合理又寻常。究其缘由，是因为对宗教的深厚感情并未在日本民众中广泛传播开来，日本甚至以宗教感情的欠失为傲。它认定，它对来世不怀希冀，它要今世胜者为王。

　　日本当局始终拥护的宗教是神道。神道并非是纯粹精神的产物，而是来源于传统习俗。神道视君王与祖先为神明，这使得神道成为煽动狂热爱国情绪的极佳道具。

　　然而，与蒙古文明相似，欧洲文明并非单层建筑，而是结构复杂，内外有别。它承认天国之存在，视温厚仁爱者为胜，对人比对己更为郑重友善。无上至宝是神谕真理，而非俗世的功业。在无限的领域中，社会将获得其真实的价值。

欧洲文明的内院有时紧闭其门，院内灯火也时明时灭。然而即使这样，建筑的地基也依旧结实稳固，外来炮火无法撼动它的墙壁。它将永久地伫立在那里，而唯有在那里，有关文明的问题才能得到解答。

我们与欧洲即使在许多方面不甚相同，在这个极其重要的问题上却是一致的。我们承认内在的自我，把它看得比外在的自我更为重要。承认自我的存在，方是人的第二次诞生，是解脱的起点。为此我们需忍受阵阵袭来的苦痛。在这个内外自我相遇的地方，竖着我们与欧洲阡陌相通的路标。与精神内在的自我的团聚，方是真正的团聚。而今，将这扇团聚之门打开的工作，正是孟加拉人的使命——这一使命的召唤，从许久以前便显露于各处了。

第四辑　中国讲谈

# 我从哪里来①

## 1

最近我看到你们的一篇文章中有人说我,作为一位哲学家,竟然在参加某场会议时迟到了半个小时。如果这份抱怨仅限于这次偶然事件,我会就我的行为向他们做出令人满意的解释。但是,我认为这篇文章的作者错误地以为这次的迟到并非偶然,而是我个人真实情况的反

---

① 在梁启超、徐志摩、胡适等人的努力下,1924 年 4 月 12 日泰戈尔踏上中国的土地,开始了为期 50 天的对中国的参观和访问。从上海开始,泰戈尔一行先后游历了杭州、南京、北京等地。每到一地泰戈尔几乎都会发表一番演讲。本篇以及本辑所收的泰戈尔的其他文章均为泰戈尔于此间发表的演讲。这些演讲讲述了泰戈尔在中国的所见所闻所想,字里行间无不透露出他对中国的喜爱,对中国文化的喜欢。

应。我还认为,让他更为担心的是,他觉得我在这个时髦的年代已经过时了,他认为我应该是出生在两千年前诗人们在月光下举杯畅饮的年代,那时候哲人超凡脱俗,不食人间烟火。

这让我很惊讶,我确信,如果我有更多的闲暇时间,这一定会成为一件很有趣的事儿。几乎从童年时代起,我就习惯了我的同胞们对我的愤怒指责,他们说我现代得过于愚蠢,忘却了先辈留下的伟大教训,从而失去了融入古老珍贵的印度文明的权利。对你的国民来说,我已是废弃之人,毫无用处;而对我的国民来说,我则是标新立异,惹人厌烦。我不知道孰是孰非。

昨天胡适博士做了一回占卜师,他利用日月星辰,预测我这次访华之旅。我想他能够从星辰的异常运动中判断我出生时受到什么样的庇护,又受到怎样的矛盾影响。他会告诉我,为什么我这个不幸的人儿,总是不断地被怀疑为违禁品,被私运至错误的时间之岸。不仅是那些我非常熟悉的同胞怀疑我,就连那些我几乎从未费心去关心过的人也对我如此相待。就因为这种误解,我的朋友们要求我进行一番详细的自我介绍,好让你们觉得我的理念不至于太过空远,不会像没有生命的幽灵一样吓坏你们。

我出生于1861年,这在历史上不是一个重要的年份,但却属于孟加拉历史上一个伟大的时期。你们也许不知道我们的朝圣之地通常位于河流交汇之处,河流对我们来说就是自然界生命之神的象征,它们的交汇体现了精神的汇集、理想的聚集。而几乎就是在我出生的时候,三场运动①潮流汇集在我们国家的命运中。

其中一场是宗教运动,由慷慨无私、智慧超群的罗姆莫罕·罗伊发起。这是一场革命运动,因为他试图去重新开通精神生活的通道,要知道,这通道早已被只注重外表而缺乏重大精神意义的形式主义和物质主义信条的沉沙残骸堵塞了很多年。

于是,罗伊与那些质疑一切充满活力的理念的守旧派展开了一场伟大的搏斗。那些紧抓着古老的过去不愿放手的人以他们积聚的古董为荣,在历史悠久的光辉壁垒的包围中悠然自得。此时若某种伟大的精神、某个真理爱好者突破了他们的藩篱,让思想的阳光和生命的呼吸如潮水般涌入,他们会变得紧张兮兮,勃然大怒。理想是运动的导火索,他们认为所有的运动都会威胁到他们仓库的安全。

这场运动正好发生在我出生的年代。我很自豪地说我的父亲是这场运动的主要领导者之一,正因为此,他备受排斥,但他勇敢地面对了社会的侮辱。我就出生在这种环境中,各种新思想不断涌现,而那些陈旧得不能再陈旧的事物却是时代的宠儿。

第二场运动同等重要。某个伟大的人物,班吉姆·钱德拉·查特

---

① 此处所讲的三场运动指的是印度近代史上的三大运动——宗教和社会改革运动、文艺复兴运动和民族主义运动。在这三场运动中,泰戈尔家族都是积极的参与者,甚至还是发起人和领导者。

吉①是那时发生的孟加拉文学革命的首位先驱。他比我年长很多,却和我算同代人,他很长寿,我因而得以见到他。

我们的自我表达必须要拥有自由,在精神思想领域是如此,在文学表现领域亦复如此。但我们的文学却任由它的创造力消失。它缺乏活力,在修辞的桎梏下行如僵尸。查特吉奋勇而起,勇敢反对那些相信墓碑安全永固,相信完美只属于死气沉沉的存在的守旧派。他剔除沉闷的语言形式所导致的重负,用他的魔法杖将我们的文学从经年累月的沉睡中唤醒。而当文学醒来,精神饱满,仪态优雅,呈现给我们的又是一幅多么美丽的画面啊!

这一时期我的国家还发生了另一场运动——民族运动。这场运动并不完全是政治运动,但它开始道出了我国人民想要维护自己人格的心声。这是一种愤慨的心声,它反对那些来自东方以外世界的人施加在我们身上的屈辱,尤其反对他们在那段时期习惯于以他们自己的生活为标准,按照与之是否相似,将人类世界划分优劣。

这种歧视性的划分标准一直在伤害着我们,使我们的文化世界招致严重的破坏。它让我们国家的年轻人对祖先留下的一切充满怀疑。我们的学生,仿效他们的欧洲老师,对我们的古印度绘画和其他艺术作

---

① 班吉姆·钱德拉·查特吉(Bankim Chandra Chatterjee, 1838—1894):印度小说家,孟加拉语现代文学的先驱。其第一部孟加拉语历史小说《将军的女儿》,开创了孟加拉语小说的先河。他于1872年创办的孟加拉语杂志《孟加拉之镜》,为孟加拉文学做出了很大贡献。

品肆意嘲笑。

尽管后来老师们改变了立场,可他们的学生已经完全不能重拾对我们的传统艺术的精华的自信,即使这种艺术精华是永恒的。很长一段时间以来,他们都被鼓励去欣赏法国的三流绘画,欣赏花哨廉价的石版画,欣赏那些符合模式化、标准机械准确率的绘画作品;他们依然将能够轻蔑地拒绝东方的创作艺术作为高等文明的表现。

印度现代的年轻人认为,真正的创造力不在于发现现实之心脏基本的跳动节奏,而在于引介的国外绘画作品中那丰满的嘴唇、杏脸桃腮和裸露的胸部。同样的排斥精神,源于彻底的无知,也滋生在我们文化的其他领域,这是因为那些嗓音洪亮、手臂粗壮的人对我们年轻一代的头脑实行了催眠术。

我出生的时候,反叛精神刚刚觉醒,一些人已经在努力逆转潮流。我家族中就有这场运动的领导者,他们是我的兄弟和表亲,他们挺身而出去拯救人民的心灵,使其免受自我侮辱和忽略。

我们必须找到一些普遍的永恒的基础,必须发现那些有永恒价值的事物。民族运动自发起之日便宣称:我们绝不可以不分青红皂白就拒绝我们祖先遗留的一切。这不是一场反对的运动,而是一场革命运动,因为它自发起之日便以巨大的勇气去否定、去反对崇洋媚外。这三场运动都在进行,我自己的家人都积极投身于这几场运动之中。我们因为对宗教持有非正统的观点而遭到排斥,被逐出种姓,但我们也因此享受到了自由。我们必须要用自己的思想和精神的力量来构筑我们自己的世界,我们必须从打地基开始,因此也必须要寻找坚固的基石。

我们不能创造基石,但我们可以建造上层建筑。对新生活的热切表达和对根植于人们心中的基石的寻找,这两者必须要结合起来。那些因为一切都在变化,而相信人生无常的人应该记得,统一或变化之下必然隐藏着一根线,这根线虽毫无意义,却会导致矛盾和冲突。这根统一之线一定不是来自外部,而是存在于我们自己的灵魂深处。

正如我所说,我出生和成长在这三场运动汇集的氛围中,身边的一切都弥漫着革命的气息。我出生在一个生活独立的家庭中,他们自我童年时代起就引导我遵从自我内心的判断标准,寻求自我的表达。毫无疑问,表达的介质就是我的母语,但是这种属于人民大众的语言需要根据我个人的需求来调整。

没有一位诗人应该从某个体面的店铺里借来现成品。他不仅应该有自己的种子,还要准备自己的土壤。每一位诗人都有他自己独特的语言媒介,不是因为整个语言都是他自己的制造品,而是因为他自己独特的语言应用,赋予语言生命的魔力,将其转化为他自己独创的语言工具。

各个种族人民的心中都有诗趣,都需要尽可能完美地表达他们的感情。为此,他们必须要有一个表达媒介,感人肺腑,影响深远,能够成为他们自己的语言,代代相传。所有伟大的语言已经而且一直在变化着。那些拒绝改变的语言注定,并且永远都不会在思想和文学上取得大收获。一旦形式固定下来,精神要么勉强接受这种限制,要么就加以反抗。一切革命运动都是内部反抗外部入侵的斗争。

在这个地球的生命史上曾经有一页伟大的篇章,人类内心一股不可抗拒的力量在自身的发展过程中找到了一条出路,发出了胜利的反叛的呼喊,声明自己不会屈服于野蛮强大的外部力量。当时它是多么无助啊,但是瞧瞧,它不是就要胜利了吗?在我们的社会生活中也是如此,当某些力量集中体现了外在的意志,威胁着要为一己之欲来奴役我们的内心,那么革命就会爆发。

当一个机器性的机构成为中坚力量,无论它是政治机构、商业机构、教育机构还是宗教机构,都会为增强自己的力量而去阻碍人们内在生命的自由流动,妨碍并剥削人们的内在生命。今天这种力量正在外部迅速增强,那些被压迫的灵魂要求挣脱扭曲、束缚和压迫的呼声也在空气中弥漫。

革命必将到来,人们必须要冒着被辱骂和被误解的风险。这些辱骂和误解尤其是来自那些贪图安逸的人,来自那些崇尚物质、因循守旧的人,来自那些真正属于已经死亡的过去而不是如今这个时代的人。这种过去属于远古的时代,那时主宰一切的是人类的肉体,而不是他们的心智。

纯粹的肉体统治是机械的,而现代机器只不过是扩张了我们的身体,拉长、扩展了我们的四肢。现代的孩子因为这种代表非凡物质力量的巨大物体而欣喜万分,他们常常说,"给我一个大玩具,不要让任何感情来打扰。"但他们并没有意识到,如若真是这样,我们就退回了远古时代,那时人们只尊重巨大的身躯,丝毫不在乎内心精神的自由。

世界上所有伟大的人类运动都与某种伟大的观念有关。你们中或许有人会说这种精神教条在经历了一个世纪的垂死挣扎后现在已经奄奄一息了,除了外在的力量和物质基础外,我们别无依靠。但是,我要说,在我看来,你们的说法早就过时了。它在生命的勃发阶段就已经香消玉殒了。从此,人类开始取代那些被清除出世界舞台的庞然大物,成为造物的中心,虽然赤身裸体,两手空空,却有着无法征服的心灵和精神。

物质至上已经非常过时了。人类内在精神的显露才是真正现代的:我支持这种观点,因为我是一个现代的人。我已经解释过我是如何降生在一个充满反叛精神的家庭,我的家人一直都坚信要忠于内心的理想。如果你们想要反驳我,你们可以随心所欲,但是作为一位革命者,我有权扛起精神自由的旗帜,将之插在你们偶像的圣地,他们只不过是物质力量和物质积累罢了。

# 2

即使是来到异国他乡,我们也是在寻求自己乡土的安慰。但我们也只有在他国人民内心充裕时,尚可以分得些许。那些心灵贫瘠的人承受不起让外国人走进他们的心灵,踏进他们的家门。只有那些心中充盈着爱的人才愿意打开心门,招待来宾。

在一片古老的森林里，千年古树郁郁葱葱，经年累月的落叶和落花让这块土壤变得肥沃富饶。你们古老的文明滋润了心灵的土壤。它坚定的人性的抚摸使得这块土壤里长出的一草一木都焕发着勃勃生机。如果你们的文明不是具有这么非凡的人性，如果它不是拥有这么丰富的精神生活，它的寿命不可能这么长久。

其他文明在智慧、理想和美丽方面也享有收成，但是这些都没有得以持续，很快，它们就变得贫瘠。但是，你们的文明，因为有着肥沃的土壤，滋养了一棵生命的大树，为那些来自远方他国的旅客提供了热情的荫庇和水果。我已经感受了你们的文明，我不得不相信你们的文学和自我表现的其他形式与这种好客的精神有着根深蒂固的联系。自我表现最好和最高的形式就是社会本身，我觉得我已经从你们社会的杯里品尝了一大口佳酿，一大口不朽的爱，你们让我们这些来自异国的友人在这块古老文明的土地上感受到宾至如归的温暖。

今天下午我看到一篇文章，说你们有同情心。例证比比皆是。我在这儿受到的诚挚的欢迎让我感觉你们有着非凡的同情心。

我一直在阅读你们的诗歌，并深为你们高质量的文学着迷。这是你们自己文学的特质，我所知道的其他任何文学都不具备这种特质。

但是我并不想在此谈论你们的文学，不想在此班门弄斧。

我想跟诸位分享的是我自己国家的文学中存在的问题。我们的文学早年也曾受到一种死板的传统形式的约束，受到一种毫无生气的完美传统的限制。但是梵文经典的影响只限于对那部分受过教育的人，对人民自己的文学基本没什么影响。我们已经遗失了古印度的民间文学,但其一定曾经有其自身特殊的存在。在印度的经典文学中,我们能够看出平行溪流的暗示在人们的心中流淌,这些暗示在他们自己的口语中得以表现,还经常给梵文诗人许多灵感。但是因为这些方言一直在变化,而且又没有以书面形式记录下来,许多已经成为过去,甚至逐渐消失了。

然而,我们近代的一些方言却发展出了一些永久的形式,实现了文学的大丰收。我的朋友沈教授①,曾经研究过中古印度时期的诗歌,他可以告诉你在 13 世纪和 16 至 17 世纪之间印度出了很多有名的玄秘派诗人。经由他的指点,我也读了这些人的诗,我很惊讶地发现他们是多么现代,他们对生命、对美有着多么真实而热切的感情!所有真正的事物都是现代的,永远不会过时。

我们发现,在印度一种深切的神秘和宗教情感在持续滋养着人们的心灵。事实上,我们古老圣贤们的使命就是为那些地位低下、备受歧视的人提供精神的抚慰。他们人格中神圣的一面激励着他们,鼓舞着他们说出自己的心声。在这种情境下创作出的诗歌无论是在内容深度上还是在形式美上都令人无比惊叹。

当我开始我的诗人生涯时,我自己圈内的作者们却从英国文学那里获得灵感和启发。我想我是幸运的,那就是我这一生从未接受所谓

---

① 此处指国际大学教授、梵文学者沈谟汉(Kshitimohan Sen,1880—1960),印度学者、作家。

的教育,亦即那种被认为一个体面家庭的孩子所应该接受的中学和大学教育。尽管我不能说我完全不受当时年轻人中主流文学的影响,但我很庆幸我的写作课完全没有陷进模仿文学的惯例中去。我想这主要是因为我早期幸运地逃出了学校教育的桎梏,他们只会按照校长制定的标准机械地培养我。我自己创作的时候,我会放任我的思想,天马行空,尽情发挥想象,创造体例新颖的诗歌。为此我也曾招致学识渊博的批评家的严厉谴责和聪明者的肆意嘲笑,我知识的浅薄与异端的狂妄使我成为文学界的"不法之徒"。

事实上,当我开始写作生涯的时候,我确实很年轻,我是那时的作家里最年轻的。我既没有成熟的年岁作保障,也没有体面的英国教育为依靠,所以我早年的著作没有得到多少褒奖和相应的鼓励,但我也在脱离俗世的岁月中享受着我的自由。渐渐地,我年岁变大了,虽然我不敢说这给我带来什么好处,但我逐渐从冷酷的嘲弄和偶然的惠眷中打开了出路,取得了认识和评价,尽管褒贬的比例就像地球上陆地与水域的比例那样巨大。

如果你们问我年轻时何以如此大胆,我会说早年接触的孟加拉抒情诗是我的勇敢之泉源,它们的格律是那么地自由,表现是那么地大胆。我记得那些诗歌最初重新刊印的时候,我还只有十二岁。我从长辈的书桌上偷拿了诗本。我明知是不应该的,像我那样的年纪不应该做这样的事情。我应该好好上学,努力通过考试,而不要踏上一条通向失败的路。我也必须承认这些抒情诗绝大部分都是讲男女恋情的,不适合十多岁的小孩子研究。但是,幸而我那时全力爱上了它们的形式与韵律之美。所以,虽则那些诗歌充满肉艳之色,也只如蜻蜓点水轻掠过我的童心,并没有扰乱我的心智。

我那时在文学之路上徘徊流浪还有一个缘由。你们知道我父亲是新宗教运动的领袖,他遵从《奥义书》的教训,主张绝对的一神论。在孟加拉人看来,他差不多与基督徒一样糟糕,也许更坏些。所以,我们完全被当时的社会所排斥。然而,或许正是这个原因,使我躲过了一场灾难,一场模仿我们过去的灾难。

我的家人很多都是有天分的——他们有的是美术家,有的是诗人,有的是音乐家,所以,我们整个家庭都浸润在创造氛围中。我差不多在幼年时期就开始深沉地感悟到自然之美,葱翠的草木、变幻的云彩都是我亲密的伴侣,空气中四季更迭的美妙音符也让我倍觉融洽舒适。同时,我对人性善的感受也很深刻。所有这些都需要热切的表现,我当然想用自己的工具来传达我内在的情绪。真挚的情感自然要求真实的表现,但是我那时资历尚浅,不能以完美的形式将这一切表达得淋漓尽致。

从那时起,我在国内赢得了声誉,虽然一大部分人依然还是很强烈地反对我。有人说我的诗歌不是从我们民族传统的心脏中跳跃出来的,有人抱怨我的诗晦涩难懂,也有人说我的诗不够健康。事实上,我在国内从未受到同胞们的全盘接受,这也是一件好事,因为最容易使人堕落的就是名不副实的成功。

这就是我文学生涯的梗概。我希望你们能够通过我的孟加拉语原著更清晰地了解我,我希望有一天这会成为现实。我们的语言都是有嫉妒心理的,它们不会将最好的宝藏施赠给企图通过另一种语言介质去了解它们的人。你必须亲自讨好它,殷勤地照料它。诗歌不像黄金或其他实体的东西可以兑换,你不能通过你的律师获得爱人的微笑和眷顾,无论他多么勤奋和尽职。

我自己也曾想觅得欧洲各国文学的瑰丽宝藏。我年轻时拜读过但丁的诗,但不幸的是,看的是译作。最终,我彻底失败了,我真诚地选择了放弃。但丁于我就是一本没有打开的书。

我也想了解德国文学,我认为我在阅读海涅作品的译作时瞥见了德国文学之美。原因在于,我认识了一位德国的女传教士,我请她教我学习德文,我努力学习了几个月。我有个危险的小伎俩可以帮助我很容易就猜得单词的意思,事实证明这对语言学习并没有太大帮助。我的老师认为我几乎全部掌握了这门语言,而其实远非如此。然而最后,我却成功地读完了海涅,就好像一个人在睡梦中轻易就走过了一条条未知的路,我在其中找到了无穷的乐趣。

然后,我就尝试读歌德的作品,但是我的野心太大了。用我所学的少得可怜的德语,我竟然读完了《浮士德》。我认为我找到了通往德国文学宫殿的大门,当然没有通往各扇小门的钥匙,只可以作为偶然来访的客人,进得客厅内小坐,虽然很舒服,但也不是尽心如意。所以,恰当地说来,我并不理解歌德,同样,我对其他伟人的杰作也是一无所知。

这原本也是正常的情形。你若不经历朝圣之道,永远无法到达神座的面前。因此,你们单凭译文是无法了解我们语言的真相的。你必须亲自追求她,赢得她的芳心,才能够发现她的美丽。你们仅凭一些不充分的证据就猜想我是一位诗人。所以,你们的信仰是模糊的,你们要收集一些外在的凭证来增加其分量。听说你们认为我是一位诗人只是因为我蓄着美丽的花白胡须,这让我很感动。但是我的虚荣心还是没有得到满足,我更深切地希望你们能从我诗歌的声音里认识我。

我希望某一天我的声音可以让你们想学孟加拉语,我希望坐在我对面记笔记的年轻诗人能认真地考虑这一点。我愿意收他做我的学生,尽我的力量帮助他。现在我想跟你们分享一下我们最近的艺术运动。

这场新艺术运动是由我的侄儿阿巴宁德罗纳特发起的,前途充满希望。与我同来的朋友鲍司①,是一位伟大的艺术家。如果他愿意跟你们一起分享,他会告诉你们这场运动如何充满活力,如何影响广泛。

说到音乐,我自己也算是一个音乐家。我曾经创作过许多歌曲,完全不顾正统音乐的规矩,很多人憎恶我的轻率鲁莽、胆大包天,仅仅因为我未经过专业的训练。但是我坚持了下来,这真是谢天谢地啊,因为我自己都不知道该何去何从。或许这就是艺术界要有所成就的最佳途径。我发现人们一边谴责我,一边还唱着我创作的歌,尽管他们唱得不

---

① 此处指国际大学艺术学院院长、现代孟加拉画派大画家 Nandala Bose。

一定对。

你们不要以为我很虚荣。我可以客观地评价自己,可以公开表达我对自己作品的欣赏,那是因为我是虚心的。我可以毫不犹豫地说,我的歌谣已经在我的国民的心中取得了永恒的地位,像春天的花儿永不凋谢,就是将来的人们,无论他们是在欢欣、悲痛的日子里,还是在节日里,都会唱着我的歌谣。这也算是一位革命者的作品啦。

## 3

有人告诉我,中国不需要宗教。我发现这很难让人相信。人们经常根据自己狭隘的教派定义去判断邻居的宗教。我相信如果我有幸在中国可以多住些时日,当你们开启心灵的音乐,我就能够理解你们深邃的心弦。但是我的访问很短暂,还不时被许多约会打断,让我无法亲自去接触那些在单纯的内心世界中依然保持国家传统的人。

他们要求我为你们讲一讲我自己的宗教观。我总是拒绝谈这些,原因之一就是我并不是由于偶然的出身去被动接受某个特定的教规才投身我自己的宗教。我出生在一个伟大的宗教复兴运动先驱的家庭中,我的家庭遵从《奥义书》中先哲的言论,但是,我的个性让我不可能因为周围的人相信什么宗教教义是对的,我就应该信仰它。我无法说服自己去想象因为我信任的人信仰某种宗教,我自己便也去信仰。

我的心灵是在一种自由的氛围中成长起来的,不受任何教义的约束,不受任何教会经文的束缚,也不为任何有组织的崇拜者所左右。因此,每当我被问及关于宗教的问题时,我没有任何预设的立场,也没有任何系统的回答。

从我到达中国之日起,我只有一次被问及信仰宗教的理由。有个大学生让我详述相信上帝的理由。我确实想给出我的理由,但是我必须承认理由跟现实截然不同,就好像感觉到光跟明白光学理论完全是两码事一样。如果我的解释有错,那并不证明我的精神信仰的真实性有问题,因为真实的证据来自于想象而非逻辑。因此那个提问我的人有权不相信我的想象,完全可以拒绝我的证明。在这种情况下,被大多数人推崇的某本特定的书就会比个人的言论更有分量、更具权威性,因此我从来不认为自己有权去布道,也从来不认为自己是引领别人踏上宗教之路的牧师。

我的宗教其实就是诗人的宗教。它,就如音乐的灵感一样,通过某种看不见摸不着的方式触动了我。我的宗教生命同我的诗歌生命一样,遵循同样神秘的成长轨迹。它们以某种方式彼此结合,尽管它们的结合经过很长一段时期的仪式,我对这一切竟浑然不知。然后有一天,这一切在我面前突然显现。

那时我住在一个村庄里,那一天我要应付各种寻常的琐事。结束了早上的工作后,我准备去洗澡。我在窗前站了一会儿,俯瞰河岸边的一个市场,那条河的河床已经干涸。突然,我意识到体内心灵的悸动。这一刻我的体验世界仿佛被照亮,那些遥远而模糊的现实找到了意义的共同体。那时候我的感受就如同一个在浓雾中摸索着前进,不知道终点在何处的人突然发现他来到了自己家门前。

我记得童年的一天,经历了痛苦的孟加拉字母表学习之后,我出乎意料地看到一个简单的字母组合:"天下雨了,树叶在颤抖。"这句话展现给我的画面让我兴奋得颤抖。那些原本毫无意义的部分不再是孤立的个体,我的心因为想象的结合而欣喜。同样,在村子里的那天早上,我生活里的种种事实也突然形成了光芒四射的真理的结合。所有那些波涛翻滚般的事情在我脑海中呈现为一片无边无际的大海。从那时起,我就掌握了一个真理,在我对大自然或人类的所有经验中,一定存在精神现实的基本真理。

如果我告诉你们在那天茅塞顿开之前我经历了多长时间的摸索,你们就会理解我。我从幼年时期起就特别敏感,这让我的心时时刻刻都在感受周围的世界,无论是自然界还是人类。

我家房子旁边连着一个小花园,对我来说,这是一块神仙宝地,很多美丽的奇迹每天都在这里发生。几乎每天早上晨曦出现之时,我都会匆忙跳下床,跑出房间,去迎接第一缕粉红色的微光,它穿过花园边一排椰子树微微摇动的树叶照射进来;在清晨的微风中,草叶上的露珠晶莹欲滴。天空似乎给我某种陪伴,我的整颗心、整个身体都沉浸在那静悄悄的几个时辰中,啜饮流光和平静。我唯恐错过哪怕一个这样的清晨,因为每一个清晨对我来说都很珍贵,比金子之于守财奴还要珍贵。

我很庆幸我拥有一颗好奇心，它赋予一个孩子进入神秘宝库的权利，这个神秘宝库就位于存在的中心。我荒废了我的学业，因为它们粗鲁地将我拽离了我周围的世界，拽离了我的朋友和同伴。我十三岁的时候，便从那企图将我囚禁在功课的铜墙铁壁内的教育体制中挣脱了出来。

这或许能够向你们解释我的宗教的意义。这个世界对我来说是活生生的，它与我的生活亲密无间。曾有位学医的学生拿了段人类的气管给我看，试图激起我对气管结构的欣赏。我，现在依稀记得我当时的反感和震惊。他想让我相信那是优美动听的人类嗓音的来源。我带着强烈的厌恶拒绝了。我并不崇拜工匠的手艺，但我愿意分享艺术家的欢乐，因为他们能够隐藏机械的构造，向世人展示他们的创造品中不可言喻的和谐。

上帝并不介意将镌刻在地质石刻上的关于其权力的记录公之于众，但是它却为自己给予自然界的美的表达而欢欣自豪。它让绿草如茵，让花儿如烟绽放，让云卷舒、变幻成千姿百态，让流水潺潺，动听如音乐。

我并不是很清楚究竟是谁或是什么触动了我的心弦，就好像是婴儿不知道母亲的名字、母亲是谁或母亲是做什么的。我对我的性格一直都有深深的满足感，它通过活生生的交流渠道从四面八方流入我的天性中来。

我有个非常了不起的事儿，那就是我对周围世界的直觉从未迟钝过。云彩还是那片云彩，花儿还是那朵花儿，这就足够了，它们直接与我交流，我不会对它们漠不关心。我依然记得有一天下午我放学回家，刚从马车上下来，突然看见在我家上层露台后面的天空中，一层厚厚的黑黑的积雨云在大气层上洒下一片丰富的阴凉。这种奇迹，这份慷慨，让我欣喜万分，这就是自由，我们在朋友之爱中所感受到的自由。

我在另一篇文章中曾使用过一幅画，画上有一位来自其他星球的陌生人，他在造访地球时，碰巧听到了留声机内发出的人类的声音。对他来说，最为活跃的显然是那张转动的唱片，他无法发现背后的人类真相，或许会将唱片这一非人类的科技事实当作最终的真相——这一真相能够被触碰和测量。他会纳闷一台机器怎么可以跟心灵对话。要揭开这个谜底，他应该马上把作曲家约到音乐的中心来，这样他就会立刻发现，音乐的意义在于人类的交流。

我们可以用量化去解释所得到的信息，但是却无法用原子和分子的组合方式来解读快乐和喜悦。造物主在安排这个世界的时候，似乎特别关注给我们快乐，这表明，在宇宙中，在物质和力量的意义之外，有一个信息会通过某种神奇的方式触动你的人性。这种触动只能被感觉，无法被解释。我们能证实这一点，就像是对那外星人来说，令其同胞最满意的解释，莫过于看不到人性在哪里，但是却可以通过机器直接与心灵对话。

难道仅仅是因为玫瑰是圆形的、粉红色的，就能够比可以给我买生活日用品或奴仆的金子更令我满意吗？你可能首先就会否定这一事实：一块金子比一朵玫瑰花更让人高兴，但是你必须记住，我不是在谈论人造价值。如果我们必须穿越满是黄金的沙漠，这些死气沉沉的物体发出的冷酷光芒足以让我们恐惧，而这时看到一朵玫瑰犹如将我们带进天籁。

我们从一朵玫瑰花中所发现的快乐不在于它的花瓣有多么圆，就好像音乐之快乐的最终意义不在于留声机的唱片。我们能够感觉到，借助一朵玫瑰，爱的语言抵达了我们的心扉。我们给爱人送玫瑰花难道不是因为它已经表达了一个我们无法用语言去解释的信息？借助于玫瑰花这份礼物，我们利用一种普遍的快乐语言来表达我们自己的心绪。

印度的毗湿奴派是一种具有象征意义的宗教，爱神时断时续地吹奏着他的笛子，诠释着自然界以及人类的美。这些诠释为我们带来邀请的信息，激励我们走出自我封闭的生活，来到爱与真理的王国。我们听不到大自然的声音吗？还是我们已经被自我搜寻的世界的呼声、集市喧嚣的噪音震得耳聋了？我们错过了爱神的声音，我们斗争，我们抢劫，我们剥削弱者，我们把别人的东西占为己有还为自己的小聪明沾沾自喜。我们背离了我们的世界，将我们的生活变成了一片荒漠，要知道，在我们的世界里，爱的溪流从蔚蓝的天空倾盆而下，从大地的胸膛里喷涌而出。

在现实世界，打开工作室的神秘之门，你或许会抵达黑暗的大厅，那里存放着许多机械，它们也许能对你有所帮助，但是仅凭这些，你永远无法获得终极的成功。这里有一间堆满事实的仓库,无论这些事实多么有必要,它们自身却没有什么成就。但是和谐的殿堂就是存在的中心爱神的居住之地。你抵达那里之后,立刻就会意识到你已经抵达了真理,获得了永恒,你会感到终极的欣喜,而这欣喜却没有尽头。

纯粹的事实信息、纯粹的力量的发现属于外部世界,不属于事物的内心思想。欣喜是真理的一个标准,当我们通过音乐感受到真理时,当我们通过音乐传达的问候感受到内心时,我们便能感受到这一点。这是所有宗教的真正的根基,而不是什么教义。正如我之前所说,我们并不是因为以太波才看到光线,清晨并不等待科学家来为我们解释便展现了曙光。我们要感受到内心永恒的事实,唯有去感受爱或善的真正的真理,神学家的解释和对伦理教条的旁征博引的讨论都无济于事。

我已经跟你们说过我的宗教是诗人的宗教,我所感受到的宗教是来自想象而非知识。坦白地说,对你们提出的关于恶或者关于我们死后会发生什么的问题我无法提供一个满意的解释。然而,我确信一定会有这样的时刻:我的灵魂触及永恒,在快乐的启示下强烈地意识到喜悦。我们的《奥义书》中说,我们的心灵和语言因为对最高真理的迷惑而分道扬镳,但是能够通过自身灵魂中瞬间的喜悦而感受到真理的人就不会产生任何怀疑和恐惧。

在黑暗的晚上,我们被东西绊倒,然后开始敏锐地意识到这些东西是独立的个体,但是白天却展示了这些东西浑然一体的和谐。于是,那个内心思想沐浴在意识的光芒中的人马上就会意识到,精神的统一凌驾于种族的不同，他的心灵不再苦苦纠缠在人类世界个别单独的事实上，而是将它们当作终极的意义；他会意识到，平和蕴含在真挚的内在和谐中，而非依赖于任何外在的调整；美是精神与现实连接的永恒保证，而现实则期待着在我们的爱的回应中实现完美。

# 春天的邀请

## 1

能受邀来到贵国,本人着实感到愉悦荣幸。

不得不承认,最初受邀时,我内心忐忑并自问:"他们邀请我去他们的国家,会对我怀着怎样的期待呢?"

圣诞节之前的那段时间,我一直在思忖着这个问题,并延迟了动身日期。当然,身体不好是其中的一个原因,坦诚地说,是因为我还没下定决心。而与此同时,我的祖国迎来了生机盎然的春天。这样的时节促使我有种由衷的冲动之情去静下心来准备这次演讲。由于用的不是我的母语,因而准备工作尤为必要,并且花了不少时间。然而,春天来了,诗人听到了她的召唤。我无法抗拒那种诱惑,再也无暇顾及那些在我眼里只是工作责任的事情。我不断地创作,思如泉涌,诗歌就像春天竞相开放的花儿一般一首接着一首,停不下来。

然而我终究无法摆脱内心的烦扰。我这么一事无成,像虚度光阴一般地吟诗作赋,我该如何面对中国的朋友们呢?当然,你们根本无须期待一个诗人能够尽职尽责。他们只是运用诗歌来捕获生活中的悸动,然后再赋予其美妙的音符。

诗人可以唤醒人们,因为在我们还尚未得知的时候,只有他们可以勇敢地宣告冰冻的消失,宣告冬天的结束。世界已冰封了太久,人们只能紧闭房门待在室内。现在,房门就要打开了——春天来了!

相信你们能理解我的虚度光阴、玩忽职守。难道你们的邀请和春天的微风发出的邀请有什么区别吗?我相信,这块土地上执着的诗人们也无法忽略春天的召唤,他们也会偶尔小酌而不再过问工作。

我只有爽约,先失去你们的尊敬,然后再赢得你们的喜爱。有些地方的人就像是严厉的监工,他们的要求极为苛刻。在那里,我会出于自卫的本能而暂时放下自己的所思所想,做好该做的工作。

在我看来,诗人的使命就是要捕捉那些尚不清晰的声音,要鼓舞人们相信那些还没实现的梦想,要将还没开放的花儿的最早消息带给无神论的世界。

现如今有太多的人没有信仰,他们不明白相信未来之本身就可以创造未来。若没有信仰,你无法认识到自己的机遇。精明的人和没有信仰的人之间形成了分歧。然而,恰恰是天真的孩子们、梦想家们、有信仰的人们创建了伟大的文明。你们自己的历史中也可见这种创造的天才,他们有着无限的信心。而现代的怀疑论者们一直在进行各种批判却毫无建树,甚至还起到破坏作用。

有一点绝对令人愉悦,那就是我们出生于各国密切往来的时代。杀戮与不幸不会一直存在,因为人类从混乱与竞争中找不到灵魂所在。各种迹象表明新的时代已经到来,你们邀请我来中国就是其中之一。

多少年来,你们邀请过商人、军人,还有其他一些客人,但是从没想过要邀请诗人,我是第一个。你们并不是认可我的人格,而是出于对崭新时代崇高的敬意。这个第一次意义深远。那就请你们别问我什么信息啦。战争年代,人们飞鸽传书。他们非常珍视鸟儿的翅膀,不是为了观看它们飞翔,而是它们可以传信、立下战功。请不要把诗人视作信使。

我渴望与你们共同分享这块土地上生命的悸动,分享喜悦之情。我不是一个哲学家,我接近你们只是想赢得你们的喜爱。请让我走进你们的心灵,而不是在公众平台占有一席之地。相信中国,相信亚洲会有了不起的未来。那时,我们会因你们国家的崛起,并有着自己伟大的民族精神而共同欢乐。

从你们身上我感受不到一点点种族或是传统方面的差异。我又回想起印度曾对你们友爱有加,称你们为兄弟。我希望这种关系依然保持在所有东方人的心底。这条友好之路历经数年,或许会杂草丛生,但我们仍能找到它的印迹。假如你们能回想起克服了难以想象的困难之后的收获,我真希望其中有某个伟大的梦想家。他宣扬爱,并由此可以消除思想感情的分歧。这种分歧在日益扩大。历经世世代代,亚洲伟大的梦想家们用他们的爱让世界温暖而美好。亚洲仍然在等待这样梦想家们的出现。他们会继续自己对爱的宣扬,无关乎斗争或谋利,而是建立精神的纽带。身处这样的时代,我们应该为作为这个大陆上的一员而倍感自豪,因为这块土地上有穿透乌云的光,可以照亮我们的生活之路。

## 2

附近有块庙宇,内有一幅画,画中岩石上雕刻着一位印度的僧人。几百年前,他来到中国,饶有兴趣地发现这里的山川和他在印度所熟悉的那些几乎一模一样。据说他所处的那座山是从印度"飞"到中国的。事实是,他所知道的自己国家的那座山有一个梵文的名字,意思是灵鹫山(简称灵山),当他在中国看到了那么相似的一座山,欣喜万分地也给这座山起了同样的名字。来到这里,我也看到了美丽的山川湖泊。我对它们丝毫没有陌生感,因为我们两国的山情水况都是一样的,树貌也大同小异。我在这里就像身处大自然的内心,我领略到了各国外观的和谐一致。然而有一点令人悲哀,那就是我们人类没有能更好地接近彼此的统一的语言。不过这也并非一无是处,有利有弊,因为这样我们就必须为相识相知付出代价——从陌生人开始,我们要付出巨大的努力才会赢得彼此的情意和爱。真爱可以克服一切障碍。

数百年前,那位僧人来到这片土地,不仅发现了两国山水的相像,而且发现了人心的共鸣。有幅画里描绘了一个中国人馈赠他食物的场面,这是象征意义非凡之处。我和他来自同一个地方,有着共同的祖先,我同样渴求从你们这里得到善意的接待。

我很清楚有很多人不理解我,但是有些原因使得你们来见我。你们并不是想从我这里获取什么信息,我相信这一切都源于你们对曾经那段美好时光的回忆。那时,印度往中国派来了友好的使者,不是商人也不是军人,而是最优秀的智者,他们跋山涉水,带着厚礼来到这里。

过去对于印度人来说,最主要的任务就是克服障碍铺建交流之路。从最高意义上来讲,人们都是铺路者,他们不为权也不为利,只是为了能与他国人民沟通交流。如今,空间上的距离已不是问题,但是这种表面的接触太容易,人民要想真正地了解对方却难得多。

有很多现代人都是匆匆的过客,人们只看到生活的表面,相互了解颇为不易,因为文明让我们都好似穿上了盔甲。即便在一个遥远的国度,我们也能寻觅到熟悉的食物、舒适的住处。这就隔离了我们与那个国家的人民。我们入住大酒店,不在大街上游逛;我们有着目的而来,层层迷雾在眼前,却总也无法看透。

那位印度僧人在这里生活,在这里故去。他被接受他馈赠的人们簇拥着,没有种族或是宗教的优越感,有的只是满满的爱。这份情谊使得他远离故土,不远万里来到此地。

他一定经历过难以想象的困难与痛苦，还有我们如今无法体会的生活的生疏感。科技的发展拉近了国与国之间的距离，但并没有对人们的相互了解起到积极作用，反而使得杀戮和侵占更容易，伪装起我们的所知。

我们的近邻就保持着这样的现状，没什么好自豪的。我们在靠近彼此的时候往往带来罪恶，形成不了亲近的关系。我们组成的只是一个群体，而不是团体。我们该尽我们所能消除人类所蒙受的这种耻辱了。

朋友们，我来此就是希望你们重新开放交流的通道。我希望这条通道依然存在，因为即使杂草丛生，也依然有旧迹可寻。如果这次访问拉近了中印的关系，我将倍感荣幸。我不带任何政治或商业目的，除了公正无私的人类之爱以外，别的什么都没有。

领略你们的山水之美对我来说轻而易举，可为什么了解你们就很困难呢？我是一个人，我只是视你们为我的兄弟姐妹，而非试图改变你们的思维或是道义。我们如果能认识到这种共性，只要不另有所图（无论好坏），那么人类世界所有的误会都将不复存在。期待我们共同努力！我们在印度没有取得伟大的胜利，我们没有权利，没有政治地位，没有军队，也没有商业。我们不知道该如何从物质上帮助你们。幸运的是，我们能够以客人、兄弟、朋友的身份与你们相见。请让这美好的一切继续存在吧。

在此，我也同样地邀请你们。我不知道你们是否已了解了我在印度所建立的学院,它的宗旨之一就是要使印度向世界敞开心扉,让那些看似的障碍成为一条道路,让我们团结一心,穿越差异,而不是不管不顾这些差异。差异是抹不去的,如果没有差异,生活将黯然失色。让人类所有的种族都保留自己的特色,但同时又团结在一起。求同存异,不是呆板地保持一致,而是生动灵活地和谐一体。

## 3

多年前我受邀到美国,途中,我在日本作了停留。日本,诸多国家中新兴的最富有的国家,以其繁荣昌盛而骄傲于世。那里的思想就是——东方一旦富有就不应该谦虚低调,这种观念深深地伤害了我。我们应该清楚一个国家若冷不丁地在政治上取得成功的话,她就处于一个非常关键的危险时期,那将是一次巨大的磨难。她必须竭尽全力消除自负的情绪,使自己保持清醒的头脑发展下去。

骄傲会让人盲目相信自身的力量,会导致孤立,并埋下灭亡的隐患。它会让我们与周围摩擦不断,逐渐地耗尽我们自我保护的能力。

我们亚洲必须团结力量,坚定不移地相信正义,坚决不能有搞分裂或固执己见的自私自利之心。东方的中心地区流传着这样的言论——"温顺之人将继承世界"。这是因为温顺的人从不在傲慢无礼上浪费精力,而是通过与所有人的和睦相处、和谐一体实现真正的繁荣壮大。

我们亚洲必须团结起来,不是通过机械地成立某些组织的形式,而是要带着真实的精神情感。那些高效完备的物质力量重重地打击了我们，几乎要毁灭了我们。只有精神力量才拯救得了我们。这种精神力量是有组织的吸收同化而不是简单的累加，明智的做法是从西方引进科学技术。西方人有一点非常值得采纳，那就是他们对人才的重视。我们必须认识到并承认这种重视的巨大优势，但这样的话对我们来说好似是一种降格。若是不牢记我们的智慧财富，有可能对我们的先人是种侮辱。这种智慧财富远远比那些能生产无穷的物质材料和总想寻衅滋事的武力更有价值。

我已强烈地感受到了这种席卷全球的不堪和灾难。人类神魂颠倒，为权利金钱而倾倒。我游历的经历就像是与有组织的利己主义的培养做斗争的过程，而仅仅说教是毫无意义的。总结一点就是要建立发展某种理想的教育形式。这样，我们的后代才可以在更高品质的生活氛围中成长。

过去的教育不够理想，只是智力的反复练习，一直缺少情感的深度。学生们的愿望就是要获取财富和权利，达不到内在完美的标准，也无法实现自我解放。这样的理想目标不值得人类为之奋斗。

过去的一个半世纪以来，世界上的文明国度已然对生活精神的完美境界失去了信心。他们终究摆脱不了自身的命运。东方人在为西方成功的魅力倾倒之时，务必要弄清西方地平线上美丽的光辉不是日出之光，也不是新生火焰，而是热情之火。只有那些失去理智，只关注突然而至的成功的人才会恋上那种光辉，因为只有他们才倾心于精明者们闪闪发亮的眼睛。

还是要重申：我们必须接受西方的真理，报以我们饱含钦佩之情的赞美。如果不接受，我们的文明则过于片面死板。科学赋予了我们推理的力量，使得我们积极地认识我们理想目标的价值。

这是我们一直需求的，正是这个发现引领我们走出了旧习惯的晦涩不清。为此，我们应当满怀感激地向西方活跃的思维学习，决不能衍生出对其憎恨之情。况且西方人也需要我们的帮助，我们的命运现如今是紧密相连的。

当今没有哪个国家可以在不与其他国家往来的情况下有所发展。让我们努力获得西方的尊重，取其之长补己之短，为之考虑，与其和睦相处。不要带着任何的报复或蔑视之意，而要满怀善意和理解，相互尊重。

我们的印度国际学院就是合作和人类精神统一的典范。各位兄弟姐妹们，你们中有人记得从前我们两国人民所建立的感情纽带吗？请你们带着这份情谊和我们一起为这所学院的发展而共同努力吧！

# 4

历史上有段时期，亚洲拯救了世界，使其免于遭受野蛮暴行之苦。然而黑暗又降临了。我们从浑浑噩噩中被唤醒，还没准备好，就迎来了那些带着引以为自豪的才智和力量的欧洲人。西方人来了，没给我们带来他们的精华,也没打算寻求我们的长处,只是来我们的领地开发资源。他们甚至闯入我们的家园掠夺。欧洲就这样战胜了亚洲。

我们对欧洲是有失公正的,因为我们没能在同等的条件下会面。层次不对等,结果对一方造成了冒犯,对另一方形成了羞辱。我们一直像乞丐一样接受施舍,我们一度认为我们一无所有。现在,我们仍需要自信,应该意识到并珍惜我们的所有。

我们应该从麻木不仁中崛起,证明自己不是乞丐,这是我们的使命。我们要从自己的家园中寻找那些具有不朽价值的东西。这样,我们就得救了,并由此可以拯救全人类。有部分东方人认为我们应该照搬照抄地模仿西方人,我对此是持反对意见的。西方人的创造有自己的特色,是为他们自身服务的,我们可以借用他们的思维方法,却无法模仿其秉性,我们要找到自己的基本权利。剥削者尝了剥削的成果之后便变得意志消沉。我们要带着为人类道义的精神力量的信念而战。我们东方人从未害怕过死亡判官,也不害怕精明的外交官,我们只敬畏精神领袖。他们可以拯救我们,也可以对我们毫不顾惜。武力并不是最强大的,那种力量可以自我毁灭。机械枪支与轰炸机击垮了那么多生命,而西方人最终也在硝烟中沉没。我们不能也不会步西方人争斗、自私、野蛮暴力的后尘。

想想进化的过程——从地球到动物,从黑暗到光明,然后出现了知识分子(体能在才智的帮助下达到了顶峰),接着又出现了武器(拓宽了体能范围),人类控制其他动物,主宰了地球。但进化并未就此止步,人类还进化出了一种本能——不是收获而是放弃、牺牲的精神。

蛋壳里的小鸡初步具备了翅膀、视力和腿,但是这些在壳里毫无用处。我们试着想象一下:即使是在壳里,也有一些小鸡认为外面一定有它们可以充分利用自身潜能的地方;而有些小鸡则是理性主义者,他们甚至会争辩蛋壳外没有生命存在。人类就像这两类鸡一样,有些人认为我们有才智以外的能力,而有些人则持相反的观点。

我们处于昏暗之中,无法彻底了解外面的世界。我们就像在蛋壳里的小鸡,打破蛋壳、自我牺牲带来的并不全然是损失,收获远远大得多。所有的信仰都认为付出才有收获,这是勇者的信念,是人类的信念,是基于精神的信念。我们付出了自我,也实现了自我。我们人类不能像蜜蜂一样,一直只专注于一件事情——采集蜂蜜。人类是有灵魂的,他们总是不断地探索,遵循着本能去探究终极真理。是终极真理,而不是更深远的价值意义。我们相信无限的存在,在意志领域我们接触到了无限。

真理与真相不能混为一谈。邪恶的天性只代表着对立面的真相。真相无法与真理抗衡,因为真理是永恒的精神光芒,可以战胜一切真相。最终的胜利属于信念与爱,而不是怀疑与反对。真理深得人心,否则世界早就陷入了完全的黑暗之中,我们要做的就是为真、善、美的至高真理而奉献。

你们的文明已经接受了现实生活和精神信念的洗礼。你们是历史最为悠久的民族,你们有着几千年的文明。这种文明关乎美德而不仅仅是实力，它成就了你们了不起的过去。因为我讲的是亚洲，所以你们都来了。谢谢你们给予我的热烈欢迎！我为我们共同生活的这块大陆而自豪。

## 5

最初收到要来中国的邀请，我内心不安，我不知道是否你们所有人都欢迎一个印度人。我甚至听说有的人反对我来，因为他们认为也许我会阻碍现代人对西方进步和影响力的热情。确实如此，如果你们想要一个在这方面支持你们的人，那就请错人了。我对此提供不了任何帮助，而你们可以向诸多能干的老师们讨教。

要提出一个警告：那些让你们依靠物质的力量建成强国的人绝对不了解历史，也不懂文明。依靠力量是野蛮暴力的特色，以此为信念的民族要么已被摧毁，要么依然野蛮。

还有一些国家把才智与武力相结合，这或许能够教会人们如何获取更强的力量。我们无法轻视科学和物质进程，但这并不是使一个国家强大的原因。依赖于此国家要么已被摧毁，要么依然野蛮。

文明的进步源自协作、爱、相互信任与帮助。我们应当不断发展新的精神和道义力量，使我们得以吸收科技成果，控制新式武器和机器。否则，我们将会被这些所控制。

人类在不断地适应各种制度组织，科学的、政治的、经济的、军队的等等,他们失去了自由、人性、生命。我们看到当代文明有着巨大的智能和力量,但是这些其实都只是自相残杀的一种隐蔽的手段,这是科学主宰了人类精神而不再作为其附庸的报应。只有科学的世界不是一个真实的世界,而只是一个徒有力量的没有人情味的世界。

有许多人会指出中印两国的弱点。身处这些强有力的进步主义者中间,有必要强调力量与进步,以免被击垮。

我怎么会用一场周末的演讲来欺骗蒙蔽你们呢?邪不压正,用我们国家某位伟大人物的话说:

"邪恶帮助人类取得了成功,

邪恶帮助人类战胜了敌人,

邪恶帮助人类实现了愿望,

而邪恶本身却彻底灭亡。"

我们目睹过运用外交手腕和野蛮暴力而取得的胜利。部分的文明也是基于外交谎言和盲目的武力而创建的,但谎言只可以成功一时,这样的成功注定会彻底灭亡。你们也许会依赖于今日的成功与实力,但未来呢?今日已难负谎言与压抑之重,正日渐沉沦。我无视现在,绝不允许其主宰我的意图。我内心平静,坚定地相信未来。我身外无以为据,但我的灵魂深处会显示我的决心。即使遭受磨难、屈辱、痛苦,我们也一定要相信和平,相信爱,相信理想。如果以人性为代价,以将上帝的世界变得荒芜为代价,那么成功的价值意义又何在呢?作为一个没能成功取得发展进步的国家的子民,我可以明确地说:我时刻准备承受身体上的羸弱、屈辱和压迫,但我绝不会承认精神上的挫败和丝毫的侮辱,否则我将失去信念与决心。我的敌人可以控制、奴役我的身体,但无法让我接受他们的方式或是憎恨他们。邪恶之人在自己的领域提供帮助,但我们若不想被他们彻底毁灭就必须拒绝这种帮助。即使没成功,也要追求正义!我坚信此,不是因为现实。现实只是运用数量来误导你,扰乱你的思路,而人格是可以超越现实的。真理也来源于此,它认识到无限性,并具有创造性。我们认可、追随、尊崇那些没有取得成功但教会了我们真理的人。我们要保持清醒的头脑,看清这体面伪装下的奴役和自相残杀。

> "邪恶帮助人类取得了成功,
> 邪恶帮助人类战胜了敌人,
> 邪恶帮助人类实现了愿望,
> 而邪恶本身却彻底灭亡。"

# 扬起心灵的风帆——致中国学生

## 1

我年轻的时候曾一度逃学,放弃了自己的学业。这个举动拯救了我,我将自己今天所取得的一切成就都归功于当年那勇敢跨出的一步。我从那些仅能给予我有限引导,却不能激励启发我的课堂上逃离,而后我获得了感受生命与自然的敏锐感觉,并与生命和自然进行对话交流。

我们生在一个美妙的世界中,但如果我形成了一个麻木不仁的思想,如果我把对生命和自然的敏感扼杀在书堆之中,那么于我而言,就是失去了整个世界。这种敏感使得我们在这个伟大而奇妙的世界中,与人、与自然、与世间万物接触时产生心灵的震颤。若我们将之扼杀,我们就会对散落在蓝色苍穹的云彩、日月、星辰视而不见,对四季馈赠的鲜花满篮置之不理,对爱、同情心、友谊共鸣之微妙无动于衷。于是,我保留了我的这份敏感。

若自然母亲有灵,她一定会授我冠冕,赐我福佑,吻我额头。她一定会说:"你真切地爱过我。"我生活在这个庞大的世界里,并不是以某个社会、某个团体一员的身份,而是似顽童,似浪子,在我曾近距离触摸过的世界中心,自由自在地游荡。我融入世界的奥妙存在之中,融入它神秘的内心和灵魂之中。你们大可以称我为不开化的愚昧粗鄙的诗人,你们有朝一日或许会成长为学者和哲人,但我始终保留嘲笑你们那呆板迂腐的学识的权利。

我心中深知你们并不会因为我懂得的数学知识比你们少而轻视我,因为你们相信我已经以别的方式触及万物存在的奥义——并不是通过科学理性严谨分析的手段,而是就像天真的孩子走进母亲的卧房一般自然而然。我内心的那种孩子般的好奇、热情、求知欲依然保持得新鲜如初,我因此得以找到进入自然母亲神秘之室的道路。在那里面回荡着智慧之光的交响曲,它从遥远的平原之上徐徐向我传来,我也报之以歌声。所以,我相信我和你们是同舟共济的,我的灵魂辨认出你们这一群异国土地上的年轻灵魂,在通往梦想乐土的道路上,我们是并肩同行的跋涉者。

## 2

你们正当韶华,无须用既有的格言训诫作为精神支柱,无须用条框禁令限制你们才华天赋的发挥,无须用书本上死板的教条作为自己心灵的指引。你们的灵魂,天然有着向往阳光之喜悦、春日之生机的渴望,这一切冥冥中帮助你们心中的种子萌芽成长,花蕾绚丽绽放。

你们相聚在此地,各怀天赋,年轻的生命朝气蓬勃,正如辰星一般,带着希望之光照耀你们国家未知的未来。而今天我在这里,是要为你们灿烂的青春歌颂赞美。我是你们的诗人,是青春的诗人。

我们都对一个童话故事耳熟能详,那是个代代相传的关于青春无畏的童话,在世界各地几乎每一个角落都广为流传。美丽的公主被残暴的巨人掳去,年轻的王子踏上征程,要把公主从巨人的地牢中解救出来。我们不可能忘怀,当我们还是小男孩的时候,听闻这个故事,是何等的热血沸腾,几乎身临其境,觉得自己就是那位王子,奔赴在解救公主的途中,打败一切艰难险阻,最终凯旋,还公主自由之身。今天,机械造就的巨人的地牢中,囚禁着的是人类的灵魂,而你们,就是年轻的王子。我在此请求你们,感受心中热血的沸腾,准备好踏上征程,斩断贪婪魔爪的枷锁,解放人类的灵魂。

我们一行从上海出发,逆长江而上,来到此地。在旅途中,每逢夜深人静,我常常从床上披衣而起,眺望河岸边宁静美丽的景色。沉睡静谧的小屋,零星明灭的灯火,群山寂静无言,在薄雾笼罩之中愈发朦胧柔和。每当清晨破晓,在河水波涛上用眼神捕捉过往扁舟便成了我的乐趣。这些船只云帆直挂,正是生命活力的诠释,是生命自由这一善美恩典的缩影。这样的图景深深触动我心,我感到自己就是一艘小船,我的生命之帆迎风舒展开来,带我逃离囚牢束缚,逃离过往旧梦,带我驶入恢宏的成人世界。这幅图景使我联想起人类发展史的不同阶段。

深夜,各个村庄自成一体,矗立着,有一种无形的纽带将村落里每间小木屋联结在一起。当我凝视眼前的景象,我感觉到模糊的梦境在沉睡的灵魂中漂浮。但是对我的心灵触动最大的则是当人们闭上眼睛酣睡之时,他们就被封闭在各自的个人生活的狭隘限制中。每一盏灯火归属一座木屋,每一座木屋伫立在黑暗中,都像一座孤岛。或许在我的视线无法触及的地方,某些潜行在黑暗中的小偷是清醒着的,他们没有沉睡,而是时刻准备着掠夺那些在睡梦中毫无知觉、毫无抵抗的人们的财富。

黎明破晓到来,我们便从各自封闭的生活中走出。这时,我们看到了,这光明为世人共享,永不消退。正是在这时候,我们开始了解彼此,开始在生活的方方面面团结协作。这便是清晨在河道上逡巡穿梭的船只带给我的启发。它们高高张开的船帆向我诉说着生命的自由,我的内心被喜悦填满。我衷心希望并祈祷着人类世界黎明的到来,而那些孤独而孤立的灯光从此得以消逝。

在我们生活的这个年代,以人类世界的发展阶段来说,是否还正处在蒙昧的黑夜阶段？一个沉睡的世界，不同种族在其中各自为政，固步自封，以国家之名阻碍和束缚自我发展。正如那些一座座熟睡的小屋，以紧闭的大门，以门闩，以栅栏设卡防守，抵制一切外来事物。这所有的一切，难道不正是代表了人类文明的黑暗时代吗？我们甚至还远未曾意识到，只有那些门外的小偷们才是真正清醒着的人。这些人手中高高举起的燃烧的火把带来光明，但它并非文明之光，这光明实则指向了一条令人痛心的掳掠之路。

我始终认为，此刻就是人类文明史上最黑暗的时代。但我并不因此感到绝望。早起的鸟儿，在黎明前的黑暗中就开始放声歌唱，宣告太阳即将东升而起。我的心正如这只黎明前歌唱的小鸟，迫不及待地宣告着一个崭新时代的到来。我们应当时刻准备着迎接这个新的时代。有这么一些人，他们骄傲、狡黠、现实，他们认为慷慨并非人类天性，人类世界弱肉强食，适者生存，战争永不会停止，人类文明没有真正坚实可靠的道德基础。我们无法否认他们这种断言有着一定的事实基础：人类世界中，强者大权在握，但我并不赞同这一事实就能够代表着真理启示。

回望远古时期，自然创造出了许多庞然巨兽。在那个时候，谁又曾想过，这些看似坚不可摧的怪物，竟然有走向灭亡的一天？然而，奇迹的确发生了。出乎意料地，在巨兽和怪物的群魔乱舞之中，人类出现了。手无寸铁，不着寸缕，毫不起眼，弱不禁风。但他最大限度挖掘出智慧的潜能，勇敢地站起来与野蛮暴力对峙，手中紧握着以聪明才智打磨出来的武器,最终成为胜利者。

然而,打败了野兽并不代表人类取得了真正的胜利。当年屠兽英雄的子孙们,如今却是半人半兽,在全世界以可怕的形式崛起,他们带来的杀伤性远胜于那些史前怪兽。说到底,这些怪兽再可怕,也只是体格庞大吓人而已。但是在人类身上,兽性和智力产生了一种可怕的结合——这些人既有愚蠢冲动的好战尚武意识,又有锻造武器的精湛技艺,同时以无知狂妄作为自己的向导。这样的人类,具有比世界上任何力量都巨大的毁灭性。

我们东方人曾尽力压制人性中野蛮残暴的一面,但今天,人类智慧的巨大威力摧毁了我们对精神和道德力量的信仰。至少动物的力量是和其生命的存在发展协调一致的,不像人类的力量,是以炮弹、毒气、轰炸机这些由现代科学制造出来的杀伤性武器的形式展现出来的。

我们必须明白一点,人类获知的一切真理,都是属于全体人类共有的。金钱和财富属于你们各自的个人所有,但你们不能为了一己之利的财富扩张而掠夺真理,否则就是在出卖上帝的福泽来谋取利益。科学也是真理的一种,它救死扶伤,它消除饥饿,它丰富我们的生活。但是当科学变成强者侵略弱者,从那些沉睡的人们那里窃夺财富的帮凶,这便是对真理的大不敬。而那些亵渎神圣的强盗都将遭受严厉的责罚,他们手中的武器终有一日会将他们吞噬。

然而一个新的时代已经降临,这是一个探索另一种伟大力量的时代。它给予我们经受考验和磨难的扶持支柱,同时它几乎不会给我们带来任何痛楚,这就是牺牲奉献的伟大力量。这种力量可以帮助我们打败无度贪婪和唯我主义造就的心魔,正如史前时期的人类智慧打败了野兽蛮力。

就让新时代黎明的曙光照亮东方,在这片土地上,理想主义的思潮曾经百家争鸣,欣欣向荣,对当代和后世都产生了深远的影响。我今天诚挚恳请你们,以殉道之身试炼这个道德力量,以证明我们如何通过英雄主义的受难和牺牲,而不是对恶势力软弱屈服,展现出我们最全盛的民富兵强。你们必须明白,无论多庞大的组织团体、多睿智的深谋远虑、多强大的联盟都不能真正帮助你,只有坚信未知无穷,坚守道德准则,毫不动摇,无所畏惧,你们才能实现自我拯救。

我们伟大的人类社会是梦想家的杰作,而不是投机倒把者创造出来的。那些生产制造了无数商业产品的百万富翁们,没能建立起伟大的文明,反而是扮演了虎视眈眈、准备着想要摧毁文明的可恶角色。请将人类灵魂从工业机器的地牢桎梏中解脱出来吧!人类精神存在于朴素简单的信念中,而非机械枪支和精明狡诈中。

## 3

年轻的朋友们,你们朝气蓬勃,散发着智慧的光芒,具有无尽的求知欲。我已垂垂老矣,生命之舟正驶向日落之畔。你们在对岸,青春年华伴着太阳冉冉升起。我心向往之,并且诚挚地祝福你们。

我多么羡慕你们！在我年轻的时候,昏暗的夜幕遮蔽了我的双眼,我从未真正认识到自己竟生在一个如此伟大的时代。今日,这个时代的深意和启示已逐渐显露,并且我相信,世界各地的有识之士此刻定已听闻它的召唤。

这对你们来说将是何等的欢欣鼓舞,而生于这样一个在人类历史长河中占据举足轻重的显耀地位的时代,对你们而言,将是何等重大的责任！我们对于这个时代的伟大意义仅仅了解一鳞半爪,甚至在痛苦燃烧的熊熊火光照映下,在全体人类饱经磨难的面前,我们都无从确切得知这一切将会走向怎样的结局。一颗包含着完整生命的种子也不能完全知晓其自身的命运。当种子的外壳迸裂,抽枝发芽,这株生命将生长成何种形态,枝头会结出什么果实,一切都是未知数。

在人类历史中,创造的力量对人类发展进步产生影响固然不甚清晰明白,但是人类给予它们方向的指引,人类也由此得以掌控自身命运的发展。当今时代的鞘壳已经绽裂,这个新生命的成长力量,需要你们每一个人的心血倾注。

此刻我身在中国,我向你们发问,也扪心自问,我们手中拥有什么,除了栖身之所里的个人财富,我们还能双手奉上什么来向这个新时代致意？这是你们的必答之题。你们了解自己的思想吗？你们熟悉自己国家的文化吗？在你们祖国的历史上,经历时间考验,弥足珍贵,恒久流传下来的是什么？你们必须知晓这些,才能为自己一雪前耻,从人微言轻、被弃如敝屣的深渊中解脱出来；才能使本国文化大放异彩,与世界民族之林中百花齐放的各种文化交相辉映。

我曾耳闻你们中一些人的说法——你们功利且物质,你们满足于生活现状,并不愿改变眼前的世界,也不会去追寻遥远的梦想和天堂,为了一种触及不到的理想生活付出艰辛努力。

然而,我并不相信世界上有哪个国家可以以物质至上的理念实现繁荣富强的目标。我坚信,亚洲人民不会向物质主义屈服。在这片热土上,苍穹蔚蓝,阳光流金,星空无垠,四季变化多彩富饶,不论春夏秋冬,鲜花常开不败。这一切美好的景象使得我们理解了生命存在的内心乐章,我知道,你们不会对它的奏鸣充耳不闻。

物质主义是极个别的情况,那些信奉物质主义的人宣称他们拥有享乐、积蓄、占有财富的个人权利。在中国,你们并非个人主义者。你们的社会就是你们共同的灵魂。这一结果不是物质主义的功利性,或混杂了无秩序的竞争,拒绝承担对他人责任的自私自利主义所能够形成的。

我所见的中国,还未显露出世界上现今所盛行的弊病——空洞无谓的财富累积,造就一群被称作亿万富翁的怪异生物,你们未曾出现这样的状况。我也听闻,你们不像别的国家一般崇尚军事武力。如果你们当真是物质主义者,这些都是不可能的。

你们真挚地热爱这个世界,也热爱物质享受,但你们并没有将财富紧锁仓廪之内,而是好善乐施地与世人一同分享。你们盛情款待远道而来的友人,尽管你们并非十分富裕。这一切都证明了你们不是一个物质至上的民族。

我游遍中国，眼见中国人民为丰收精心照料作物，辛勤耕作土地，亦惊叹于你们日常用具的精妙绝伦，实用美观。若是对物质贪婪无度，这又怎么可能做到呢？

若任由贪欲作为主宰，那么对工业发展的急功近利便会在顷刻间吞食掉自然之美丽。君不见，在上海，在天津，在纽约，在伦敦，在加尔各答，在新加坡，在香港，丑陋高大的楼群在全世界泛滥成灾。它们所经之地变得毫无生机，自然之美荡然无存，仿佛上帝收回了他的庇佑。但在你们的首都北京，还没有出现这样可怕的迹象，仍然是一派体现着集体智慧结合所创造出来的奇巧之美的景象。即使是最平凡普通的商店都有着它们独特简单的装潢，这就是你们热爱生活的表现。爱能够产生美丽，贪欲和功利却不行，它们只能制造出呆滞死板的办公室，而不是宜居怡人的宅寓。

喜爱物质事物，赋予它们柔和雅致，但不要对它们过分依恋，这实际上是一种重要的服务。上帝希望我们做世界的主人，而不是像一个事不关己的房客一样生活在这个世界上。要做到这一点，就要为世界增添我们灵魂中的爱与美，履行这样的义务是必不可少的。从你们自身的经验中你们可以得知人性化的美丽大方、亲切舒适同工业化的刻板单调、千篇一律的区别。

简单粗暴的实用性是美的天敌。放眼望去，整个世界随处可见大批量生产的粗劣产品、人员冗余的组织团体、统治帝国的庞大政权，这些都阻断了生命发展的路途。人类文明亟待更圆满的完善,用美的形式将其精神内核展现出来。这就是你们必须为世界所做的贡献。

你们为世界增添美好都付出了什么努力呢?你们让我这位远道而来的异国宾客感受到热情的氛围,周围的物什无一不体现出独特的美感。我并不觉得它们是累赘,相反地,我将它们视若己出,它们的美好使我的心灵无比愉悦。生活在别的国家,简单又毫无意义的物品装饰堆砌让人感觉好似身处古埃及的皇室墓穴中。那些装潢阴森地叫嚣着"离我远一点儿"。我在你们国家感受到的却是,连日常用具都能有如此吸引力,它们不拒人千里之外,而是平易近人,向人们传达出"请接受我们"的亲切讯息。

你们难道愿意放弃你们的天赋和责任,任由能把所有事物用美来改造的才能白白浪费,让它溺死在罪恶的洪流中吗?

残次品已悄悄在你们市场的温床中蔓延,败坏的道德已经不知不觉侵蚀你们的心灵,改变了你们的喜好热爱。假如你们任由其占据内心,假如你们向这股暴力屈服,那么,一两代人之后,你们的天赋就会丧失殆尽。到那个时候,你们手中还剩下什么东西?生而为人是天意恩赐,你们将以何回报人类社会?

但是你们天生丽质难自弃,我坚信你们是不会摈弃美丽,转而投向丑恶的。

你们或许会呼吁:"我们要进步!"在过去,你们的民族取得了辉煌的进步,遗赠给全世界伟大的发明,这些发明使其他民族争相借鉴、效仿。你们并没有浪费光阴,虚度年华,这些伟大的成就也没有使你们停止追求,变成妨碍你们止步不前的累赘。

为什么发展进步和尽善尽美之间永远横亘着一条鸿沟呢?若你们能运用美的天赋在这条鸿沟上架起桥梁,那将是对人类社会的巨大贡献。

你们肩负着重大的使命,你们要证明对土地以及一切自然事物的热爱是可以超越狭隘的物质主义的,这种爱不掺杂一星半点的贪婪。贪婪之人,双眼蒙蔽,失去理智,被无形的绳索牵制,将自己和财富紧紧捆绑在一起,动弹不得。而你们不辞劳苦,力争将事物做到尽善尽美,这恰恰证明了你们并不是贪得无厌的人。

你们生来就对万物节奏韵律的奥秘心有灵犀,这不仅体现在你们对科学知识的掌握运用上,更体现在你们表情达意的恰如其分上。这个天分难能可贵,只有上帝通晓表达的秘诀。环视万物——花朵、星辰、草叶,都是造物主表情达意的奇迹。这种独一无二的美丽秘诀无法被实验分析,而你们是何其幸运,生来便拥有这个天赋。你们无法传授我们这个才能,但请邀我们一同欣赏它结出的文化硕果。

卓越完美的事物是属于全人类的财富,它们不应该被独占,被紧锁禁锢,否则这将是对美的亵渎,对上帝旨意的忤逆。以你们双手造就的美丽事物,有着热情友好、与人亲近的天性。而我这个陌生的过客,在此地,在你们的美丽心灵里,找到了家的温馨和慰藉。

我已风烛残年,身躯疲惫,或许这是我最后一次与你们会面。借此时机,我衷心请求你们,不要受庸俗力量的冲击转而随波逐流,不要屈服于强权蛮力,不要变得自私封闭,不要畏惧千万人阻挡,最后在空洞庸碌的道路上看不到尽头。

请珍惜崇高的理想,并以脚踏实地的行动将之付诸实践。到那时,你们热爱物质却不会为其所伤害,你们将为世界带来祥乐,你们的灵魂将与万物同在。

# 拒绝异化——致中国教师

我听说,你们想让我谈谈我所从事的教育事业,然而,关于我的学校,我很难给出一个明确的概念。我这所学校在过去的二十四年慢慢成形,随之一同成长的还有我的思想,我的教育理想也逐渐充实完满。这是一个缓慢却又自然而然的过程,我觉得难以对这个过程进行解释分析。

你们想要问我的第一个问题或许是:"究竟是什么促使我从事教育?"在我年至不惑之前,我把大量的时间用在对文学的追求之上。我并不想从事实际工作,因为在我心中有一个根深蒂固的成见,认为自己没有这种天赋。有一件事也许你们已然了解,或许我还是应该坦承不讳——在我十三岁的时候,我就不再去上学了。我并不是要吹嘘夸耀,只是就事论事。

当我还不得不上学的时候,我觉得那是无法忍受的折磨。我经常掐指计算,还有多少年才能获得自由。我有几个哥哥,他们都已完成学业,过着各自的生活。早上匆匆忙忙吃过早餐,送我们上学的马车必定已经在门口等候,这时我是多么羡慕我的哥哥们啊!我期盼着能施一个魔咒,使我飞越这中间的十几二十年,使我瞬间长大成人。过后,我意识到压在我心头的沉重来自教育系统的非同寻常的压力,而这教育系统却在各处大行其道。

对身处其间的这个世界,孩子们的心灵能灵敏地感觉到其影响。他们的潜意识是活跃的,总是在吸取知识并体验到学习的乐趣。语言是最复杂、最难掌握的表达工具,充满了难以言传的思想和抽象的象征。可是孩子们的心灵虽然被动,却有着灵敏的接受能力,使得他们可以轻而易举地掌握语言。他们拥有猜测的天赋,因而能把握难以解释的词语的含义。对于孩子们来说,弄懂"水"的意思或许不难,但是要领悟简单的"昨天"一词所包含的意思,那可谓困难重重。然而,得益于他们无比灵敏的潜意识,他们克服了无数这样的困难,满怀轻松喜悦地步入这现实的大千世界。

而就在这个关键的时刻,孩子们被扔进了教育工场,那里死气沉沉,黯淡无光,与世隔绝。他们置身于课室之中,四面白墙宛如死人眼睛一般死死盯着他们。我们原有上天赐予的天赋,能享受凡世的愉悦;而现在,纪律的牢笼不仅束缚禁锢了这种愉悦,还扼杀了孩子心灵的敏感性。孩子们的心灵原是活跃灵敏、不知疲倦的,总是热切地从自然母亲那儿接受第一手知识;而现在,我们却纹丝不动地坐着,就像博物馆里没有生命的标本,任由高高在上的说教如顽石砸向花朵般朝我们倾倒下来。

在我们的童年时代,我们的感官无比活跃,允满渴望,使我们能够全身心地去吸取知识。而当我们步入校园,自然知识的大门便关闭了。我们看到了字母,听到了抽象的说教,而我们的心灵,却错过了从自然心中不断流淌而出的知识。教师们凭一己之见,认为这些东西不仅会使我们分心,也无甚价值可言。

当我们接受了强加在我们身上的纪律约束时,我们只会接受为实现目的所必需的东西,而把其他的一概抛在脑后。在学校里我们将这种属于成人的功利心强加给孩子们。我们说:"不要分心,关注你眼前的事,只关注教给你的东西。"这违反了自然本意,对孩子来说变成了一种折磨。自然原是最伟大的老师,而人类教师只相信机械的说教而不信生命的课程。但是自然这位老师在人类教师的阻挠之下举步维艰,这不仅使孩子们成长的心灵受到伤害,也使其备受摧残。

我相信孩子们应身处自然事物之中,每样事物自有其教化意义。应该允许他们的心灵和今天发生的一切发生碰撞,收获惊喜,而崭新的明天则会激发他们对新事物的兴趣。这是对孩子们最好的教育方式。可是学校里的情形却是,在每天的同一时刻,向孩子们灌输同一本教科书。孩子们从未体会到来自大自然的惊喜。

在我们成年人心中,总是充斥着要安排和处理的事情,而我们周遭发生的事,例如伴随着音乐和鲜花姗姗而来的清晨,却无法在我们心中激起涟漪。我们也不允许自己的心灵有所反应,因为我们的心灵已经被塞得满满当当。我们对自然心中不断汨汨流出的知识源泉无动于衷。我们只选择有用的东西,而把其他东西视作无用并将其摒弃。我们想要走最短的捷径以获得成功。

而孩子们却不会受到这种功利心的干扰,他们拥有开放的心灵,满怀热忱地接受所有新事物。他们热情洋溢,不抱偏见,相较于我们的迟缓,他们可以在很短的时间内掌握许多知识,这着实让人赞叹。他们就这样学会了生活中最重要的课程,更令人惊奇的是,他们所学到的大多是抽象的真理。

孩子们具有自然的天赋,可以轻松地学习。可是,专横粗暴的成年人,无视这自然的天赋,断言孩子们应像他们那样学习。我们坚持填鸭式教育,而我们的课程也变成了酷刑。人类最残忍、最暴殄天物的错误莫过于此。

在我小时候,我经历了这个过程,那种痛苦至今仍历历在目。因此我想建立一所学校,让孩子们能在其中自由自在地学习成长。

我知道,自然为所有生灵提供了天然学堂。因此,我把学校建在一个风景优美的地方,远离城镇,在那儿孩子们拥有最大的自由。而最重要的是,我不会把不适宜孩子心灵的课程强加给他们。我不想夸大炫耀,我也得承认,我并未能完全按自己的计划行事。我们不得不生活在这样一个专横的社会里,在很多问题上无法进行反驳。在很多我不相信但他人坚持的问题上,我不得不做出让步,但在心底我一直想创造一种氛围,我认为这比任何教室里的说教都重要。

这氛围无时不在,我又何须创造呢?鸟儿的啁啾唤醒了黎明的晨曦,暮色带来了安静沉寂,夜晚的星光带来了安详平和。

茫茫苍穹,美不胜收,季节轮换,绚烂纷呈。与自然融为一体,使我们有机会感悟季节更替的喜悦。我写下歌曲,赞颂春季的来临,赞颂漫长干旱后的雨季。我们自己精彩绝伦的盛装表演,也随着季节的不同而变换。

我邀请了城里的著名艺术家来学校小住,让他们自由自在地创作。孩子们如果愿意,我也允许他们在一旁观看。我自己的创作也是如此。我一直在创作诗歌,并经常邀请一旁的老师和我一同吟唱。这些都有助于创造一种氛围,让孩子们能学到知识,这些知识虽然难以捉摸,却能让孩子们充满生机活力。

关于氛围这最重要的一点,我已经讲得够多了。然而,我还没有提及另外重要的一点——时代理想。在所有教育中,时代理想都应该占据重要的一席之地。

在当今这个时代,不同种族相会聚集。这并不仅仅是单纯的人群聚集,还应建立起某种纽带,否则,不同种族之间就会发生碰撞冲突。

我们的教育应该让所有孩子把握并实现时代梦想,而不是因循守旧,制造隔阂,怀抱偏见,粉碎梦想。不同的种族有不同的自然差异,这些差异应该得到保留和尊重,而我们教育的任务就是求同存异,在矛盾冲突中发现真理。

这就是在我们这所国际大学中所进行的尝试，我们努力将和谐团结的理想融入所有活动中，这些活动有些是教育性的，有些是通过不同的艺术方式来表现，有些则是以通过帮助邻人重建乡村生活的方式进行。

孩子们为邻人提供各种帮助，并且能不断接触到周围的生活。他们拥有成长的自由，而这对孩子来说是最好的礼物。而我们还致力于另一种自由，这种自由源自对所有人的同情，超越了国家偏见和民族偏见。

如果孩子的心灵被禁锢束缚，他们就无法了解其他说不同语言、有不同习俗的人。当我们成长的灵魂有所需求时，这就会导致我们在黑暗中相互摸索，在无知中相互伤害，为这时代的昏聩愚昧付出沉重代价。传教士们为这种恶行贡献颇多。从教派自豪中衍生出的骄傲自大，使他们以兄弟友爱之名制造误解隔阂。他们还把这永久地写进教科书中，毒害孩子们的心灵。孩子们的心灵若失去自由，就会被套上这最可怕的枷锁。

这样的教育会异化孩子们的心灵，这样的书本和课程充斥着民族偏见。而我努力将孩子们从这邪恶的教育方式中解救出来。在东方，充斥着对其他种族刻骨的怨憎，而在我们家乡，我们就是在这样的仇恨情绪中成长起来的。我努力把孩子们从这种仇恨情绪中解救出来，而一些西方的友人，他们怀着理解、同情和友爱，给予我们很大帮助。

我们创办的这所学校，是以促成不同种族精神的融合这一理想为基础的,因此我希望能在不同种族人们的帮助下,共同创建这所学校。当我在欧洲的时候,我向西方的著名学者发出呼吁,幸运的是,他们也对我施以援手。他们走出书斋,来到我们这个物质贫乏的学校,和我们一起做事。

我想建立的并不仅仅是一所大学,这只是我们这所国际大学的一个方面,我还想提供一个相会的场所,让所有相信精神融合可以增进交流的理想主义者们来此相会。当我在西方旅行的时候,即使在偏远的地方,一些默默无闻的普通人也想要加入我们的事业。

当不同种族相互贴近,在聚集相会中发现新的真理而不是激起卑劣的欲望,这样未来会变得多么美好!

正是这些普通人,书写着真理与爱的崭新篇章,他们就像那位伟人①一样为人类做出牺牲。这位伟人只有几个渔民追随他,在罗马帝国的鼎盛之时,他的传教生涯却在痛苦和惨败中画上句号。他被权贵攻讦,被普通人漠视,在屈辱中死去。然而,象征他失败的十字架,却成为他永生的标志。

现在也有这样的殉道者。他们被禁锢,被迫害,他们虽非权贵,却属于不朽的未来。

---

① 此处指耶稣。

# 文明的含义

有位中国作家这样写道:"整个中华民族都受到召唤,要他们全盘否定自己独有的文明,转而接纳现代欧洲文明。糟糕的是,泱泱大国竟无一人对真正的现代欧洲文明有些许认识,实在是中国之大悲哀。"

有份杂志曾经引用了一位法国人的结论,即中国是一种文明,而非一个国家。由于没有研读全面的论述材料,所以我对其言中之意并不确定。但是从他的言语中,我觉得他认为中国代表着一种完美理念,绝非某些物质的生产和积累,也不是对事物某一本质特点的描述。换言之,中国代表的不仅仅是财富的增加、知识的进步、力量的强大,而且意味着一种生存哲学、一种生活艺术。

"文明"一词源于欧洲,我们要明白它意指何物并非难事。一百年前我们就接受了它,如同接受一匹作为礼物的马,却不会在意其年龄。只是最近我们才开始怀疑自己是否真的明白西方人声称的"文明"的真正含义。我们扪心自问:能否用我们语言中表示至善人性的某个词语来对其做出解释?

文明不可能仅仅是那些日益增加的偶发事件的总和——这些偶发事件只是碰巧具有了独特形状和发展趋势,才备受我们的青睐——它一定是某种具有指引性的道德力的表达,这种道德力是社会在对完美的追求中逐渐形成的。如果用"完美"一词来形容无生命之物或是从生物学角度上所讲的生命体,其意思简单明了。但是人是一种不断超越自我的复杂生物,如果把"完美"一词用在他身上,其意义不会是唯一。这就使得不同的种族赋予了"文明"不同的含义。

我认为,印度梵文中的 Dharma(达摩)一词跟"文明"这个词的意思最为接近。事实上,除了一些呆板的缺乏神韵的新词之外也别无选择。从特定含义上讲,"达摩"一词指一种法则,这种法则让我们紧密相连,指引着我们获得最大的幸福。从一般意义上说,"达摩"指代的是事物的本质。

人的达摩就是他的本真最好的表达。人可以不守法则,要么做一只动物,要么变成一台机器,都可以免遭伤害,站在外在的物质的角度来看,他可能甚至会因此变得强大富有。然而,作为一个人,这可能比死亡还可怕。经文告诫我们:那些渎法之徒,看上去似乎是功成名就,得偿所愿,击溃对手,实质上已经名存实亡。

如果一个人变成了一台只会挣钱的机器,他绝对不能称为完人,只能是一个华而不实的绣花枕头。他将哈欠连天的虚无奉为偶像,虽然它又聋又瞎,但他却为它建起了体面的祭坛,不断地为之奉上贵重的祭品,而这些祭品却都被一股脑的扔进了一个无底洞,永远也不能将它填满。圣典告诉我们,即使他情绪高涨,声音洪亮,孔武有力,实质上他已经死去。

中国古代的圣贤老子对此有同样的看法,只是表述形式不同。他说,"死而不亡者寿。"这句话还暗示了人何时能领悟到生命的真谛,而这个真谛本身就是"达摩"。照此思路,文明应该是人类社会生活中的达摩的表现。

一百年来,我们被西方的豪华汽车拖拽着艰难前行,车后腾起的灰尘让人窒息,轰鸣的噪声震耳欲聋,无助让我们感到卑微,速度的差距更让人不知所措。我们被迫承认驱车就是进步,而这种进步就是文明。谁要斗胆问一句"进步方向何在,进步受益者何人",就会被视为怀疑进步的纯粹性,是典型的荒谬的东方思维。最近出现了一种声音,号召我们不要光看到汽车技术上的完美,还要关注它所途经的沟壑的深浅。

最近我在《民族报》上看到一段话(美国周刊在拥护真理方面的态度,坦率甚于审慎),这段话讲的是英国飞行员轰炸阿富汗的马哈苏德村落事件。这一报纸评论的事件发生的背景如下:一架轰炸机在马哈苏德中心迫降,飞行员毫发无伤地从飞机残骸中钻出来,一眼看到的就是在轰炸中幸免于难的五六个老妪,她们挥舞着手中的刀以示威胁,当时的形势很紧张。下面是编辑引自伦敦《泰晤士报》的一段话:一位可爱的少女将飞行员保护起来,把他们藏在附近的一个山洞里,洞口由酋长把守,将四十位挥舞着大刀叫嚣着的村民阻止在洞口之外。轰炸仍在继续,村民们渴望山洞的安全,于是步步紧逼,飞行员只能退出山洞……附近最友好的部落首领和牧师带着食物前来探望。妇女们负责一日三餐,来自拉德哈和拉兹马克的供给安全到达……二十四日晚,飞行员们被护送前往拉德哈,并与次日黎明时分到达。为了免遭袭击,护送人员事前将他们化装成了马哈苏德村民……值得一提的是,担负此次护送任务的人员优先从青年男女中选出。

上述描述提供了一个不争的事实,即西方世界已经取得了惊人的进步,穿过这片空气稀薄之地一路向前。炸弹爆炸的威力在某种程度上增强了大规模破坏的杀伤力,而在过去,杀伤力的大小完全靠士气。可是,人的重要性却在这种巨大进步中被削弱了。他得意洋洋地炫耀着自己的创造,展示着强大的力量,以示不凡。但是辉煌战绩和设备的完美细节之下却掩盖着这样一个事实:人的天性遭到了压制。

我小的时候,可以按照自己的喜好用杂七杂八的小物件做成各种玩具,发挥想象力自创游戏。我的玩伴同我一起充分享受着这种快乐。事实上,这些自创游戏的快乐都来自于我们的亲身参与。但是有一天,我们的童年乐园受到了成年人商品世界的诱惑。

我的一个玩伴拥有了一个从英国商店买来的玩具。它外形完美,个头大,栩栩如生。他别提有多骄傲了,玩游戏时总是心不在焉。他小心翼翼地不让我们碰这个昂贵的宝贝,为自己是它唯一的主人而骄傲。和我们这些只拥有廉价玩具的同伴相比,他心中充满了优越感。我打赌，要是他当时会使用现代历史语言的话，他一定会说他比我们更文明，就是因为他拥有那个完美得一塌糊涂的玩具。

由于太过高兴，他意识不到另一件事（当时对他而言并无太大意义）：这种诱惑让他看不到比玩具更完美的东西，即完美的小孩。这个玩具仅仅代表了家境富裕，并不能表现出孩子的创造精神，也无法体现从游戏中以及对同伴发出邀约参加他的游戏的行为中获得的巨大乐趣。

对那些轰炸马哈苏德的人来说，这些轰炸工具就是科学送给他们的最新型玩具，其有效性是他们借以标榜自身的文明的资本。他们如此强烈地认识到这些玩具的价值，为此要向人民以及那些偶尔有机会亲尝这些完美机器滋味的其他人，施加难以承受的重负。这一重负不仅是经济上的，更是人道上的。机器诞生之日就是人类毁灭之时，而他们似乎还为此沾沾自喜。科学让成功来得如此廉价，他们完全无法想象出为此要付出多大的精神代价。

从另一方面而言，马哈苏德人尽心保护了飞行员——那些将他们，无论男女老幼，都要赶尽杀绝的刽子手。他们拥有的是最本能的、不加任何雕琢的生命玩具，却在悟证人类真理方面表现出了最大程度的慎重，其人格由此得以显现。站在北欧人，也就是人类未来可能的统治者的角度来看，他们简直是愚蠢至极。

在马哈苏德人心中，热情好客是美德，所以他们绝对不肯错过行善积德的机会，即使面对着的回报是对方一贯的无情和敌意。从现实情况来看，马哈苏德人为此要付出高昂的代价，可是又有谁能为坚持自己的信仰而无须付出代价呢？文明的使命就是为我们确立正确的价值标准。或许马哈苏德人应该负有一定的责任，但是，向他灌输热情好客的品格而不是报复的心理，这才是美德的思想。这或许称不上是进步，但一定是文明。

在危急关头，残忍的行为往往不屑于慎之又慎地挖掘麻烦产生的根源，于是会不分青红皂白地将武器对准所有的人，无论负罪之徒还是无辜之人，不管战士还是平民，这当然会起到作用。他们借助冷酷无情而实现功成名就，得偿所愿，但是他们也会就此完结，终不得圆满。

我们可以设想某种可怕的造物，其尾部的创造因为胃的形成而戛然而止。它有着完美的消化能力，所以还能茁壮成长，但是结果却不尽如人意。前不久战争爆发之初，残暴披上了各种外衣，西方人性一时对它退避三舍。但是现在她似乎对它们表现出了喜爱之情，因为它们含情脉脉地加入到了她所孕育的其他丑恶之中。这些截尾异类制造出种种非凡的行动，这可能会拓宽那些想称雄天下之徒心中的进步之路，但绝对不会被视为文明之举。

我曾经驱车百里赶往加尔各答。机械故障迫使我们不得不几乎每隔半个小时就加一次水。我们在第一个村子停下来，向一位村民要些水。他好不容易给我们找了些水，虽然很贫困，他却拒绝了我们给予的报酬。在其他十五个村子里，同样的情形不断发生。在如此炎热的地方，不断有路人需要水，而夏天水的供应却很稀缺，尽管如此，村民们仍然把水提供给需要的人,并将其视为责任。他们完全可以按照冷冰冰的供需关系法则将自己置身事外,但是他们内心的达摩已经和他们的生命合二为一了。要他们卖水如同要他们卖命。他们并没有把对水的所有权看作是个人的价值所在。

老子在谈到君子时说道:"生而不有,为而不恃,功成而弗居,夫唯不居,是以不去。"身外之物皆可出卖,而溶于血脉之物则不可。和真理完全合而为一当属最高完美境界,它高居于自我意识的炼狱之上。抵达这一境界的过程即为修炼文明的漫漫长路。

和每分钟都能创造出数量令人咋舌的物质产品的技术相比,村民克服重重困难,向过路的陌生人提供需要的水,却不求任何报酬或报答的行为似乎是如此地微不足道,不值一提。一个腰缠万贯的路人,因垄断食物交易而发家,全然不顾整个世界会因此面临饿肚子的境地。当他经过时,他的优越感是决然不会让他注意到以时速六十英里穿越村落时发生的这件小事。它既不像电报杆那样突兀直立吸引我们的注意,也不会发出马达粗鲁的阵阵吼叫来破坏村子里的宁静恬适。

是的,它确实微小,但确实是几百年文化沉淀的产物,它难以仿造。给我几年的时间我可能在学会转动轮子的同时学会在千万根针上打洞的技能,但是要拥有对敌人或陌生人付出热情的最质朴的情怀却需要世代的学习。由于质朴看不到自身的价值,不求回报,所以那些追逐权力之徒意识不到质朴这一精神表达是文明的最高级产物。

然而,心怀欲念,手握先进武器的粗野之人,正在剥蚀、扼杀这一崇高生命的珍果，就像那些因美丽而遭遇灭顶之灾的鸟儿。当我到达加尔各答的一个更富裕的近郊时，我就更加坚定了这一想法。那里更容易找到水，水量也更充足，进步之象顺着河道向四面八方流淌，但它也是唯一一处需要花钱买水的地方。因此，我们必须知晓这种剥蚀力量的存在，了解它的威力。

造物借助一定的规律揭示真理。万物皆由形式和物质组成，其中，物质必须绝对服从于形式。它必须明白物质本身并不是目的，因此不能借助其数量的庞大来迫使人们脱离创造。

印度有一种梵文诗，里面附有对所有复杂语法规则的刻意说明，这常常会激起一些读者内心愉悦的火花。这些读者甚至能够从一件艺术品中找到权利的证据，其表现形式几乎是有形的。这就证明了人经过专门的培养能产生一种心态，使人乐于沉迷权利，玩弄物质，忘记物质本身并无价值这一事实。在现代西方世界，这种现象比比皆是。在那里，物质增长的速度是衡量进步的指标。马力是指标之一，在它面前，精神力量相形见绌。马力做驱动力，精神力量做支撑，驱动力便被称为进步要素，支撑力被称为"达摩"。这也是我为什么认为达摩的意义等同于文明的缘故所在。

科学家告诉我们，原子核通过吸引粒子围绕它做有规律的运动而形成原子这样一个完美单元。只有当一种文明以特定的创造性理念为中心，将其各个部分按照一定的关系模式相连，方能健康发展，发扬光大。这种关系不仅实用，而且运转良好。这种被称为"达摩"的创造性理念一旦被某种不顾一切的激情所取代,文明必将如星辰般燃烧,化为灰烬。一开始还是柔光,突然间化作一道最耀眼的光亮,疾风骤雨般终结了昨日轰轰烈烈的辉煌。

曾几何时,西方社会曾经把一种伟大的精神理念,而不仅仅是对进步抱有的冲动欲望,当作最重要的原动力。它过去的宗教信仰积极地致力于调和社会存在的种种矛盾冲突。它认为完善的人际关系具有伟大的价值,人类必须控制自己自私的本能,坚持自我统一的理念。然而,在过去的两个世纪里,西方找到了获得权力的源泉,而后毫无抵抗力地将目光聚集过去,文明的中心理念也因对权力的热逐而被打入冷宫。

整个人性,从高度到深度,都被人类的理想视为施展拳脚的舞台。这理想之光因分散而柔和,生机因包罗万象而受到压制。安详出自伟大,谦恭源自包容。激情却很狭隘,其狭小的舞台被强烈的冲动占据,贪欲盘踞了西方心灵。这种变数虽历时短暂,但来势汹汹。人类正在被撕成碎片。

为了在破碎纷乱中维护统一的假象,一些组织应运而生,遍地开花。或是为了维护和平,或是为了表达虔诚,或是为了进行社会保障,但是此类组织绝对不具备完备单位的特征。虽然它们的必要性不容置疑,如同盛水容器对我们的重要性,但是,这些容器对于水而言,要比它们本身更有价值。它们自身就已是负担,如果我们无限制投入生产,并以之为乐,可能会由此带来惊人的便利,但是对生命却造成了致命的打击。

我曾经读到过柏拉图的一个评论,他说道,"一个智慧的社会化的团体要获得继续的发展就必须保持它的统一,否则,发展就会停滞不前,团体分崩离析,有机体荡然无存。"要想维护这一团体的精神,其核心必须是对"达摩"抱有深沉的感悟,这样才能实现合作,共同分享生命的馈赠。

老子曰:"不知常,妄作凶。"舒适和便利都可以用金钱换得,物质变得丰富,永恒的概念已模糊,激情已唤醒,罪恶一路凯歌,从一个大陆到另一个大陆,摧残着人们,将生命之花——这栖居于人性圣殿的产物无情践踏碾碎,而我们还要被迫为这死亡之行建造起胜利的拱门。纵然我们无力阻碍它的前进,至少我们可以否认它的胜利,让我们去死——正如贵国老子所说——但仍会不朽。

圣典告诫道:"罪寓于贪,死寓于罪。"贵国有言,"祸,莫大于不知足。"这些语句都是流传已久的智慧结晶。当一个民族被欲念所控,毁灭就为之不远了,单凭国家联盟这样的组织也无力回天。任凭自私自利的洪流在国人的心中肆意泛滥,与此同时却又试图在外部建起堵截大坝,到头来只能是竹篮打水一场空,而这股洪流却会因为受到阻碍而迸发出更大的力量。老子曰:"以其不自生,故能长生。"生命的哲理蕴含于此,因此在社会中,所有关于生命的说教和培养都是为了帮助我们控制自私的欲念。

当文明还在存续,换言之,当大部分的行动都关乎内心理想,而非外部驱动，那么金钱就不会如它今日这般耀武扬威。难道你们没认识到这一事实给我们生活带来的变化是多么重大？难道你们看不到它怎样下流地将我们传承的无价之宝贬损得一文不值？面对这悲惨的变故，我们的心灵逐渐麻木，因此无法清醒地认识到我们的尊严由此受到的侮辱。

请你们想象这样一天，如果有这么一天，在一次集会中，有人戴着用人的头盖骨串成的项链走进来（其拥有头盖骨的数量比他的同伴都要多），大家都充满敬畏，肃然起立。今天我们毫不犹豫地指责这是绝对的野蛮。难道没有其他的东西象征着同样的堕落吗？难道除了人类头盖骨就没有令这些蛮族骄傲佩戴的其他配饰吗？

在那些古老的年代，腰缠万贯的人绝对算不上富有，除非还有能够展示他伟大理想的华冠。无论东方还是西方，为了维护内心的尊严，人们坚决鄙视金钱，因为它代表的只是所有权，和道德责任并不沾边。挣钱是一种被人瞧不起的职业，唯利是图之人必遭唾弃。

印度的婆罗门曾一度受到敬仰，不是因为他们学识广博和生活洁净，而是因为他们对物质财富全然不理的人生态度。这就证明我们社会充分认识到了信念是生命之本，自私自利的欲念绝不会侮辱到它。不幸的是，因为进步被视为文明的特征，因为进步在无限制积累物质的方向上前行，才成就了今日金钱"老大"的地位。在这样一个野心勃勃的世界，金钱占据了动力室的中心地位，摇身一变成了动力源。

以前的君主对那些有思想、有创造天赋的智者充满了敬意，绝不认为这是什么令人羞耻的事。原因就是那个年代的人认为更高的生活质量才是文明的驱动力。可是如今,不管身居何位,当他们向腰包鼓鼓的富人卑躬屈膝时绝不会有一丝的羞耻感,这不是因为他们想从中获得什么油水,他们对财产的占有才是唯一的原因。这就意味着完人输给了物质。这一巨大堕落,如同一只黏滑的爬虫盘绕在整个世界中,我们要想将人性从它冗长尾巴的束缚中释放出来,就必须摆脱崇拜这一不洁之力的亵渎行为。这一罪恶的怪物永远不可能成为人类文明的神灵。

我相信你们一定知道这个毫无灵魂的欲念产物已经向贵国洁净的肢体张开了魔爪,其目标范围可能大于世界其他任何地方。我热切的希望贵国能行动起来助她逃脱被恶魔吞噬的厄运。

然而,防御者变节招致的危险远甚于敌人进攻的威胁。目睹贵国现在的年轻人受到罪恶力量、暴行的诱惑而自甘堕落的种种迹象,我感到了深深的忧虑。他们徘徊在摩天大楼的荒野中,游荡在报纸杂志令人尖叫的标题里,沉浸在煽动家狂吼乱叫中来寻找文明。他们抛弃了本国具有远见卓识真理观的伟大的先知们,转而在黄昏中向萤火虫乞求施舍光亮,孰知萤火虫打着小小的灯笼只为飞向最近的尘埃。

当他们回归,真正明白老子给予的"有德司契,无德司彻"的告诫时才能证悟文明之含义。老子的这寥寥数语也是我试图在这里加以解释的。进步和内在理想毫无瓜葛,它受到了外来的诱惑,意在满足人类无止境的欲念;而文明则是一种理念,可以使我们有效而快乐地履行责任。

老子认为权力组织和生产组织使生活变得呆板,心肠变得冷酷,他道明了其中深刻的真理:"草木之生也柔脆,其死也枯槁。故坚强者死之徒,柔弱者生之徒,是以兵强则灭,木强则折,强大处下,柔弱处上。"

正如我先前所引用的印度先贤的话:"借力于渎法看似得以功成名就,得偿所愿,征服对手,实质已毁灭。"财富,而不是幸福,快速递增,但是死亡的种子也在体内孕育。人血灌溉了西方物质世界欣欣向荣的景象,果实在成熟。早在几百年前,贵国的圣贤曾做出过同样的告诫:"物壮则老,谓之不道,不道早已。"

你们的贤者也说过"益生曰祥"的话。和事物的增长不同,生命的增加是无法逾越生命和谐的界限的。青松傲然耸立,每一寸都保持着一种内在平衡的节奏,因此在它看似狂妄的外表下仍然是墨守自控的优雅。树以及树的其他部分当属同一重要系统;木材、树叶、花朵和果实都和树木合二为一;枝繁叶茂并非病态的张扬,而是一种庇佑。但是那些以谋利为主要动机的系统,无视生命的需要,只能助长社会中的丑陋,抹杀美好的人格特征。因为没有和生命合二为一,它们也就无法跟上生命的节奏。

充满活力的人类社会本该舞步轻盈,嗓音悦耳,身姿曼妙,本该如星辰般璀璨、花朵般绚烂,和万物保持和谐亲近的关系。不幸的是,它却未能逃出欲念的掌心,好似一辆超载的货车,吱扭地费力前行,从物质走向虚无,碾压在绿色生命之上,留下难看的车辙,直到不能承受其粗俗的负累,毁坏在抵达虚无的路上。这就是贵国的先贤口中的"为之不道,不道早已"的意思。

# 真理与反叛

在东方,我们的心灵对产生新思想已然厌倦,我们的生活不再进行新的实验。由于缺乏实践,我们已经丧失了平衡感。这导致了我们思想的失衡,导致了不精准和夸大,导致了我们的精神视野缺乏含蓄,导致了虚无与迷信的泛滥。

另一方面,我们试图追随西方追逐速度的脚步,却忘记了任何脱离永恒节律的运动最终都会在失控的爆炸硝烟之中毁于一旦。这样的行动好比是失衡的巨人使巨大力量脱离了适度的束缚,任其掀起的惊涛骇浪震惊世界。

显然,西方的生活犹如一座冰山,在不断增加的重负下摇摇欲坠,失去了道德的平衡。它清楚事情的发展已然如醉汉般踉跄蹒跚,却不知道如何制止。它想方设法使自己免于崩毁,它已经酩酊大醉,却不去关闭酒馆。而东方的年轻一代正沉醉于西方美酒带来的喧嚣之中,他们同样步履蹒跚。

在我来中国的旅途中，我的一位印度朋友问一名日本旅伴，问他日本为何疏于培养与中国的友谊。这个日本人并没有直接回答，转而问一旁的一名德国人，问他是否想过德国和法国能结起友谊的纽带。这显然代表了当代学童的想法。他们在西方教育下成长，他们只背诵课文，却从不吸取教训。只要能够鹦鹉学舌地模仿老师的声音，能模仿老师的一举一动，能说老师的语言，能得到满分，或是能得到老师在背上轻轻一拍，他们都倍感自豪。可是他们并没有意识到鲜活的知识已然离他们而去。

我相信这名日本年轻人并不能代表日本民族的精英。他知道中国和日本之间的这种仇恨也存在于欧洲，显然他对此洋洋自得。可是他并没有意识到这种仇恨的恐怖含义，正是这种仇恨，疯狂地驱使德国和法国置对方于死地，进入相互毁灭的恶性循环之中。

这段对话在我心底激起层层波澜，我在思索这精心培育的民族主义毒草是如何将种子撒向全世界的。这种子带来的收获是仇恨和无尽的自我毁灭，只不过因其有一个冠冕堂皇的西方名字，使得我们涉世未深的学童为之欢欣鼓舞。

然而，我们现在应该意识到一个古老的真理，一个被我们弃如敝屣的老生常谈：能拯救我们的不是傲慢，不是仇恨带来的满足，不是外交家的谎言，不是通过金钱、肌肉或任何组织表现出来的力量。

东西方的伟大文明曾一度绚烂辉煌，其原因是它们能为所有时代的人们提供精神食粮。对理想的信仰是富有创造力的，而得益于这种信仰这些文明能够生生不息。然而，这些文明最终会毁于早熟的当代学童这类人手中。他们精明计较、肤浅挑剔、崇尚自我，在利益和权力的交易中斤斤计较，擅于追逐易逝的事物。他们认为可以用金钱购买人的灵魂，将它们吸干后再扔到垃圾桶里。他们最终会在欲望的自杀性力量的驱动下，将邻居的房子点燃，而他们自己也会玩火自焚。

伟大的理想创造了伟大的人类社会，而盲目的欲望却使这些社会分崩离析。如能为滋养生命提供食物，社会就能欣欣向荣；如果为填满欲壑而吸干生命，社会就趋于毁灭。我们的先哲曾经教导我们，能拯救我们免于毁灭的是真理。让我解释一下先哲的话吧。

在印度有这样一个传统，就是让我们的心灵贴近某些圣典，每日对其凝神冥思，使其真谛融入我们自身，使我们的世俗生活获得来自永恒真理和平和的平衡。有一段这样的经典使我受益良多，这段经典是以 Satyam 开头的，Satyam 代表最高存在，是真理的意思。

人害怕的是繁复的数字，是仅仅叠加而毫无关联的数字。让他通过不同的各自独立的途径去接近和认识事物，是令人厌烦的。

在生命之初，孩子会把到手的任何东西塞进嘴里，直到后来他意识到不是所有能拿到手里的都是食物。在我们心智的发展初期，我们的心灵不加区分地贪婪攫取不相干的事物，并试图把它们储存起来。最终我们的心灵意识到，它所追寻的并非事物本身，而是通过事物寻求某种价值。

从何处能认识到真理这种最高存在呢？世上没有任何事物是恒定不变的。纵使我们注目凝视，事物仍会不断变幻。在时间的舞台上，高山不过是缓慢移动的影子，星辰透过黑暗发出光芒，而后又湮没在尘封的记忆中。因此，在梵语中我们将世间的变化称为Samsara，意即"不停地变幻"，而这种Samsara我们又称之为Maya，意即"梦幻泡影"。那么真理究竟在哪里？

真理在其运动中最完美地阐述着自己：真理存在于那水流之中，这水流绕过终结的磐石，暗含着无穷无尽和不可捉摸。在舞蹈里真理能使不同的舞姿同时舞动而又不会相互妨碍，因为它们是某种音乐真谛的表达，这种真谛包含并超越了各个部分的表现形式。

道德家们常常哀叹：既然世事无常，不断流转，这世界本身就是虚无。他们或许也会说，歌曲也是不真实的，因为音符会一个接一个地飘散。我们必须认识到，这不断变幻的世界通过其变化表达了一个永恒的真理。这个真理无处不在，如果没有这个真理，世界将会停滞不前，陷入混乱。

如果一个人只盯着世界的一个方面，只看到万事万物不停变幻，那样世界于他不过是缥缈的幻象，犹如黑色毁灭之神——迦梨女神①的把戏。世界于他，是事物毫无意义的进展，是在充满偶然性的求生之路上，一个机会到另一个机会的盲目演变。他会毫不犹豫地为自己攫取

---

① 迦梨女神：印度教中的一个女神，最初以灭绝化身出现，全身黑色，相貌凶恶。

利益,毫不留情地打击妨碍他的人。他丝毫不认为这样做会损害自身的真理,因为在事物的发展中他根本看不到真理的存在。如同孩子为了玩耍会毫无愧疚地撕毁书页,因为这书页对他并无任何真理可言。

要和世界好好相处,有一点很重要,那就是意识到世界背后的永恒真谛。这真谛使得每时每刻的变化最终融汇到终点。我们成长中至关重要的过程亦是如此,变化多得数不胜数,却能给我们带来快乐,因为每个飞逝的片段最终会到达终点融汇成整体,这终点即生命本身。此时此刻在我说话的时候,如果我所说的每个字不是我生命的表达,它们于我就会成为负累,而我的生命则是它们真理的源泉。

世间万物不停流转,这是显而易见的,而无处不在的最高真理却有待人们认识。当我们对财富的贪欲使我们忽视了这伟大的真理,好像世上除了运动着的事物别无他物,我们的傲慢就会随着生产和聚敛的东西与日俱增,而嫉妒的争斗就会如同雷电般碾在通往黑暗的冲突之路上。

我们真正的愉悦都来自对完美的认识。要达到完美不是通过聚敛财物,而是通过为了理想放弃对物质的追求。一个真正的艺术家为实现其艺术目的所用的材料是少之又少的,而过分的花里胡哨,会使人忘了理想的终极价值,那未免过于蒙昧了。当艺术家实现其理想时也获得了自身的快乐。

根据《奥义书》,最完整的真理体现在有限与无穷的和解中,体现在不断变化的事物和永恒的完美精神之间的和谐关系中。在我们的生活和工作中,如果这两者的和谐被打破,我们的生命不是变成稀薄的影子,就是随着物质的聚敛而膨胀。

必须承认,在东方我们的心灵更多地关注永恒真理带来的平和,而不是永恒真理在运动中的多种体现。这种心态体现了一种对精神财富的吝啬,为了确保其安全而将它封闭在一个狭小的容器中。这种狭隘的局限给予我们漫长的生命,却无法给予我们准备尝试新冒险以获得丰富人生经验的那种勃勃生机。真理的理想曾从我们东方觉醒的伟大灵魂中汩汩流出,但经过了几个世纪,却变得沉闷呆滞,灵感的水流已被懒于想象的垃圾和杂草堵塞。

当心灵的水流变得越来越细微,毫无生命的东西开始堆积,它们沉闷呆滞,使我们的生活也陷入了呆滞不前之中。这种无生命的东西造成的可怕负担,我在这个国家看到了,在我的祖国印度也看到了。我们放弃了质疑的权利,拒绝去理解,为此我们不断受到惩罚——我们的灵魂被献给毫无生命的祭坛。我们对盲者、聋者和没有回应的事物致以最虔诚的敬意,我们为鬼魂建立起高大的房屋,而还活着的人的居所和养料却被剥夺。

我们东方人在生活的各个方面都在扩展着埋葬过去的墓地,在地上竖起墓碑,而这土地原本可以种植庄稼以满足未来不断增长的需要。为了使死者的骨头不致化为一抔尘土,我们花费了多少精力!不朽真理的水流在我们的日常生活中越变越细,而堵塞这水流的沙砾虽然呆滞贫瘠,却获得了我们充满敬意的关注。

完美的理想需要随着时代的变迁而不断重生,去接纳新元素,拓展新领域。否则,如果真理最终变成毫无思想的重复,人类就会变成受制于过去的傀儡,还会因被这绳子操纵能做出无懈可击的动作而沾沾自喜。如果舞台不受外来的侵扰,如果没有肆无忌惮的人们为了开拓远方的市场而夺取傀儡身上的衣饰,破坏它的齿轮,这一本正经的傀儡戏还会永远地进行下去。

然而,正是这商人们胆大妄为的行径给我们带来了救赎,把我们从昏睡中惊醒。尽管仍有昏昏欲睡的人喃喃地重复过去,至少醒来的人必须开始思考。这突如其来的不适带来的第一反应是对最初的真理产生了怀疑。我们或许需要一段时间才能意识到真理本身并没有错,错的是我们对待真理的方式。本是为我们精神带来自由的理想,如果被关在墨守成规的牢笼,那它们就会变成羁绊我们精神的最坚固的枷锁。

生命是需要反叛的。生命成长的过程就是不断打破束缚它的框架,这些框架只在某个时期内提供庇护,而如果这框架不与时俱进的话,就会成为牢笼。那些天生具有反叛精神的人总是试图打破错误的框架,而死亡是他们为了自由进行的最后一战。反叛的精神就是生命的精神,而在我们的社会,只要反叛精神受到了全面遏制,形式就会专横地高高在上,言语变得比精神更神圣,而习俗变得比理智更不容侵犯。在这样的社会里,生命会因其表现形式被限制在一个狭隘的天地而变得孱弱。正如我们所了解的,现实的完整性在于真理在运动中找到其表达方式。对于真理,我们不能被动地因循守旧,而是要把真理当成中心,把我们生活中的一举一动都有意识地跟它联系起来。只有这样才能获得掌控的节律和精神的自由。

人若想领悟真理,不仅需要自我控制,还需要自由。当然,这样做的话会面临各种艰难险阻。但是,正是这种阻力赋予了生命更丰富的韵律,正如小溪在流动时拍击河床的沙石瓦砾能发出更悦耳的声音一样。而对于那些喜欢慵懒平和的人,任何积极创造的努力都被他们看作是对古老传统的亵渎,疾病、沮丧、贫困、侮辱、失败接踵而至,窒息了他们的生命。他们试图为真理带上镣铐,结果受到了自由被剥夺的惩罚。

正如我刚刚所说的,生命需要反叛。我们东方的年轻人或许会很快得出结论:这反叛应该是以对西方的模仿为形式进行的。但是他们应该知道,如果说死守僵死的习俗是对我们过去生活的抄袭,那么模仿则是对他人生活的抄袭。两者都受到非真实事物的奴役。前者尽管是条锁链,至少还符合我们的身形;后者也不过是一条锁链,却哪方面都不合适。生命要获得自由,靠的是成长而非抄袭外借。

如果东方如一条过分生长的阑尾跟在西方身后亦步亦趋,妄图鞭打天空,反抗神圣,这是行不通的。对于人性来说这不仅毫无益处,还会带来失望和欺骗。如果东方想要复制西方的生活,那复制的结果一定是一个仿冒品。

毋庸置疑,西方用洪水般的商品、游客、机枪、学校和宗教使我们不知所措。他们的宗教是伟大的,然而那些追随者想要的只是发展更多的皈依者。但是对这个宗教中那些不能带来利益的细节以及会给他们造成不便的活动,他们都不加理会。西方给我们带来了很大的帮助,他们活跃的心灵对我们的生活产生了影响,促使我们将思想转化为行动。西方的心灵是伟大的,其智力活动是以正直这一真理标准为中心的。

  我们的心灵从沉睡中惊醒后的第一反应是竭力弄清面对的是什么,而现在这刚醒来时的惊奇逐渐消退,已经到了弄清其核心的时候。来自西方的心灵唤起了我们的注意,使得我们开始思考自我,追寻自己的心灵。

  我在心中一直坚信,我们东方民族的主要特性并不是通过攫取利益而给成功标上高价,而是在于通过实践自己的法规戒条,通过实现自己的理想来实现自我。让觉醒的东方驱使我们,发现我们文明中的精髓和普遍意义,扫除文明道路上的碎石瓦砾,将文明从滋生杂质的死水中拯救出来,使之成为所有人类种族进行交流的伟大渠道吧!

# 道　别

**1**

离别的时刻还是到来了,离开曾经一起生活过的朋友,离开那些曾向我表达无限情谊的人们。这些朋友不遗余力地帮助我了解他们的国家和同胞们,让我感觉如同回到了自己的家乡。今天,我略带遗憾,总觉得还有一些事尚未完成,我的任务还没有结束,但这并不能归咎于我,当今这个时代才是最大的障碍。

当家乡人民听说我收到了来自中国的邀请,他们欢呼雀跃、激动不已。相信你们大多数人都知道,在此之前,我也收到了很多西方国家的邀请。但这次,喜悦的心情并不仅限于只知晓英国的小圈子,而是来自于那些对英国完全不了解的人们,在大众都沉溺于西方文化的时候,你们能向一位东方人发出慷慨的邀请,他们对此充满了敬仰之情。这是让我们重架古代精神交流桥梁的伟大机遇。

我们的人民心灵淳朴,并不复杂。他们对国际事务所知甚少,认为国家之间和谐相处是再简单不过的事。相反,在他们看来,彼此建立起敌对的关系才需要付出巨大的精力。也有人对他们的这种信念置之一笑。

"先生,请您告诉中国人民,我们永远不会忘记与他们自古建立起来的友谊。"这就是他们托付于我的任务。他们千真万确是这样想的。他们以为,使全中国人民了解到我们渴望获得你们的友爱,对我来说是一件很容易的事。他们并不知道时代变得如此艰辛,难以逾越的困难就摆在眼前,他们天真地以为我能以一己之力缔结两国人民的心灵。

我们只在这里待了几天,彼此之间的交流就容易了许多,但这种看似很容易的交流让我们忽视了现实。我们的访问就像去郊外野餐,我们参加聚会、享乐、喝茶、演讲、不断邀约,然后我们就回去了。这一切都太过简单了。

珍贵的事是要付出代价的。我们的祖先对保持人与人之间的精神交流有着伟大的理想,但他们前方的道路困难不断——他们没法将信息以便捷的方式传递。即便这样,在一千年前他们就能够用你们的语言交流了。为什么?因为他们意识到了手头工作的重要性,两国之间的纽带是多么有价值,它可以克服不同语言的障碍。这是唯一可以从彻底的毁灭中拯救人性的方法,这种毁灭正通过利用人类的自私心理威胁着我们,并引发世上的苦难。

他们将自己的哲学思想翻译成汉语这种与梵文完全不同的语言,因此他们遇到的困难远比一路上翻越的高山、穿越的荒漠、航行的大海难以克服得多。然而,这些人最终还是来到这里,完成了艰巨的任务,这难道不是奇迹么?

正因为如此,我们的祖先为他们信仰的真理付出了巨大的代价。我却从来不需要付出——所有的事都让我觉得如此简单上手。我曾向你们演讲,也读了一些讲义,我享受你们为我准备的舒适车厢,它载我快速来到这里,然而我却觉得这一切很不自然。在大篷车里一起旅行的日子里,那些与我同行的人对我来说曾如此真实,我却没有机会去了解他们。至于我的听众,他们难道只是憧憧幻影?我是否与他们谋过面,抑或他们曾见过我?每个人都说自己的语言,他们理解,或者说能够理解我的语言么?我滔滔不绝地讲了四十五分钟,话语犹如洪流倾泻在这群可怜的人身上。文明让这一切变得如此方便。

然而,思想的树上若要果实累累,就必须有听者与说者的沟通配合。所有真正的联合都建立在两者心心相连的基础上。如果我能生活在你们当中,我们就可以相互对话,我们的思想也就在这样不断地密切接触中成长起来。也许不是立竿见影,但随着时间的推移,它们必将结出甜美的果实。障碍将消失,误解也不复存在,我们的关系不再是一厢情愿。通过心灵的相互连接,我们共同劳动与创作。但是,我们的教授和校长却要求我来做演讲,这无法让人获得深刻的印象,脑中只能残留一些模糊轮廓——留存的只是报纸上的几段记叙,未有让人铭记在心的东西留下。

古时,贵国朝圣者不远万里来到印度,我方智者跋山涉水赴华参拜,真理之光至今犹存。或许我们认为,在当今变革的时代里,必须对这些古老的思想做出改进,我们无法全盘接受几千年前古人的思想与学说。我们甚至会对它们心生愤懑,认为它们毫无意义,但是我们不可能将它们完全摒除,因为这些思想已经扎根在我们心里,与我们的生活融为一体。不管怎样,它们都会存在,这是我们祖先千年前相互交流的成果。

这是怎样伟大的朝圣者啊!这是历史中怎样伟大的时代啊!了不起的英雄们,为了他们的信仰,冒着生命的危险,承受着来自家园的长期放逐。他们中的很多人已经永远地消失,并未在生命中留下任何痕迹。仅存的几个人得以讲述他们的故事,但多数朝圣者则无此幸运。对于他们留下的遗产以及身上所具有的一种原始而简单的特质,我们应当心存感激,因其生命中的原始气息诠释了一点——浑然天成,一览无余。

当代文明,正如一个能剪裁出各种各样遮盖物的裁缝店——偏见的笼罩让我们难以接触外面的世界,同时也对自己的人民产生误解。当生活简单纯朴,人民热情互信的时候,他们可以彼此分享财富与快乐,其命运同根共生,密不可分。那时一切都如此简朴。而今,现实变得残酷不堪,仍持理想主义信念的我们,已被现实的转变深深震撼。

我们都相信,爱与合作的纽带可以将不同种族的人们联系在一起。但是,由于生活变得墨守成规,这种融合也困难起来。人们没有闲暇去倾听彼此。即使那些伟大的导师或者老僧来到你们的身边,你们也不见得有机会或者有好奇心去聆听他们的教诲。你们的生命被各种无关紧要的琐事填满了,其作用仅仅是填补你生命中的空隙,并使你们无暇关照他人。

你们能想象今天一位伟大的信使来到这西山脚下,在湖泊岸边停留驻扎么?也许你们会说这人真古怪,也许你们会把他送到警局关进看守所,也许你们的外交大使会将他驱逐出境或者将他拘留起来。你们会靠近他么?不会。因为你们的观念已经完全变了样。

我坦白,我坚信更高的理想。我相信,通过这些理想,我们能够实现生命中更高的目标。同时,在演讲时,我应婉转地表达这一想法,鉴于当代某些特定的羁绊,如若无所顾忌,直抒胸臆,众人会把此看作不太体面的行为。现在,我们只能做些老生常谈,讲讲肤浅之言。整个机器时代的典型报道是:受众必须等待报纸传递信息,从而导致信息滞后,而这些滞后的信息又蔓延全球,加剧了误解,生命由此变得浅薄。克服类似的障碍,触动人性的心弦,显得荆棘载途。

不要认为我是在抱怨没有在你们心中占有一席之地。这是密友间的一次聚会,与你们在一起比跟其他人在一起让我感觉更加开心,更加亲切,仿佛我早就认识了你们。这里的时光让我觉得无比惬意与美好,我真真切切觉得快乐,但在内心深处,依然有一种痛苦——我还不够严肃认真，我没有机会郑重其事地为你们解决最重要的问题。我表现得亲切友好而肤浅。我的行为顺应着当前同样简单而肤浅的时代，而我本应当来到这里做出忏悔，领悟生命的核心，以证明我充满真诚，不只是会吮墨舐毫。

但我没有得到这一机会，我已经错过了。同时，我仍旧希望已经完成了一些事情，打通了前进的道路。通过这条路，你们其中一些人能够来到印度。

能将你们放在这些年来我为之奉献的事业之先是唯一令我感到慰藉的事。作为一项伟大事业的推动者，我必须坦率而强硬地促使你们也投入进来。我代表我所在的习俗中有关手足情谊的理想，这一理想认为来自不同国家、说不同语言的人们都能够聚集起来。我相信，人类的精神是能够团结起来的，因此我希望你们能够接受这项任务。除非你们告诉我"我们也认同这一理念"，否则我会认为这项任务是已然失败了的。不要只把我看成一位客人，请把我当成一位在追随伟大事业的过程中寻求你们的爱、同情以及信念的人。哪怕你们其中只有一人能够接受，我也会感到无比欣慰。

2

今天的这次聚会让我想到了我刚到中国的那一天，也是在这座花园里，你们接待了我。我作为一个陌生人来到这里，对于前来欢迎我的人们一无所知。一路上我都在想,中国是否与我在图片上所见的一模一样,我是否能够深入这个民族的内心。那天,我心中充满了不安,对你们来说,我来自充满神秘的地方,你们所知晓的对我的赞誉也是基于传言,因此我一直担心你们对我期望过高。为了让你们了解我也有所局限,一开始我就坦白自己只不过是诗人而已。

我知道来自世界各个地方的人都访问过你们,伟大的哲学家、科学家都曾跨江渡海来到这里讲学。我是怀着谦卑的心,来到已经接受过哲人智慧熏陶的你们中间。那天我可以说是非常惭愧,我以为你们关注我是因为把我看成了另一种与我本身完全不符的人。我想起了一位我剧中的人物——奇特拉。爱神赐予她美丽的恩惠,凭着这神秘的幻觉,她成功地赢得了爱人的心。然后,她开始痛哭着反抗这种美丽,认为所有从她爱人那里渴求来的爱抚,都是借助于这外在的伪装。

我即将结束我的中国之行,如果你们还准备接受我,并给予我赞誉,如同你们之前所为,那我就只好接受此等"谬赞"了——我已接受并通过了考验。今天,我更为渴望获得你们的友爱、同情以及赞美。你们可以尽情地表达深情厚谊了,这样,当我离开了这里,仍可以记住这个晚上,就像那辉煌壮丽的日落,无私地散发出它全部的光芒,但我仍有一些忧虑,你们当中那些与我一起旅行的人还没有表态。

这次会见的发言者曾给予我很高的赞誉,然而从第一次见面那天起,他就一直抱病在身。因此,他没有机会在交往中全面接触我来做出中肯的评价。所以,我更期待听到旧友们对我的直言不讳的评价,他们一直不幸地与我同行,深知我的成绩。

同时,有一件事是我能够确定的。初来时,我也有所期待。我想象中的是《一千零一夜》中充满浪漫气息的中国,是我在日本时,浮光掠影般感受的中国。

在日本时,招待我的人收藏了很多中国画,它们简直就是美的杰作。他将这些作品向我一一呈现,能有机会欣赏这些伟大的作品,我兴奋不已。因此,我是通过你们历史上杰出艺术家的伟大作品来认识和了解中国的。我曾对自己说:中国人民是伟大的人民,他们创造了一个美的世界。忆起当年遇见对你们有失尊敬之人,我不由得暗暗发怒,这些人无视你们对文明所做的贡献,无视你们创造出的绝世珍品,他们应该感到亏欠你们才对,而不是来剥削、摧残你们。

当然,我们知道,过去历史上所产生的最好的作品并不能代表你们现在人民的实际生活,然而我确信,我们正是从理想中才获知生活真正美好的方面,完整的生活是兼具理想性与现实性的。必须承认,对一个陌生人来说,发掘最深处的信任是极其困难的,但我相信我已经窥见一斑。

有一件事我与那些在你们国家遇到的外国人深有同感:你们非常有人情味。我能感到你们身上触动人心的特质,我已经,至少我希望,自己已经靠近你们的内心。由此我感到满足,不仅仅是出于敬佩与惊奇,更多的是出于爱,尤其是来自那些我曾经接触到的人们的爱。这种充满人性的触动来之不易。

我听说你们有能够接受事物本来面貌的天赋，在赤裸裸的现实中你们也能发现快乐。你们重视现实，不是说它与外界的事物有任何连带价值，只是因为现实就在你们面前，吸引着你们的注意。也许正是因为这项天赋，你们没有把我当作是一名诗人，或如某些愚人认为的，一名哲学家，甚至如更无知的人所想的，一位先知。你们只是接受了真我，接受了一个作为凡人的我。

一些年轻朋友与我很是亲密，他们把我看成同龄人，对我的高龄以及荣誉表示尊敬但又不过分尊崇。有相当一部分人希望我远离现实的人群，他们从而能够将我塑造成偶像。果真如此的话，我敢肯定上帝也会伤心，因为人们将其日常的爱都奉献给了家人，只有到周末才会去教堂敬奉上帝。因此，我很欣慰我在中国的年轻朋友们从不犯这些错误，把我当偶像崇拜，他们只把我当作一位普通同伴。

你们希望我在离别这天提出坦率的批评，这一点我无法做到。你们已有数不清的评论家，不需要再多我一个，我也不愿加入他们。对我个人而言，我可以接受你们的缺点，并且一如既往地热爱你们。我又能批评谁呢？我们东方人的特质，其他人都不认可，那么为什么我们不能成为朋友呢？

我没有批评你们，所以请你们也对我不要苛责。希望我的中国朋友不要深究我的缺点。我从来没有自诩为哲学家，所以我认为自己是清白的。假如我贪恋虚名，站在高台之上，你们可以把我从那上面拉下来，摔断我的脊柱，但是因为我一直都脚踏实地，谦卑地处于底层，我相信自己安全无虞。

我已完成了可以实现的任务——结识了不少朋友。我并未深入地了解你们,但我接受你们的本来面貌。现在,离别的时刻到了,我会牢记我们之间的友谊。但我不能自欺欺人,认为自己可以完成那些夸大的期望。我不幸的命运跟随着我不远万里来到这里。对我的同情并不总是一帆风顺的,天边偶尔也会传来乌云的怒吼。

你们的一些爱国人士担心,从印度传来的提倡精神生活的传染病会削弱你们对金钱和物质主义的坚定信仰。在此,我向那些为此而感到焦虑的人保证,我是完全没有恶意的;我无力阻碍你们事业的进程,无意于冲到集市上去,兜售那些没有人相信的灵魂。我甚至可以向你们保证,我并没有说服任何一个怀疑论者,使他相信灵魂的存在,或让他认同高尚的道德比物质力量更为珍贵。我确信,得知结果后,他们一定会原谅我。

附录一

# 印度与中国文化之亲属关系——梁启超欢迎泰戈尔辞

梁启超

诸君,印度诗哲泰谷尔①先生来了,不久便要和我们学界几万青年相见。我今天和明天两次公开讲演,要把我们欢迎他的意思先说说。

讲演之前,要先声明几句话,凡伟大人物,方面总是很多的,所谓"七色摩尼,各人有各人看法"。诸君总知道,我是好历史的人,我是对佛教有信仰的人。俗话说得好,"三句离不了本行",我今天所说,只是历史家或佛学家的个人感想,原不能算是忠实介绍泰谷尔,尤不能代表全国各部分人的欢迎心理,但我想一定有很多人和我同感的。

泰谷尔也曾几次到过欧洲、美国、日本,到处受到很盛大的欢迎。

---

① 即泰戈尔。

这回到中国，恐怕是他全部生涯中游历外国的最末一次了。看前天在前门车站下车时的景况，我敢说我们欢迎外宾从来没有过这样子热烈而诚恳。我要问问，我们是把他当一位偶像来崇拜他不是？不，不，无意识的崇拜偶像，是欧美社会最普遍现象，我们却还没有这种时髦的习惯。我想，欢迎他的人，一定各有各的意义。各种意义中，也许有一部分和欧美人相同，内中却有一个特殊的意义，是因为他从我们最亲爱的兄弟之邦——印度来。

"兄弟之邦"这句话，并不是我对来宾敷衍门面，这是历史告诉我们的。我们中国在几千年前，不能够像地中海周围各民族享有交通的天惠。我们躲在东亚一隅，和世界各文化民族不相闻问。东南大海，海岛上都是狉狉獉獉的人——对岸的美洲，五百年前也是如此。西北是一帮一帮的犷悍蛮族，只会威吓我们，蹂躏我们，却不能帮助一点。可怜我们这点小小文化，都是祖宗在重门深闭中铢积寸累地创造出来的。所以我们文化的本质，非常之单调的，非常之保守的，也是吃了这种环境的大亏。

我们西南方却有一个极伟大的文化民族，是印度。他和我们从地位上看，从性格上看，正是孪生的弟兄两个。咱们哥儿俩，在现在许多文化民族没有开始活动以前，已经对全人类应解决的问题着实研究，已经替全人类做了许多应做的事业，印度尤其走在我们前头。他的确是我们的老哥哥，我们是他的小弟弟。最可恨上帝不作美，用一片无情的大沙漠和两重冷酷的雪山隔断我们往来，令我们几千年不得见面。一直到距今二千年前光景,我们才渐渐地知道有怎么一位好哥哥在世界前头。

印度和中国什么时候开始交通呢？据他们的历史,阿育王曾派许多人到东方传佛教,也许其中有一队曾到过中国。我们的传说,秦始皇时已经有十几位印度人到过长安,被始皇下狱处死了(王子年《拾遗记》说的)。始皇和阿育同时,这事也许是真的,但这种半神话的故事,我们且搁在一边。我们历史家敢保证的,是基督教纪元第一个世纪,咱们哥儿俩确已开始往来。自从汉永平十年至唐贞元五年,西纪六七至八九年,约七百年间,印度大学者到中国的共二十四人,加上罽宾(即北印度之 Kashmir,今译克什米尔,唐译迦湿弥罗,从前不认为是印度之一部分)来的十三人,合共三十七人。此外从葱岭东西的西域各国来者还不计。我们的先辈到印度留学者,从西晋到唐(二六五至七九〇)共一百八十七人,有姓名可考的一百〇五人。双方往来人物中最著名者,他们来的有鸠摩罗什,有佛陀跋陀罗,即觉贤,有拘那陀罗,即真谛;我们去的有法显,有玄奘,有义净。在那七八百年中间,咱们哥儿俩事实上真成一家人,保持我们极甜蜜的爱情。

诸君呵,我们近年来不是又和许多所谓"文化民族"往来吗？他们为什么来,他们为看上了我们的土地来,他们为看上了我们的钱来。他们拿染着鲜血的炮弹来做见面礼,他们拿机器(夺了他们良民职业的机器)、工厂所出的货物来吸我们的骨血。我们哥儿俩从前的往来却不是如此,我们为的是宇宙真理,我们为的是人类应做的事业。我们感觉着有合作的必要,我们中国人尤其感觉有受老哥哥印度人指导的必要,我们彼此都没有一毫自私自利的动机。

当我们往来最亲密的时候,可惜小兄弟年轻幼稚,不曾有多少礼物孝敬哥哥,却是老哥哥给我们那份珍贵礼物,真叫我们永世不能忘记。他给我们什么呢?

一、教给我们知道有绝对的自由——脱离一切遗传习惯及时代思潮所束缚的根本心灵自由,不为物质生活奴隶的精神自由。总结为一句,不是对他人的压制束缚而得解放的自由,乃是自己解放自己得"大解脱"、得"大自在"、得"大无畏"的绝对自由。

二、教给我们知道有绝对的爱——对于一切众生不妒、不恚、不厌、不憎、不诤的纯爱,对于愚人或恶人悲悯同情的挚爱,体会出众生和我不可分离"冤亲平等"、"物我如一"的绝对爱。这份大礼的结晶体,就是一部《大藏经》。《大藏经》七千卷,一言以蔽之曰"悲智双修"。教我们从智慧上求得绝对的自由,教我们从悲悯上求得绝对的爱。

这份大礼物已经够我们享用了,我们慈爱的老哥哥犹以为未足,还把许多副礼物——文学、美术等等送给我们。

我们得着这些副礼物的方式约有以下几个来源。

一、从西域——即葱岭内外各国间接传来。

二、印度人来中国的随着带来,如各梵僧大率都带有雕刻、绘画等物作为贡品。

三、中国人游历印度的归赆,例如《玄奘传》详记他带回来的东西,除梵夹经卷外,各种美术品都有。

四、从翻译经典上附带得来的智识和技术。

这些副礼物,屈指数来,最重要者有十二件。

一、音乐。音乐大抵从西域间接传来的居多。中国古乐,我们想来是很好的,但南北朝以后,逐渐散失,在江南或者还存有一部分。中原地方,却全受西方传来的新音乐影响。隋唐承北朝之统,混一区宇,故此后音乐全衍北方系统。最盛行的音乐,是"甘州"、"伊州"、"凉州"、"梁州"诸调。这些调都是从现在甘肃、新疆等地方输进来,而那时候这些地方的文化,全属印度系。后来又有所谓龟兹部乐、天竺部乐等,都是一条线上衍出来。这些音乐,现在除了日本皇室或者留得一部分外,可惜都声沉绝响了,但我们据《唐书·乐志》及唐人诗文集笔记里头所描写记载,知道那时的音乐确是美妙绝伦。所以美妙之故,大约由中国系音乐和印度系音乐结婚产出来。

二、建筑。中国建筑受印度影响是显而易见的事。《洛阳伽蓝记》里头的遗迹,我们虽不得见;永平寺、同泰寺、慈恩寺……诸名寺的庄严美丽,我们虽仅能在前人诗歌上或记录上唏嘘凭吊,但其他胜迹流传至今的还不少,就中窣堵坡(塔)一项,尤为我们前所未有。自从这个/栋建筑输入之后,增饰我们风景的美观真不少。你看,西湖上的"雷峰"、"宝俶"两塔,增它多少妩媚?汴梁城上若没有"铁塔"和"繁台",还有什么意趣?北京城最古的建筑物,不是彰仪门外隋开皇间——六世纪末的"天宁寺塔"吗?北海的琼华岛,岛上"白塔"和岛下长廊相映,正表示

343

中印两系建筑调和之美。我想，这些地方，随处可以窥见中印文化连锁的秘密来。

三、绘画。中国最古的画，我们看不见了。从石刻上——嘉祥县之武梁祠堂等留下几十张汉画，大概可想见那时素朴的画风。历史上最有名的画家，首推陆探微、顾虎头，他们却都以画佛像得名。又如慧远在庐山的佛影画壁，我猜是中国最初的油画，但这些名迹都已失传，且不论他，至如唐代的王维、吴道子所画佛像，人间或许尚有存留。依我看来，从东晋到唐，中印人士往来不绝，印度绘画流入中国很多，我们画风实生莫大影响，或者可以说我们画的艺术在那个时代才确立基础。这种画风，一直到北宋的"画苑"依然存在，成为我国画史上的正统派。啊啊，真是中印结婚产生的"宁馨儿"！

四、雕刻。中国从前雕刻品，好像只有平面的。立体雕刻，我猜度是随着佛教输入。晋朝有位名士戴安道（王羲之的儿子王子猷剡溪雪夜访戴的故事，访的便是他），后人都知道他会作诗画画。我们从《高僧传》上才知道他和他的兄弟都是大雕刻家，他们哥儿俩曾合雕一佛像，雕时还留下许多美谈。此后六朝隋唐间所刻有名工妙的佛像，见于历史者不计其数。可惜中间经过"三武毁法"（北魏孝武、北周武帝、唐武宗）的厄运和历代的兵燹，百不存一，但毁不掉的尚有洛阳龙门山壁上三四千尊的魏齐造像。我们现在除亲往游览外，还随处可见拓片。其尤为世界瑰宝的，莫如大同府云冈石窟中大大小小几百尊石像，据说是"犍陀罗美术"（犍陀罗为今阿富汗地，它的美术是印度和希腊所产）的结晶作品，全世界找不出第二处。就只这票宝贝，也足令我们中华民族在人类文化史上留下历劫不磨的荣誉，但倘非老哥哥提拔，何能得此？

还有一种艺术要附带说说，我们的刻丝画，全世界都公认它的价值，但我敢说它也是从印度学来的。玄奘归赆的清单便列有这种珍贵作品。

五、戏曲。中国最古的戏曲，所谓"鱼龙曼衍之戏"，大概是变戏法的玩意儿。歌和舞自然是各有很古的历史，但歌舞并行的戏剧，魏晋以前却无可考见。最初的歌舞剧，当推"拨头"一曲，亦名"钵头"。据近人考证，像是从那离代京（大同）三万一千里南天竺附近的拨豆国刹传来。那戏是演一个人，他的老子被虎吃掉，他入山杀虎报仇。演时且舞且歌，声情激越，后来著名的"兰陵王"、"踏摇娘"等等戏本，都是从"拨头"变化出来。这种考证若不错，那么，印度又是我们戏剧界的恩人了。

六、诗歌和小说。说中国诗歌和印度有关系，这句话很骇人听闻，连我也未敢自信为定论。但我总感觉，东晋时候所译出印度大诗人马鸣菩萨的《佛本行赞》和《大乘庄严经》这两部名著，在我文学界像有相当的影响。我们古时，后三百篇到汉魏的五言，大率情感主于温柔敦厚，而资料都是现实的。像《孔雀东南飞》和《木兰诗》一类的作品，都起自六朝，前此却无有（《孔雀东南飞》向来都被认为是汉诗，但我疑心是六朝的，我别有考证）。《佛本行赞》现在译成四本，原来只是一首诗，把佛一生事迹添上许多诗的趣味谱为长歌。在印度佛教史上，力量之伟大固不待言，译成华文以后，也是风靡一时，六朝名士几乎人人共读。

那种热烈的情感和丰富的想象力，输入我们诗人的心灵中当不少。只怕《孔雀东南飞》一路的长篇叙事上抒情诗，也间接受着影响罢（但此说别无其他证据，我未敢自信，我要再三声明）。

小说受《大乘庄严经》影响，我十有九相信，《庄严经》是把"四阿含"里头所记佛弟子的故事加上文学的风趣搬演出来。全书用几十段故事组成，体裁绝类我们的"今古奇观"。我国小说，从晋人《搜神记》等类作品，渐渐发展到唐代丛书所收之唐人小说。依我看，大半从《庄严经》的模子里熔铸出来，这还是就初期的小说而言。若宋元以后章回体的长篇小说，依我看，受《华严经》《宝积经》等影响一定不少。这些经典都是佛灭后六七百年间，由印度文学家的想象力构造，这是治佛学史的人公认的。然而这些经典，中国文学家大半爱读它，又是事实。

中国文学本来因时代变迁自由发展，所受外来影响或比较的少，但既有这类新文学优美作品输入，不管当时诗家或小说家曾是否有意模仿他，然而间接受他熏染，我想总不能免的。

七、天文历法。这门学问，中国原来发达很早，但既和印度交通后，当然得它补助。唐朝的"九执术"，便纯从印度传来。僧一行的历学，在我们历学史上是有位置的。

八、医学。这亦是我们固有的，和印度交通后，亦有补助增益。观《隋书·经籍志》《唐书·艺文志》所载婆罗门医药书之多，可知。

九、字母。中国文字是衍形的，没有跟着言语变化的弹力性，这是我们最感不便的一件大事。自从佛教输入，梵文也跟着来，于是许多高僧想仿造字母来救济这个问题。神珙、守温等辈先后尝试，现存"见溪群疑"等三十六字母，虽然形式拙劣，发音漏略，不能产出什么良果，但总算把这问题提出，给我们极有益的动机和资料。

十、著述体裁。中国从前书籍，除文学作品及注释古典的训诂书不计外，虽然称"体大思精"的经书子书，大都是囫囵统括的体裁，没有什么组织，不容易理清眉目，看出它的条理。自从佛典输入之后，每一部经论都有它首尾一贯盛水不漏的主义，里头却条分缕析，秩序谨严。这种体裁，求诸中国汉魏以前是没有的（《荀子》和《论衡》算是最严谨的，但还比不上）。这种译书既盛行，于是发生"科判"的专门学——把全部书脉络理清，令人从极复杂的学说中看出他要点所在。乃至如天台贤首诸师将几千卷藏经判为"三时五教"之类，都是用分析综合的观察，开一研究新途径。不但此也，当六七世纪时，印度的新因明学正从佛教徒手里发扬光大起来，研究佛学的人，都要靠他做主要工具。我们的玄奘大师，正是最深造此学之人。他自己和他门下的人的著述，一立一破（立是自己提出主张，破是反驳别人），都严守因明轨范，应用得极圆滑而致密。这种学风，虽后来因禅宗盛行而一时消歇，然已经在学界上播下良种，历久终会发新芽的。

十一、教育方法。中国教育不能不说发达得很早。但教育方法怎么样，共有若干种，我们不容易调查清楚。即如聚许多人在一堂讲演，孔子、孟子书中像没有看见这种痕迹；汉朝伏生、申公诸大师，也不见得是如此。我很疑心这种讲演式的教育，是佛教输入后，从印度人学来。

不惟如此，即在一个固定的校舍中，聚起许多人专研究一门学术，立一定课程，中国此前虽或有之，但像是从佛教团成立以后，这种制度越发严密而巩固。老实说，唐以后的书院，实从佛教团的教育机关脱胎而来。这种机关和方法，善良与否是另一问题，但在中国教育史上不能不特笔重记。

十二、团体组织。中国团体组织，纯以家族为单位，别的团体，都是由家族扩大或加减而成。佛教输入，才于家族以外别有宗教或团体发生。当其盛时，势力很大，政治上权威一点也不能干涉到他。即以今日论，试到普陀山一游，便可见我们国里头有许多享有"治外法权"的地方，不必租界。他们里头，有点像共产的组织，又有点像"生产事业国有"的组织。这种组织对不对是另一问题，但不能不说是在中国全社会单调组织中添些新颖的色彩。

以上十二项，都是佛教传来的副产物，也是老哥哥——印度人赠给我们的随帖隆仪。好在我们当小弟弟的也很争气，受了哥哥提携，便力求长进。我们从印度得来的学问完全消化了来荣卫自己，把自己的特性充分发展出来。文学、美术等等方面，自己建设的成绩固不用说，即专就"纯印度系的哲学"，即佛教论，天台宗、贤首宗、禅宗、净土宗，这几个大宗派，都是我们自创。乃至法相宗虽全出印度，然而成唯识论乃由玄奘集合十大论师学说抉择而成，实是玄奘一家之学。其门下窥基、圆测两大派，各个发挥尽致，剖析入微。恐怕无著世亲一派学问，到中国才算真成熟哩。所以我们对着老哥哥，自问尚可以无惭色。

哎，自唐末到今日，咱们哥儿俩又一别千年了。这一千多年里头，咱们两家里都碰着千灾百难。山上的豺狼虎豹、水里的龙蛇蚌鳖、人间的魑魅魍魉，不断地恐吓咱们、揶揄咱们、践踏咱们。咱们也像有点老态龙钟、英气消减，不独别人瞧不起咱们，连咱们自己也有点瞧不起自己了。虽然，我深信"业力不灭"的真理——凡已经种在人心上的灵苗，虽一期间偶尔衰萎，终究要发新芽，别开一番更美丽的境界。不信，你看曲阜孔林里的汉楷唐柏，皱瘦到像一根积锈的铁柱，却是阳春三月，从它那秃顶上发出几节"孙枝"，比"鹅黄柳条"的生机还茂盛。咱们哥儿俩年纪虽老，"犹有童心"。不信，你看哥哥家里头现成的两位现代人物——泰谷尔和甘地。

哈哈，一千多年"爱而不见"的老哥哥，又来访问小弟弟来了。咱们哥儿俩都是饱经忧患，鬓发苍然，揩眼相看，如梦如寐。我们看见老哥哥，蓦地把多少年前联床夜雨的苦辛兜上心来。啊啊，我们要紧紧握着他的手不肯放，我们要搂着他亲了又亲，亲了又亲……我们要把从娘胎里带来的一副热泪，浸透了他托腮上那可爱的大白胡子。

我们用一千多年前洛阳人士欢迎摄魔腾的情绪来欢迎泰谷尔哥哥，用长安人士欢迎鸠摩罗什的情绪来欢迎泰谷尔哥哥，用庐山人士欢迎真谛的情绪来欢迎泰谷尔哥哥。

泰谷尔对我们说他并不是什么宗教家、教育家、哲学家……他只是一个诗人。这话我们是绝对承认的。他又说他万不敢比千年前来过的印度人，因为那时是印度全盛时代，能产出许多伟大人物，现在是过渡时代，不会产出很伟大人物。这话我们也相对的承认，但我们以为凡成就一位大诗人，不但有优美的技术，而尤在有崇高的理想。泰谷尔这个人和泰谷尔的诗，都是"绝对自由"与"绝对爱"的权化，我们不能知道印度从前的诗人如何，不敢妄加比较。但我想泰谷尔最少也可比二千年前做《佛本行赞》的马鸣菩萨。我盼望他这回访问中国所发生的好影响，不在鸠摩罗什和真谛之下。

泰谷尔又说他这回没有什么礼物送给我们，只是代表印度人向我们中国致十二分的亲爱。我说，就只这一点，已经比什么礼物都隆重了。我们打开胸怀欢喜接受老哥哥的亲爱，我们还有加倍的亲爱奉献给老哥哥，请他带回家去。

我最后还有几句话很郑重地告诉青年诸君们，老哥哥这回是先施的访问我们了。记得从前哥哥家里来过三十七个人，我们也有一百八十七个人往哥哥家里去。我盼望咱们两家复续久断的爱情，并不是泰谷尔一两个月游历昙花一现便了。咱们老弟兄对于全人类的责任大着哩，咱们应该合作互助的日子长着呢。泰谷尔这次来游，不过替我们起一个头。倘若因此能认真恢复中印从前的甜蜜友谊和有价值地共同工作，那么，泰谷尔此游才真有意义啊！那么，我们欢迎泰谷尔才真有意义啊！

附录二

## 泰戈尔——徐志摩送别泰戈尔辞

徐志摩

我有几句话想趁这个机会对诸君讲,不知道你们有没有耐心听。泰戈尔先生快走了,在几天内他就离别北京,在一两个星期内他就告别中国。他这一去大约是不会再来的了。也许他永远不能再到中国。

他是六七十岁的老人,他非但身体不强健,并且是有病的。所以他要到中国来,不但他的家属,甚至他的亲戚朋友、他的医生,都不愿意他冒险,就是他欧洲的朋友,比如法国的罗曼·罗兰,也都有信去劝阻他。他自己也曾经踌躇了好久,他心里常常盘算他如果到中国来,究竟能不能够给我们好处,他想中国人自有他们的诗人、思想家、教育家,他们有他们的智慧、天才、心智的财富与营养,他们更用不着外来的补助与载刺,他只是一个诗人,他没有宗教家的福音,没有哲学家的理论,更没有科学家实利的效用,或是工程师建设的才能,我们要他去做什么,他自己又为什么要去,他有什么礼物带去满足我们的盼望。他觉得真的很迟疑,所以他延迟了他的行期。但是他也对我们说到冬天完了春风吹动的时候(印度的春风比我们的吹得早),他不由得感觉了一种内迫的冲动,他面对着逐渐滋长的青草与鲜花,不由得抛弃了,忘却了他应尽的职务,不由得解放了他的歌唱的本能,和着新来的鸣雀,在柔软的南风中开怀的讴吟。同时他收到我们催请的信,我们青年盼望他的诚意与热心,唤起了老人的勇气。他立即定夺了东来的决心。他说趁我暮年的肢体不曾僵透,趁我衰老的心灵还能感受,决不可错过这最后唯一的机会,这博大、从容、礼让的民族,他幼年时便心生朝拜,与其将来在黄昏寂静的境界中萎衰的惆怅,不如利用这夕阳未暝的光芒,了却他晋香人的心愿。

他所以决意的东来,他不顾亲友的劝阻、医生的警告,不顾自身的高年与病体,他也撇开了一切本国的任务,跋涉了万里的海程,来到了中国。

自从四月十二在上海登岸以来,可怜老人不曾有过一完整的休息,旅行的劳顿不必说,单就公开的演讲以及较小集会时的谈话,至少也有三四十次! 他的谈话,我们知道,不是教授们的讲义,不是教士们的讲道,他的心府不是堆积货品的栈房,他的辞令不是教科书的喇叭。他是灵活的泉水,一颗颗颤动的圆珠从他心里兢兢的泛登水面,都是生命的精液;他是瀑布的吼声,在白云间、青林中、石罅里,不住地欢响;他是百灵的歌声,他的欢欣、愤慨、响亮的谐音,弥漫在无际的晴空,但是他倦了。终夜的狂歌已经耗尽了子规的精力,东方的曙色亦照出他点点的心血,染红了蔷薇枝上的白露。

老人是疲乏了。这几天他的睡眠也不得安宁,他已经透支了他有限的精力。他差不多是靠散拿吐瑾①过日的。他不由得感觉到风尘的厌倦,他时常想念他少年时在恒河边沿拍浮的清福,他想望椰树的清荫与曼果的甜瓤。

但他不仅是身体的惫劳,他也感到心境的不舒畅。这是很不幸的。我们做主人的只是深深的负歉。他这次来华,不为游历,不为政治,更不为私人的利益,他熬着高年,拖着病体,抛弃自身的事业,备尝行旅的辛苦,他究竟为的是什么?他为的只是一点看不见的情感,说远一点,他的使命是在修补中国与印度两民族间中断千余年的桥梁,说近一点,他只想感召我们青年真挚的同情。因为他是信仰生命的,他是尊崇青年的,他是歌颂青春与清晨的,他永远指点着前途的光明。悲悯是当初释迦牟尼证果的动机,悲悯也是泰戈尔先生不辞艰苦的动机。现代的文明只是骇人的浪费,贪淫与残暴,自私与自大,相猜与相忌,飓风似的倾覆了人道的平衡,产生了巨大的毁灭。芜秽的心田里只是误解的蔓草,毒害同情的种子,更没有收成的希冀。在这个荒惨的境地里,难得有少数的丈夫,不怕阻难,不自馁怯,肩上扛着铲除误解的大锄,口袋里

---

① 一种药物。

满装着新鲜人道的种子，不问天是阴、是雨、是晴，不问是早晨、是黄昏、是黑夜，他只是努力地工作，清理一方泥土，施殖一方生命，同时口唱着嘹亮的新歌，鼓舞在黑暗中将次透露的萌芽。泰戈尔先生就是这少数中的一个。他是来广布同情的，他是来消除成见的。我们亲眼见过他慈祥的阳春似的表情，亲耳听过他从心底里迸裂出的大声，我想只要我们的良心不曾被恶毒的烟煤熏黑，或是被恶浊的偏见污抹，谁不曾感觉他至诚的力量，魔术似的，为我们生命的前途开辟了一个神奇的境界，点燃了理想的光明？所以我们也懂得他的深刻的懊怅与失望，如其他部分知道的青年不但不能容纳他的灵感，并且存心的诬毁他的热忱。我们固然奖励思想的独立，但我们绝不敢附和误解的自由。他生平最满意的成绩就在他永远能得到青年的同情，不论在德国，在丹麦，在美国，在日本，青年永远是他最忠心的朋友。他也曾经遭受种种的误解与攻击，政府的猜疑与报纸的诬蔑、与守旧派的讥评，不论如何的谬妄与剧烈，从不曾扰动他优容的大量，他的希望、他的信仰、他的爱心、他的至诚，完全的托付青年。"我的须、我的发是白的，但我的心却永远是青的。"他常常对我们说，"只要青年是我的知己，我理想的将来就有着落，我乐观的明灯永远不致黯淡。"他不能相信纯洁的青年也会坠落在怀疑、猜忌、卑琐的泥溷，他更不能信中国的青年也会沾染不幸的污点。他真不预备在中国遭受意外的待遇。他很不自在，他感觉很异样的怆心。

  因此精神的懊丧更加重他躯体的倦劳。他差不多是病了。我们当然很焦急地期望他健康，但他再没有心境继续他的讲演。我们恐怕今天就是他在北京公开讲演的最后一个机会。他有休养的必要。我们也决不忍再使他耗费有限的精力。他不久又有长途的跋涉，他不能不有三四天完全的养息。所以从今天起，所有已经约定的集会，公开与私人的，一概撤销，他今天就出城去静养。

我们关切他一定可以原谅，就是一小部分不愿意他来作客的诸君也可以自喜战略的成功。他是病了，他在北京不再开口了，他快走了，他从此不再来了。但是同学们，我们也得平心的想想，老人到底有什么罪，他有什么负心，他有什么不可容赦的犯案？公道是死了吗？为什么听不见你的声音？

他们说他是守旧，说他是顽固。我们能相信吗？他们说他是"太迟"，说他是"不合时宜"，我们能相信吗？他自己是不能信，真的不能信。他说这一定是滑稽家的反调。他一生所遭逢的批评只是太新、太早、太急进、太激烈、太革命、太理想的，他六十年的生涯只是不断地奋斗与冲锋，他现在还只是冲锋与奋斗。但是他们说他是守旧、太迟、太老。他顽固奋斗的对象只是暴烈主义、资本主义、帝国主义、武力主义、杀灭性灵的物质主义；他主张的只是创造的生活、心灵的自由、国际的和平、教育的改造、普爱的实现，但他们说他是帝国政策的间谍、资本主义的助力、亡国奴族的流民、提倡裹脚的狂人！肮脏是在我们的政客与暴徒的心里，与我们的诗人又有什么关系？昏乱是在我们冒名的学者与文人的脑里，与我们的诗人又有什么亲属？我们何妨说太阳是黑的，我们何妨说苍蝇是真理？同学们，听信我的话，像他的这样伟大的声音我们也许一辈子再不会听着了。留神目前的机会，预防将来的惆怅！他的人格我们只能到历史上去搜寻比拟。他的博大的温柔的灵魂我敢说永远是人类记忆里的一次灵绩。他的无边的想象是辽阔的同情使我们想起惠德曼①；他的博爱的福音与宣传的热心使我们记起托尔斯泰；他的坚忍的意志与艺术的天才使我们想起造摩西像的密仡郎其罗②；他的诙谐与智慧使我们想象当年的苏格拉底与老聃；他的人格的和谐与优美使我们想念暮年的葛德③；他的慈祥的纯爱的抚摩、他的为人道不厌的努力、他的磅礴的大声，有时竟使我们唤起救主的心像，他的光彩、他的音乐、他的雄伟，使我们想念奥林匹克山顶的大神。他是不可侵犯的，不可逾越的，他是自然界的一个神秘的现象。他是三春和暖的南风，惊醒树枝上的新芽，增添处女颊上的红晕。他是普照的阳光。他是一派浩瀚的大水，来从不可追寻的渊源，在大地的怀抱中终古的流着，不息的流着，我们只是两岸的居民，凭借这慈恩的天赋，灌溉我们的田稻，疏解我们的消渴，洗净我们的污垢。他如喜马拉雅积雪的山峰一般的崇高，一般的纯洁，一般的壮丽，一般的高傲，只有无限的青天枕藉他银白的头颅。

　　人格是一个不可错误的实在，荒歉是一件大事，但我们是饿惯了

---

① 即美国诗人惠特曼(1819—1892)。
② 即意大利雕刻家、画家米开朗琪罗(1475—1564)。
③ 即德国诗人、戏剧家歌德(1749—1832)。

的，只认鸠形与鹄面是人生本来的面目，永远忘却了真健康的颜色与彩泽。标准的低降是一种可耻地堕落：我们只是踞坐在井底的青蛙，我们更没有怀疑的余地。我们也许揣详东方的初白，却不能非议中天的太阳。我们也许见惯了阴霾的天时，不耐这热烈的光焰消散天空的云雾，暴露地面的荒芜，但同时在我们心灵的深处，我们岂不也感觉一个新鲜的影响，催促我们生命的跳动，唤醒潜在的想望，仿佛是武士望见了前峰烽烟的信号，更不踌躇的奋勇向前？只有接近了这样超轶的纯粹的丈夫，这样不可错误的实在，我们方始相形的自愧我们的口不够阔大，我们的嗓音不够响亮，我们的呼吸不够深长，我们的信仰不够坚定，我们的理想不够莹澈，我们的自由不够磅礴，我们的语言不够明白，我们的情感不够热烈，我们的努力不够勇猛，我们的资本不够充实……

我自信我不是恣滥不切事理的崇拜，我如其曾经应用浓烈的文字，这是因为我不能自制我浓烈的感想，但是我最急切要声明的是，我们的诗人，虽则常常招受神秘的徽号，在事实上却是最清明、最有趣、最诙谐、最不神秘的生灵。他是最通达人情、最近人情的。我盼望有机会追写他的日常生活与谈话。如其我是犯嫌疑的，如其我也是性近神秘的（有好多朋友这么说），你们还有适之先生的见证，他也说他是最可爱、最可亲的个人，我们可以相信适之先生绝对没有"性近神秘"的嫌疑！所以无论他怎样的伟大与深厚，我们的诗人还只是有骨有血的人，不是野人，也不是天神。唯其是人，尤其是最富情感的人，所以他到处要求人道的温暖与安慰,他尤其要我们中国青年的同情与情爱。他已经为我们尽了责任,我们不应,更不忍辜负他的期望。同学们！爱你的爱,崇拜你的崇拜,是人情不是罪孽,是勇敢不是懦怯！